아보카도

avocado

김혜영
지음

긋늘

차례

박수기정 노을

4박 5일의 괌 여행을 마치고 돌아오니 규가 보낸 택배가 도착해 있었다. 규의 꼼꼼한 솜씨답게 내용물은 뽁뽁이 비닐로 여러 겹 말려있었지만 어떤 물건인지 금방 짐작할 수 있었다. 한 가지 의아한 건 발신인 칸에 적힌 규의 필체였다. 일곱 시 방향으로 삐뚜름히 누운 모습이라 선에게 늘 '일곱 시 씨'라고 놀림 받던 규의 글씨체. 택배를 보내는 건 언제나 선의 몫이었다.

　투명한 병에 든 내용물은 짐작대로 청귤청이었다. 아직 덜 익은 녹색 껍질과 노란 속살의 색감이 규의 귤밭을 떠올리게 했다. 설탕은 미처 다 녹지 않은 채 바닥에 깔려 있었다. 반사작용처럼 입 안에 침이 고였다. 박스 벽에는 흰 봉투 하나가 투명테이프로 고정되어 있었다. 좀체 없는 일이라 고개를 갸웃하며 봉투를 열었다. 역시나 규의 필체로 쓴 길지 않은 메모였고 미처 다 읽기도 전에 주저앉고 말았다.

미현 씨가 이 글을 읽을 때쯤이면 모든 절차가 끝난 이후일 테니 너무 조급하게 내려오려고 애쓰지 마세요. 써니는 편안하게 떠났습니다. 청귤청은 써니가 마지막으로 병원 가기 전에 만든 겁니다. 미현 씨가 돌아와서 받을 수 있게 보내달라고 했습니다. 너무 아파하지 마세요. 그건 우리 써니가 원하지 않을 겁니다. 마음이 진정되면 한 번 오세요. 써니의 뜻대로 장례는 따로 치르지 않았습니다.

― 규

모든 것이 멈춘 것만 같았다. 마지막 문장에 묶인 눈동자는 움직일 수조차 없었다.

"결국⋯."

신음처럼 낮은 혼잣말은 미처 입 밖으로 나오지 못한 채 목에서 걸리고 말았다. 그 이상 어떤 말도 이을 수 없었다. 눈앞이 흐려지더니 곧 소나기처럼 눈물이 흘러내렸다. 탁자 위에 놓인 병을 손으로 쓸어보았다. 선의 마지막 손길이 닿았을 것을 생각하니 목이 메었다. 메모지를 다시 읽어보았다. 선이 즐겨쓰던 라미볼펜으로 박음질 하듯 한 자씩 주소를 썼을 규의 모습을 떠올렸다. 아내의 하나밖에 없는 친구에게 그 죽음을 알려야 했던 남자는 어떤 심정이었을까. 규는 얼마나 망설였을까. 메모를 쓰면서 울고 있었을 규를 떠올렸다. 규는 눈물이 많은 사람인데⋯. 한참을 주저앉아 울던 미현이 일어나 부엌으로 갔다. 정수기의 얼음 버튼을 눌러 냉수 한 컵을 받아 들이켰다. 컵을 내려놓으며 미현은 혼잣말을 했다.

"선은 죽었어. 이제 선을 위해 내가 할 수 있는 건 아무것도 없어."

눈물이 멈추지 않았다. 선이 원망스러웠다. 왜 하필 그때 떠났을까. 고작 5일 남짓 한국을 떠나 있었을 뿐인데, 그 사이에 이렇게나 황급히 가버리다니. 여행 떠나기 전날 선은 30만 원을 보내왔다. 잘 다녀오라는 인사도 메시지로 대신했다. 전화를 걸려다 그만둔 건 마침 짐을 싸던 중이었기 때문이었다. 그러고는 깜박했다. 깜박할 게 따로 있지. 그땐 몰랐지만 미현에게는 두고두고 후회할 일이었다. 미현은 선이 보낸 돈을 그대로 두었다가 제주행 비행기 표를 사려고 했다. 여행에서 돌아오면 바로 선에게 가려고 괌에서 선물도 사 왔다. 선이 좋아하는 챙이 넓은 라탄 모자였다.

미현은 일어나 택배 상자를 정리하기 시작했다. 규는 무슨 정신으로 그 와중에 이걸 부쳤을까. 우체국에서 택배 상자를 포장하는 규를 떠올렸다. 자기가 그 자리에 있는 것처럼 손이 떨렸다. 미현은 휴대폰에서 규의 이름을 찾았다. 통화 버튼을 누르려다 말고 대신 선의 번호를 눌렀다. 혹시나 했지만 예상대로 규가 받았다.

"우리 써니가 미현 씨 여행에서 돌아오면 알리라고 하도 단호하게 말해서요."

미현은 터져 나오려는 울음을 애써 눌러가며 그냥 듣고 있었다.

"미안해요. 끝내 써니를 지키지 못했어요."

두 번째 말까지 잠자코 듣고 있었다. 규의 목소리에서도 물기가 뚝뚝 떨어지고 있었다. 규의 눈물이 휴대폰 액정으로 배어 나와 미현의 한쪽 뺨이 축축해지는 느낌이었다. 뭐라도 대답을 해야 하는데, 명치를 한 대 크게 맞은 듯 아프고 묵직한 무엇이 성대를 콱 누르고 있어 말이 나오지 않았다.

규는 선의 죽음을 알리지 못했던 이유를 재차 미현에게 설명하고 었있다. 미현은 사망 시간을 전해 듣고 다시 한번 멍해졌다.

미현이 괌 투몬비치 바비큐 식당에서 노을을 보던 시간, 주문한 바비큐를 익히며 먼저 나온 맥주로 건배하고 웃던 그 순간, 결혼 20년 만의 첫 동반 해외여행에 잔뜩 들뜬 남편이 미현의 손을 슬며시 쥐었던 그 일몰의 찰나였다. 선이 떠나는 줄도 모르고 마냥 즐겁기만 했다. 그때, 제주는 이미 노을이 지고 있었을 것이다. 선을 잃은 규의 눈물을 감추기 위해 어둠이 찾아오는 시간이었겠지. 선은 죽음의 순간에 미현에게도 찾아와 함께 노을을 감상했으리라.

날짜를 가늠해 봤다. 미현 부부가 괌으로 떠나던 날 선은 청귤청을 담았고 다음 날 저녁 죽은 거였다. 규는 선이 죽은 그다음 날 바로 우체국으로 가서 택배를 부쳤다.

"열흘쯤 더 기다려야 하는데 그날 자꾸 서두르더라고요. 본인은 그렇게 될 줄 알았나 봐요."

규가 가늘게 한숨을 쉰 후 그날의 일을 천천히 얘기했다.

* * *

선은 아침 식사 중인 규를 물끄러미 쳐다봤다.

"먹는 것도 참 복스럽네, 우리 일곱 시 씨."

선의 장난스러운 말에 규가 젓가락을 든 채 손가락 하트를 날렸다.

"당신도 좀 더 먹어보지 그래?"

이번에는 규가 선의 그릇에 눈길을 주며 말했다. 몇 숟가락 뜨지 않은 죽은 그대로 식어가고 있었다.

"입천장이 다 까졌나 봐. 아프네. 목도 그렇고."

마치 기회를 엿보고 있기라도 한 듯 선이 아예 숟가락을 내려놓고 그릇을 옆으로 슬그머니 밀었다.

"여보, 청귤 좀 따다 줘요. 미현이네 보내게."

"아직 열흘쯤 더 있어야 하는데."

"그냥 따다 줘요. 잘아도 오늘 해야 할 것 같아."

잠자코 알았다는 표시로 살짝 고개를 끄덕였다. 규의 밥 먹는 속도가 한층 느려졌다. 선이 가슴에 붙인 패치 부분을 꾹꾹 눌렀다. 규는 그런 선과 눈을 마주치지 못한 채 겨우 식사를 끝냈다.

선은 해마다 청귤청을 담가 미현에게 보냈는데, 처음부터 그랬던 건 아니었다. 규와 함께 귤밭을 일군 첫 해, 선은 청 귤 한 박스를 포장해 미현에게 보냈었다. 그런데 경험 없는 미현이 상자째로 제 언니에게 다 보내 청으로 얻어먹었다 는 말을 듣고 난 다음 해부터 아예 미현 몫으로 청을 담그기 시작했다.

아침을 먹은 후 규는 귤밭으로 나갔다. 규는 일부러 예쁘 고 좋은 것만 골라서 청귤 한 바구니를 땄다. 선에게 병이 찾아온 뒤 제대로 돌보지 못한 귤밭이 규의 마음만큼 어수 선했다. 얼마 전 때아닌 폭풍에 부러진 가지도 여태 다 치우 지 못했다.

선은 귤밭에 나오는 걸 좋아했다. 처음, 가지가 휘도록 달 린 귤을 보고 선은 환호했다.

"이 밭이 진짜 아저씨 밭이라고요? 와, 정말 좋겠다. 난 귤 엄청 좋아하는데. 밥 대신 삼시세끼 귤만 먹고도 살 수 있어요."

규는 원하는 장난감을 손에 넣은 아이처럼 신나서 어쩔 줄 모르는 선을 보며 웃었다. 규는 그 후로 더 이상 밭에 농 약을 치지 않았다. 처음에는 선에게 먹일 욕심에 그랬지만, 선이 맛있게 먹는 걸 보고 아예 무농약으로 지어 보자 결심 했다. 선은 귤을 정말 좋아했다. 귤 한 바구니를 안고 앉아 손이 노래지도록 까먹었다. 물 대신 귤로 즙을 내 마시고 귤 칩을 만들어 안주로 먹었다. 여름이면 청귤청을 만들어 사계절 내내 먹었다. 그것도 모자라 끊임없이 귤을 이용한 간식과 음식을 만들었다.

"농사지어서 니 마누라만 먹이련?"

규의 어머니는 그렇게 놀리면서도 선을 딸처럼 예뻐했다. 어머니에게는 선의 투병 소식을 알리지 않았다. 선이 그러기를 원했다.

스테인리스 그릇에 녹색의 청귤을 쏟아붓자 선이 현관문을 열고 나왔다. 선은 오른손에 짚었던 지팡이를 현관 옆 모서리에 기대어 두고는 손을 내밀었다.

규가 들고 있던 바구니를 옆으로 치우고 선에게 다가갔다. 규는 그사이 몰라보게 야위었다. 선은 어쩐지 규의 걸음이 휘청이는 그림자 같다고 생각했다. 실체는 만질 수 없고 그림자만 남은 듯했다. 선은 실제로 병든 자신보다 그의 마음이 더 병들었구나, 하고 생각했다. 규가 한 손을 내밀어 선의 손을 잡고 다른 한 손으로는 선의 허리를 감았다. 선이 조심스럽게 발걸음을 뗐다. 막 걸음마를 시작한 아기처럼 조심스럽게 한 발 한 발 내디뎠다. 천천히, 규가 선의 발걸음에 맞춰 나란히 몇 발짝을 떼었다.

선이 나무 그네에 앉아 규를 쳐다봤다. 청귤은 베이킹 소다를 한 봉지 다 쏟아부을 만큼 양이 꽤 많았다.

"꼭 눈 온 거 같네."

선이 청귤 위에 쏟아진 베이킹 소다를 보고 미소 지으며 말했다. 무농약이라도 혹시 옆에서 잔류농약이 날아왔을까 봐 걱정돼서 꼭 그렇게 해야 마음이 놓였다.

"미현이는 이제 청귤청 다 먹었다. 그치?"

묻고 있었지만 그 물음은 빈 들판에 부는 겨울바람처럼 쓸쓸하게 울렸다. 규가 하나하나 문질러 청귤을 씻는 동안 선은 그런 규를 쳐다보고 있었다.

"내년에도 당신이 해서 보내줘요. 미현이 우리 청귤 진짜 좋아해."

내년이란 말에 규는 손을 멈춰 선을 쳐다봤다. 무언가 시속을 가늠할 수 없는 큰 물체가 달려와 들이받은 것처럼 가슴이 뻐근해 왔다.

규가 일어나 선에게 다가갔다. 아침부터 해가 뜨겁다. 선의 머리에 모자를 씌웠다. 선이 좋아하는 라탄 모자다. 모자가 터무니없이 컸다. 온몸의 살이 빠지면서 머릿살까지 빠진 모양이었다. 테두리의 검은 라인이 군데군데 해져있었다.

"써니가 아니면 아무 의미가 없지."

규가 하는 혼잣말을 선은 놓치지 않았다.

"두 시간이 20년이 되었네. 두 시간 후 노을을 보려다 20년을 봤으니 아쉬울 게 없는 인생이지 뭐."

선이 고개를 옆으로 돌려 박수기정을 바라봤다. 대평리에

온 지 스무 해째다. 그때도 여름이었다.

"이따가 우리 박수기정에 노을 보러 가요."

"노을? 괜찮겠어?"

"그럼, 나야 뭐 일곱 시 씨가 있는 걸."

규가 일곱 시 씨라는 자신의 애칭을 듣고 피식 웃었다.

* * *

"그날 노을을 마지막으로 봤어요. 정말 가슴이 타들어 갈 만큼 굉장한 노을이었죠. 꼭 써니에게 보내는 마지막 선물 같았어요. 장관이었습니다. 써니도 그러더군요. 자기 인생에 가장 근사한 노을이라고."

규는 미현에게 사실을 말해줘야 할 의무가 있는 사람처럼 그날의 일을 자세하게 이야기했다. 미현은 미현대로 묻고 싶은 말이 있었다.

"선은 고통스러워하지 않았나요?"

바보 같은 질문이었다.

"전혀요. 써니는 제주가 치유의 섬이라고 말했어요. 자신은 비록 그렇게 되었지만 20년 전에 이미 전부 치유 받았다고 그러더군요."

지난봄, 미현도 선에게 그 말을 들었다. 이미 손을 쓸 수 없을 만큼 심각해졌는데도 선은 동요하는 기색이 없었다.

그날이 어제처럼 선명하게 떠올랐다.

* * *

"여봐요, 두 시간만 기다려요. 어차피 갈 건데 뭐 그리 바빠요."

선이 규의 목소리를 흉내내 말했다. 20년 전 일이 어제처럼 선명하게 떠오른다는 듯이 선의 표정에도 잠시 생기가 살아나 보였다.

"정말 첫 만남에 그렇게 말했다고?"

"정말 이상하지 않니? 딱 봐도 죽고 싶어 하는 사람한테 두 시간만 기다리라니, 그런데 또 그 말에 주저앉은 나는 더 이상하고. 그때 그 사람이 그러는 거야. 두 시간 후면 노을이 기가 막힌다고, 그거 안 보고 죽으면 억울해서 눈을 못 감을 거래나."

"그래서 생명의 은인이랑 콱 살아버렸어?"

"두 시간쯤 후에 정말 노을이 죽여주더라. 그걸 보는데 갑자기 그걸 매일 보고 싶어졌어."

선이 미현을 바라보며 장난스럽게 웃었다.

"우리 밖거리 비어있으니까 갈 데 없으면 거기서 지내요. 그 사람이 그렇게 말하는데 이상하게 그 말이 그렇게 싫지 않더라고."

"애 좀 봐, 생판 모르는 남자가 자기 집에 가서 살자는데 안 무서웠단 말이야?"

미현이 깜짝 놀라는 시늉을 했지만 그건 그냥 과장된 질문이었다.

"야, 죽으려고 작정하고 내려온 내가 그 상황에 무서운 게 뭐가 있냐? 그리고 이상하게 전혀 두렵지 않았어. 뭐랄까 친오빠가 나이 차이 많이 나는 늦둥이 여동생 바라보는 그런 표정?"

"디테일하기도 하셔라. 늦둥이 여동생은 또 뭐냐?"

"왜 있잖아 나이 차이 많이 나는 오빠들은 여동생이 그저 이뻐서 무조건 오케이 하는 거."

정말 그랬다. 그들은 오누이처럼 살았다. 그들은 미현이 아는 가장 다정한 중년이었다. 호칭 역시 남달랐다. 규는 선을 '써니'로 선은 규를 '일곱 시 씨'라는 애칭으로 불렀다.

그날 선의 미소는 내내 슬프고 처연했다. 미현은 제 쪽으로 선의 어깨를 슬며시 끌어안았다. 깡마른 선의 어깨가 나비의 날갯짓처럼 조심스럽게 파닥였다. 팔에 전달되는 미세한 떨림은 미현의 가슴에 파도처럼 와서 부서졌다.

지난봄 박수기정 노을을 바라보며 둘은 그렇게 오래 앉아 있었다. 귤밭에서 실려 오는 달큼한 귤꽃향이 노을과 어우러져 그윽하고 따사로운 저녁이었다. 미현이 선과 마지막 노을을 본 날이었다.

* * *

　선은 어려서부터 시작된 악성 아토피 피부염으로 말할 수 없는 고통을 겪으며 자랐다. 학교에 들어가자 반 친구들은 진물이 흐르는 선의 피부를 보고 구역질을 하거나 파충류라고 놀렸다. 피부가 가뭄 든 논바닥처럼 쩍쩍 갈라지고 나무 껍질처럼 딱딱해졌다. 온몸이 가려워 긁고 나면 피부에 피떡이 지고 진물이 흘렀다. 무의식중에 긁게 될까 봐 거즈로 온몸을 칭칭 동여매고 잠들어도 아침이면 여기저기 진물이 흘러 있었고 매일 이불을 빨아야 했다. 놀림 받고 왕따를 당하면서 우울증이 찾아왔다. 중2 때 처음 자기 손목을 그었다. 선의 손목에 수없이 많은 흉터를 처음 본 날 미현은 말없이 그 손목을 잡았다.

　그 순간 이후 미현은 선의 손을 놓지 않았다. 아버지가 외도해 낳은 딸이라는 손가락질과 알코올 중독으로 매일 술에 취해 비틀거리는 엄마를 견뎌야 했던 어린 미현에게도 죽고 싶은 순간은 하늘의 별만큼 많았다. 그런 둘이 친구가 되어 함께 견뎠다. 말로 다 할 수 없을 만큼 견뎌야 할 게 많은 세월을 살았다.

　여전한 피부질환으로 인한 우울증과 공황장애, 대인기피증까지 생긴 스물여섯 선은 그만 고통에서 벗어나고 싶었다. 어머니가 심야 청소를 나간 사이 수면제를 한 웅큼 집어 삼켰지만 실패에 그쳤다. 선의 홀어머니는 미현을 찾아와 조용히 울었다. 선의 불행이 모두 자기 탓이라는 죄책감으로 사는 어머니였다. 선의 그런 일탈이 계속되자 결국 다른 가족들은 선에게 등을 돌렸다. 선의 고통을 이해하지 못해 미안해하면서도 유난스럽다 원망했다. 한바탕 소동이 벌어지고 난 뒤, 선은 미현에게조차 연락하지 않고 사라졌다. 그 길로 제주도로 도망쳐 버렸다. 몇 달쯤 지나 선에게서 편지가 한 통 왔다.

> 미현아,
> 난 지금 제주에 있어. 죽고 싶어서, 죽으려고 제주에 왔는데 제주가 나를 살리려나 봐. 나는 지금 아주 좋아. 그리고 나 이제 일도 해. 귤 농장에서 귤도 따주고 마을 공동작업장에서 선별 작업도 하고. 이 나이에 처음으로 돈 벌고 있으니 남들은 웃겠지만 난 그냥 좋아.
> 여긴 대평리라는 동네야. 아마 제주도에서 노을이 가장 아름다운 곳일 거야. 나는 그 노을에 완전히 빠진 거 같아.
> 아직은 가족을 볼 자신이 없어. 가족들도 내가 지겨웠겠지만, 가족들마저 나를 한심스럽게 바라보는 건 정말 견디기 힘들었어. 그렇지만 엄마한테는 미안해. 그러니까 네가 우리 엄마 좀 만나줘. 나 잘 지내고 있다고.
> 휴가 때 한번 올래?

그렇게 다시 만난 선은 상상했던 것보다 더 많이 달라진 모습이었다. 목에 늘 감고 있던 스카프도 감지 않았고, 팔을 다 드러낸 옷을 입고 있었다. 피부가 몰라보게 깨끗해져 미현은 보고도 믿기 어려웠다.

"어떻게 된 거야?"

"글쎄 모르겠어. 너무 많은 걸 시도해서 뭐가 맞았는지 모르겠는데 아무튼 계속 좋아지고 있는 건 확실한 거 같아."

선의 말대로 정말 눈에 띄게 좋아 보였다. 사람을 마주 보지 못하고 늘 아래로 향하던 선의 눈에 눈물이 고여 반짝였다. 미현에게는 선이 죽고 싶을 만큼 자신을 괴롭히던 피부와의 전쟁에서 마침내 승리한 전사처럼 보였다.

미현은 그날 규를 처음 만났다.

"우리 집주인 아저씨야, 여기선 내 보호자지."

모호했다. 애인 사이도 아니었고 그렇다고 아예 남이라고 하기에는 너무 다정하고 친했다. 규는 그의 어머니, 그리고 네 살짜리 딸과 안거리에 살았고 선은 밖거리에 살았다. 규의 딸은 선을 언니라고 불렀다. 여자는 딸을 낳고 떠났다. 하룻밤 풋사랑을 책임지는 건 딸을 낳은 거로 충분하다고 했단다. 규는 딸을 낳은 후 자유롭게 살겠다고 떠나는 여자를 잡지 않았다. 서울에서 대학 졸업하고 직장까지 다니던 규가 제주에 내려와 살게 된 까닭이었다. 그의 어머니는 핏덩이 아기를 데리고 나타난 아들을 보고 남몰래 울었다. 그

아들의 처지가 딱해 차마 계속 내색할 수도 없었다. 아기는 어머니 손에서 탈 없이 무럭무럭 잘 자랐다. 그의 어머니는 고관절 수술 후 부산에 사는 딸 집에서 장기 요양 중이라고 했다.

규는 선보다 여덟 살이나 많았다. 규는 선이 밖거리에 살면서부터 선을 살리려고 작정한 사람 같았다. 선의 피부에 좋다는 별별 일을 다 했다. 아토피에 좋은 음식은 물론 환경을 바꾸기 위해 밖거리의 내부를 전부 황토로 바꿨다. 지장수를 마시게 하고 농약을 치지 않은 푸성귀를 직접 기르거나 사 먹였다. 면역에 좋은 온갖 방법을 연구하고 자연치유를 병행한다는 한의사에게 데려가 침과 약으로 온몸의 혈을 돌게 했다.

"왜 저한테 이렇게 정성을 들이세요."

어느 날 선이 물었다. 규가 자신에게 조건 없이 막무가내로 정성 들이는 걸 이해할 수 없었다. 그런데 정신 차려 보니 자신은 또 그런 규를 고분고분 따르고 있었다. 참 이상한 일이었고 상상하지 못했던 일이었다. 지나치게 내향적이고 낯을 가리는 건 자신의 병으로 인한 후천적 상황도 있었지만 타고난 성격도 한몫했다. 그런 소심한 사람이 제주에 내려온 이후 조금씩 달라지고 있었다. 더 이상 사람들이 낯설거나 두렵지 않았다. 누군가 자신에게 관심을 보이면 방어부터 하고 공격적이기까지 했던 선이었다. 규에게는 전혀 방어기제를 드러내지 않는 스스로에게 묻는 말이기도 했다.

"당신처럼 좋은 사람이 죽게 내버려 두면 벌 받을까 봐요."

규가 수줍게 대답했다. 그 후로도 규는 섣불리 선을 여자로 대하지 않았다. 이상한 일이었다. 규에게는 선이 그저 한 마리 날개 다친 새처럼 보였다. 날지 못할 만큼 다친 상태로 찾아온 선을 기운 차리게 만드는 게 사명처럼 느껴졌다. 얼마만큼 좌절하고 고통스러우면 그런 모습으로 서있는지 규로서는 상상할 수 없는 일이었다. 가여운 그 여자가 자신에게 당돌하게 물었을 때 규도 당황해 그렇게 말했다. 그럴수록 선에게는 규가 남자로 보이기 시작했다.

규가 귤나무 가지로 숯불을 피우는 동안 선이 물었다.

"내가 저 사람 좋아해도 될까?"

미현이 보기에 선은 이미 충분히 규에게 기울어져 있었다.

"좋은 사람 같아, 근데 괜찮겠어? 너 이제 겨우 스물일곱인데."

미현이 무엇을 걱정하는지 선은 알고 있었다.

"두렵지만 나도 걔가 이뻐. 이상하지. 그 애를 볼 때마다 자꾸 안아주고 싶어져."

미현을 만나 그렇게 말한 얼마 뒤 셋은 가족이 되었다.

선의 투병 소식을 처음 들었을 때 미현은 마치 자신이 병든 것처럼 아프고 혼란스러웠다. 선의 폐에서 전이된 암이 이미 전신으로 퍼진 상태라고 했다. 미현은 소식을 듣고 바로 제주행 비행기를 탔다.

"저것 봐. 이제 저 바다가 온통 빨갛게 불타는 것처럼 보일 거야."

"넌 저 노을이 그렇게 좋았니?"

"그럼, 나를 살린 노을이잖아. 저 노을과 이 마을 사람들 때문에 여기를 떠날 수 없어."

"한 번도 여기를 떠나고 싶다는 생각은 하지 않았니?"

"글쎄, 아, 딱 한 번 있었다. 뭣 때문인지 모르겠는데 내가 일곱 시 씨한테 단단히 화가 났었나 봐. 짐을 챙겨서 나와 버렸지. 근데 공항으로 가지 않고 마냥 동쪽으로만 달리게 되더라고. 너도 알다시피 나는 이제 제주를 떠나면 마땅히 갈 데도 없고."

"동쪽으로?"

"응, 여기서 동쪽으로 쭉 가다 보면 성산 일출봉이 나오잖아. 거기까지 가려고 했었어. 표선 지나 신천리쯤 가다 카페에 들어갔어. 배도 고프고 화장실도 가고 싶었거든."

선은 갑자기 무언가 재미난 놀잇감을 찾은 어린아이처럼 들뜬 표정으로 말을 계속했다.

"거기 여자 주인이 참 좋았어. 어느 순간 나도 모르게 내 얘길 줄줄 하고 있더라니까."

선이 다시 아이처럼 웃었다.

"그날 거기서 첫 외박을 했어. 여주인이 게스트하우스를 하고 있었거든. 그 후로 가끔 그곳에 가고는 해. 이상하지 않니? 여긴 사람들이 다 무슨 치유전문가들 같아."

먼 곳을 응시하던 선의 표정이 조금 일그러졌다.

"괜찮아? 데리러 오라고 할까?"

"아니, 괜찮아, 조금만 더 있자. 곧 노을이 질 거야."

선이 손을 들어 한 곳을 가리켰다. 박수기정 아래 해산물을 팔고 있던 해녀가 주섬주섬 좌판을 걷고 있었다.

"저 해녀 삼춘은 처음 내가 이 동네 왔을 때부터 나를 딸처럼 대해준 분이야."

다시 또 한 곳을 가리켰다. 갯바위에서 낚시하던 몇몇이 자리를 뜨는 중이었다.

"그때 그도 갯바위 낚시하느라 저쯤에 서 있었어. 죽고 싶었지만 정말 용기가 안 났는데, 그 사람 보기에는 내가 곧 바다에 뛰어들 사람처럼 보였었나 봐. 근데 정말 웃기지. 죽을 때 죽더라도 노을이나 보고 죽으라니."

미현이 웃었다. 입꼬리가 살짝 올라갔지만 눈은 어쩐지 슬퍼 보였다. 선이 죽고 싶을 만큼 방황할 때 곁에 있어 주지 못한 미안함과 자신이 있었다 한들 도움이 됐을까 하는 자괴감이 동시에 밀려왔다.

"멀리서 낚시하고 있던 사람이었는데 어느 결엔가 가까이 와 있더라고. 전혀 눈치채지 못하게. 그 사람은 그런 사람이야."

규는 정말 그런 사람이 맞다. 해가 완전히 바닷속으로 떨어지자 규가 저만치 나타나 둘을 불렀다.

* * *

미현은 이미 메모에서 확인했지만 다시 물어보고 싶었다.

"장례식을 치르지 않았다면 혹시…."

"제주대병원에 사후 기증을 해놨더라고요. 본인이 몇 달 병원 다니면서 그런 생각을 굳혔었나 봐요. 절차대로 하고 장례식은 따로 치르지 않았어요. 자기 아는 사람들에게도 다 끝난 다음에 알려달라고 해서 형제들에게도 그렇게 했어요."

"아…."

미현은 더 이상 아무 말도 할 수 없었다. 둘 사이에 침묵이 이어졌지만 누구도 전화를 끊지 않았다. 상대방이 소리 없이 울고 있으리라 서로 짐작만 할 뿐이었다.

"괜찮으신 거죠?"

미현이 먼저 침묵을 깼다.

"그럼요, 그래도 그 사람이 이별할 기회를 줘서…."

다시, 침묵이 이어졌다. 애써 서로 위로할 말을 찾는 것보다 차라리 그렇게 침묵하는 게 더 나았다. 오히려 위로받는 기분이 들었다.

"한 번 갈게요."

* * *

비행시간 내내 알 수 없는 초조함이 미현을 불안하게 만들었다. 며칠간 주저하며 머릿속이 복잡했던 이유를 자신에게조차 설명하기 힘들었다. 당연한 일인데, 그걸 주저하고 있는 자신에게 실망스러웠다. 내내 복잡하게 얽혀 있던 감정의 실마리를 제주에 도착해서야 깨달았다. 그건 두려움 때문이었다. 지금부터 자신이 마주해야 할 일에 대한 두려움. 차마 바로 올 수 없었던 건 그만큼 마주할 준비가 안 되었기 때문이었고, 죄책감 때문이었다. 곁에는 가지 말았어야 했다는 죄책감과 후회를 벗어날 수 없었다.

공항 안 분주히 오가는 사람들 사이를 둘러보았다. 그럴 리 없다는 걸 알면서도 오랫동안 몸에 밴 습관처럼 몸이 알아서 반응하고 있었다. 버스를 기다리면서도 자꾸 주위를 살폈다. 이제 제주에서 미현을 기다리는 사람은 없다. 그걸 깨닫는 건 아직 익숙한 일이 아니다. 택시를 탈까 잠시 망설이다 서귀포행 리무진 버스를 탔다.

제주공항에 내리면 언제나 선이 마중 나와 있었다. 챙이 넓고 테두리에 까만색으로 문양을 넣은 라탄 모자에 발목까지 오는 빨간 장화를 신은 채였다. 그 모습이 영락없이 일하다 나온 폼이었는데, 낯설면서도 왠지 잘 어울렸다.

"바쁜데 뭐 하러 이 먼 데까지 나오고 그래, 버스 타면 되는걸."

"빨리 보고 싶어서 일이 손에 잡혀야 말이지."

사실 미현이 '먼데까지'라고 강조하는 건 선을 놀리기 위함이기도 했다. 언젠가 선이 말했다.

"서귀포 사람들은 제주시에 출장 갈 때 1박 2일 일정으로 잡는 거 알아?"

"왜? 서귀포시와 제주시는 출장이 아니라 외근 거리 아냐?"

"아니더라니까. 여기는 한라산을 기준으로 거리에 대한 의식이 육지와 달라."

미현은 이해되지 않았지만 선도 어느새 정말 그렇게 의식하는 것처럼 보였다. 선의 말을 떠올리자 미현의 입가에 희미한 미소가 지어졌다. 선이 제주도에서 산 지도 벌써 20년이 되었다.

처음 제주에 올 때 선은 미현에게 제주공항에서 중문까지 오는 리무진 버스 노선을 알려주었다.

"버스가 출발하면 전화해. 니가 도착하는 시간에 맞춰 나갈게."

그래놓고 한 번도 미현에게 버스 탈 기회를 주지 않았다. 귀신같이 비행기 도착시간에 맞춰 나타났다. 처음엔 한두 번 깜짝 이벤트려니 했는데 20년 동안 한결같았다. 그러면서 돌아올 때는 한 번도 공항까지 배웅하지 않았다.

"만날 때는 빨리 보고 싶어서 한시가 급한데, 떠날 때는 헤어지는 시간이 너무 길어지는 거 같아서 싫어."

언젠가 공항까지 배웅해 주지 그러느냐는 규의 말에 선이 한 대답이었다.

"어우 야, 누가 들으면 우리가 사귀는 줄 알겠다."

"두 분 사귀는 사이 아니었어요?"

규의 말에 셋이 서로 바라보며 깔깔대고 웃었다. 선의 얼굴이 빨갛게 달아오르면 규는 거 보란 듯이 또 선을 놀렸다.

* * *

이제 선 없이 규를 만난다고 생각하니 다시 두려운 마음이 들었다. 규는 선이 떠난 공간과 시간을 어떻게 견디고 있을까. 20년을 한결같이 사랑하고 곁에 있으면서도 그리워하던 선을 잃고 규는 과연 제대로 살 수 있을까.

미현은 중문 단지에 내려 택시를 탔다. 기사에게 대평리 주소를 알려주었다. 선과는 봄에 본 이후 다시 만나지 못했다. 연말에 다시 보기로 했는데 선은 떠나고 없다. 선은 떠날 때도 미현을 생각해 연락하지 못하도록 했다. 미현도 알고 있다. 선이라면 충분히 그러고도 남았다. 누구보다 미현을 위하기 때문에 미현이 모처럼 잡은 여행을 망치고 싶지 않았을 거다. 자신의 일이라면 미현은 지구 끝에 있더라도 나타날 걸 알기 때문에.

"난드르 참 좋지요?"

예례동을 지날 때쯤 기사가 미현의 눈치를 살피며 물었다. 미현의 시종일관 무표정한 얼굴과 침묵이 마음에 걸린 모양이었다.

"난드르요?"

"대평리요. 과거 이름이 난드르예요. 넓은 들판이란 뜻인데 제가 거기서 나고 자랐어요. 제 고향입니다. 정말 아름다운 곳이죠."

남자는 얘기를 계속하고 싶은 눈치였지만 미현이 별 반응을 보이지 않자 시큰둥한 표정으로 운전을 계속했다. 곧 대평리에 도착한다 생각하니 미현은 마음이 복잡해졌다. 가슴이 두근거렸다.

선의 집은 비어있었다. '박 규 & 김 선' 노란 바탕에 조개껍데기로 이름을 수놓은 문패는 아직 그대로였고 문은 잠기지 않은 채 안쪽으로 고리만 살짝 걸려 있었다. 누구라도 틈 사이로 손을 집어넣으면 쉽게 고리를 들어 올려 열 수 있는 문이었다. 새삼 문패에 새겨진 이름을 보고 미현은 어쩜 이들은 이름마저 똑같이 외자냐고 놀렸던 일이 떠올랐다.

선이 서재로 쓰던 밖거리의 미닫이문을 밀었다. 예전 모습 그대로 깨끗하게 정돈된 상태였다. 미현은 문 옆에 가방을 놓아두고 나왔다. 박수기정이 정면으로 보이는 해변까지 밭담을 따라 천천히 걸었다.

"미현 이모."

얼마쯤 걸었을까, 귀에 익은 목소리가 자신을 불렀다.

규의 딸 소희였다. 소희는 대평리 바닷가에서 작은 카페를 하고 있다. 손님이 없는 시간에 카페 정원으로 나와 화초를 돌보다 혼자 걷고 있는 미현을 보고 달려왔다. 소희의 눈에 벌써 눈물이 그득하게 차올라 있었다.

"이모, 연락도 없이 어떻게…."

미현이 가만히 소희를 안았다. 소희는 마치 어깨로 우는 듯했다. 어깨로부터 일어난 작은 파동이 미현의 가슴에 눈물이 되어 밀물처럼 밀려왔다.

"미안해. 이모가 이제야 알게 됐어."

"엄마가 이모에게 알리지 말라고 했어요. 엄마는, 엄마는…."

소희는 처음보다 더 크게 어깨를 들썩이며 울었다. 소희 등 뒤로 저녁노을이 빨갛게 타오르고 있었다.

미현에게 줄 청귤을 담그던 날 저녁 선은 혼수에 빠졌었다. 규는 예감했다. 규는 소희까지 불러 제주대병원으로 갔다. 의사도 마음을 단단히 먹는 게 좋겠다고 말했다. 선이 의식을 되찾은 건 다음 날 새벽이었다. 창밖이 희붐하게 밝아오고 있었다.

"고마워, 여보. 고마워, 소희야."

"여보, 말하지 마. 힘들잖아."

규의 그 말속에 슬픔이 찰랑거리고 있었다. 선의 한마디면 곧 흘러넘칠 것처럼 위태로웠다.

"엄마."

소희가 선의 가슴에 조용히 제 머리를 묻었다.

"난, 다 가졌어. 행복해."

선이 힘들게 읊조렸다.

"소희야, 나를 엄마라고 불러줘서 고마워. 우린 정말 이상적인 가족이었어."

선이 아끼던 말이었다. 그렇게 얘기하면 자신이 실제 소희 친엄마가 아니란 걸 인정하는 거 같아서 의식하지 않으려 아껴두었던 말이었다. 선은 그 순간 왜 그 말이 하고 싶었을까. 선의 말대로 세 사람은 이상적인 가정을 이루고 살았다.

선이 규에게 먼저 같이 살자고 말했다. 소희의 엄마가 되겠다고 했다. 스물일곱의 여자가 하기에 쉬운 말은 아니었다. 규는 거절했다. 멀쩡한 아가씨가 할 짓이 아니라고 했다.

"일곱 시 씨가 멀쩡하지 않은 나를 멀쩡하게 만들어 줬잖아요."

"내가 뭘 했다고, 그렇다고 해도 써니가 ⋯."

선이 규에게로 가까이 다가갔다. 그날 밤 선은 밖거리의 자기 방이 아닌 안거리 규의 방에서 소희와 나란히 잠들었다. 그 밤 내내 규는 선을 향해 돌아누울 수 없었다. 소희가 규 대신 선 쪽을 향해 모로 누웠다.

아침에 깨어 소희의 자는 모습을 보고 선은 울컥 눈물이 났다. 소희는 갓난아이처럼 두 팔을 머리 위로 벌린 채 나비잠을 자고 있었다. 선은 소희를 몇 번 데리고 잔 적이 있었다. 규의 어머니가 육지에 가고 없을 때 소희는 규보다 선과 함께 자길 원했다. 잔뜩 웅크리고 자는 모습이 왜 그렇게 가엽게 느껴지는지 그때마다 조용히 등을 토닥이고는 했었다. 그런데 지금 방어의 필요성을 잃은 작은 동물처럼 나비잠 자는 네 살 소희의 모습이 그저 사랑스러웠다.

그렇게 가족이 된 세 사람. 이제 선의 곁에 남게 되는 두 사람은 선을 어떻게 보내야 하는지 알고 있었다.

* * *

"나중에 미현이 오면 소희가 군산오름에 같이 가 줄래? 미현이도 틀림없이 거길 정말 좋아하게 될 거야."

얼마 전 선은 소희에게 그렇게 부탁했다.

"엄마가 같이 가면 되지 왜 그런 말을 해."

소희가 선의 눈을 외면한 채 뾰로통하게 말했다.

"소희야. 화내지 말고. 잘 알잖아."

소희는 선에게 화가 나 있었다. 선이 더 이상의 치료를 거부했기 때문이다. 선은 두 사람에게 말했다.

"이미 몇 번의 항암이 효과를 보지 못했잖아. 죽어가면서 계속 병원에 있는 게 무의미하다고 느껴졌어. 난 내 존엄성을 스스로 지키고 싶어. 병원 침상에서 억지로 연명하다 죽어가고 싶지 않아. 병원은 최후의 순간이 왔다 싶을 때 그때 데려가 줘, 부탁이야."

그러면서 둘에게 자신이 이미 오래전 사후기증을 신청해 두었다고 말했다. 만에 하나라도, 둘이 다른 마음을 먹지 못하도록 못 박아두고 싶어 했다.

"난 제주에 와서 다시 살았어. 제주에서 20년은 덤으로 산 거지. 남들에게 제주는 그냥 여행지일지 몰라도 내게 제주는 치유의 섬이었어. 나도 무언가 제주에 보답하고 싶어졌어."

어디서 그런 힘이 났는지 한 마디 한 마디 선의 말은 너무도 단호해 반박할 수 없었다. 그토록 서늘한 표정으로 말하는 건 반박할 수 없게 하려는 선만의 의지로 보였다. 규는 무기력해지지 않으려고 애쓸수록 자신이 더 무기력해지는 걸 확인하는 기분이었다. 선에게 자신은 진통제 한 알 만큼도 도움이 안 된다는 자책과 비판의 감정이 수시로 일었다. 그럴수록 선과 싸워선 안 된다고 자신을 타일렀다. 부모가 돌아가시고 나서 형제들과 인연을 끊다시피 하고 사는 선에게 유일한 가족은 규와 소희뿐이었다. 그리고 유일한 친구 미현. 소희는 선의 결심을 규보다 먼저 받아들였다.

소희는 고등학생일 때 엇나가고 싶었던 적이 있었다. 선을 좋아하고 따랐지만 어쩔 수 없이 사춘기 열병이 찾아왔다. 친모를 찾아가겠다고 마음에 없는 소리로 규를 괴롭혔다. 소희는 떠나고 싶었다. 제주에 산다는 자체로 답답해 미칠 지경이었다. 친구랑 같이 서울로 도망쳤다.

자신이 태어난 서울에서 살고 싶었다. 제주라는 큰 섬이, 대평리 작은 동네가 너무 답답하고 보잘것없어서 무작정 달아나고 싶었다. 자신도 남들처럼 여행지로 제주에 오고 싶었다. 여행자가 되어 다녀가기에 더없이 이상적인 곳이지만 붙박여 사는 건 그렇지 않았다. 사람들은 박수기정 높은 절벽을 보러 몰려왔다. 하지만 소희에게 그곳은 자신의 앞날을 가로막고 있는 거대한 절벽일 뿐이었다. 어렸을 땐 셋이 함께 그 아래서 낚시하고 물놀이하며 노을을 봤지만 언젠가부터 따라가지 않았다. 답답했다. 외면하고 싶었다.

"언제라도 너의 갑갑한 마음이 진정되면 돌아오렴."

선은 소희를 찾고 싶은 마음을 애써 누르며 기다렸다. 문자메시지 하나만 보내고 말았다. 그런데 이상하게 소희는 그게 더 자신을 움직인다는 걸 알았다. 수십 번 걸려 온 규의 전화를 받지 않고 담임의 협박 메시지에도 답하지 않았다. 할머니의 애원도 소희에게는 들리지 않았다. 소희는 그 모두에게서 그냥 멀리 도망치고 싶었다.

하지만 소희는 돌아왔다. 선은 그 어렸던 마음을 정확하게 짚은 유일한 사람이었다. 두 사람은 손을 잡고 군산오름에 올랐다. 소희는 그때 처음으로 대평리를 찬찬히 둘러보았다. 귤밭마다 주황색 꽃불을 지른 듯했고 마늘밭의 초록색이 대비되어 더없이 아름다웠다. 비닐하우스는 밭담과 경계를 이루며 마치 조각보를 이어놓은 듯했다. 옹기종기 사이좋게 이마를 맞댄 집들과 구불구불한 밭담이 더없이 정겹게 다가왔다.

차로 한참 가야 했던 산방산과 용머리 해안이 지척이었고 구름을 두르고 있는 한라산의 웅장함이 그대로 전해지는 게 지금까지 몰랐던 새로운 제주를 만난 기분이었다.

무엇보다 바당이 있었다. 드넓은 바당. 아래에서 볼 때와 전혀 다른 느낌이었다. 가파도와 마라도, 형제섬을 다 품고도 한없이 드넓은 바당. 가슴이 뻥 뚫려 지금까지 갑갑하게 자신을 누르고 있던 무언가가 스르르 사라지는 기분이었다.

"저 바다와 대평리가 나를 살렸단다. 저곳이 아니었다면 지금쯤 저 앞바다의 물귀신이 됐을지도 모르지."

그때까지 소희는 선의 사연을 자세히 알지 못했다.

"고향을 버린다는 거, 보통 결심으로 할 수 있는 일이 아니야. 하지만 나는 버리고 떠나왔기 때문에 너를 이해할 수 있어."

소희는 억새 하나를 꺾어 살살 흔들었다. 바람에 날려 가는 씨앗을 보며 소희는 어쩐지 자유로워졌다는 생각이 들었다. 분명 홧김이나 충동적으로 저지른 일은 아니었지만, 어느 순간 별것 아니었다는 홀가분함에 젖어 들었다.

"너는 어디든 네가 원하는 곳으로 갈 수 있어. 네가 우릴 떠난다고 해도 나는 굳이 널 막지 않으려고 해. 그건 너에게 관심이 없어서가 아니라 너를 믿기 때문이야."

선이 얘기하다 말고 바다를 가리켰다. 먼 바다에서 하나둘 켜지는 집어등이 희미하게 보였다.

"어두워지면 저 빛이 더 환하게 보일 거야. 어둠이 있어야 더 빛을 내는 것도 있는 법이야. 어둡다고 두려워할 필요 없더라. 우리 인생이 항상 어둡기만 한 것도 아니고."

소희는 선의 그런 화법이 좋았다.

"소희야, 어렸을 때는 나도 온통 원망하는 힘으로 살았어. 근데 나이가 들면서 이해하게 되더라. 내 아픔만 생각하고 내 고통에만 매몰돼 살았는데 나이 들면서 주변을 돌아보게 됐어. 나 때문에 고통스러웠을 내 엄마, 내 형제들 그리

고 내 고통을 봐준 모든 사람. 그들에게 이제야 미안한 마음
이 들기 시작했어."

소희는 선의 고백이 자신을 나무라는 것이 아님을 알고
있었다. 그건 그냥 선의 고백이라는 것쯤은 이제 의심하지
않게 되었다. 무엇이 자신을 그렇게 믿게 했는지 모른다. 단
지 조금 철이 들고 있다고 믿게 되었다.

"이모, 저랑 군산오름 가보실래요?"

카페 정원으로 통하는 입구에 세운 정낭의 맨 아래 정주
석 하나를 걸쳐놓았다. 그건 카페를 열 때 규가 상징적으로
만든 건데, 소희가 실제로 쓰고 있는지는 몰랐다. 정주석과
정낭의 의미를 알고 있는 미현은 그걸 보고 미소 지었다. 한
때 제주를 떠나고 싶다고 가출까지 감행했던 소희가 제주
다움을 지키며 잘 스며들어 살고 있다는 게 기특하게 느껴
졌다.

잠시 기다리게 한 후 카페 뒤 주차장에서 소희가 차를 몰
고 나타났다. 선이 타던 차였다.

소희는 무언가 생각난 듯 차를 돌리더니 집에 잠시 들러
제 폴라로이드 즉석카메라를 챙겨 나왔다.

소희는 그동안 운전이 꽤 늘었다. 선은 자신의 병을 알게된
뒤 바로 소희에게 차를 넘겼다. 그전에는 소희가 선의 차에
눈독을 들여도 본체만체하던 선이었기에 소희는 의아했다.

"엄마도 어쩔 수 없이 보통 엄마였어요. 제가 운전하는 게 미덥지 않았나 봐요. 근데 아프고 나더니 저에게 운전 못 시켜 안달난 사람처럼 시키더라고요. 연습시키려 그랬나 봐요. 가시기 전에 제가 능숙해지길 바라셨나 봐요."

실제로 소희는 능숙하게 차를 몰았다. 군산오름은 좁은 외길에 경사도 심해 쉽지 않은 길이었다. 일몰 명소지만 사람이 많지 않은 이유도 그 때문이었다.

얼마쯤 올랐을까. 소희는 차를 세웠다. 시동을 아예 끄고 한 손 검지를 세워 자기 입에. 다른 손 검지로 오른쪽을 가리켰다. 소희의 손가락을 따라가자 거기 노루 두 마리가 칡넝쿨을 뜯어먹고 있었다. 아주 어린 새끼를 거느린 엄마 노루로 보였다. 소희의 눈에 눈물이 차오르고 있었다. 미현이 운전대 위 소희의 손을 가만히 잡았다.

소희가 다시 시동을 걸었다. 백미러에 뒤에서 올라오는 차가 보였다. 저들도 노을을 보러 오는 여행객들로 보였다.

비탈진 외길을 아슬아슬하게 달려 오름의 정상 바로 아래까지 올랐다. 뒤로도 차량 두 대가 따라왔다.

주차한 후 사람들을 먼저 올려보내고 천천히 뒤따랐다. 정상에 오른 이들은 쉽게 내려갈 기미 없이 바위에 걸터앉아 서쪽을 바라보고 있었다. 미현은 소희를 향해 저 아래 벤치를 눈짓으로 가리켰다. 사람들을 피하고 싶은 마음을 알았는지 소희가 몸을 돌려 미현에게 손을 내밀었다. 미현은 마치 선이 손을 내민 것 같은 착각에 빠졌다. 소희의 열 손가락에는 봉숭아 물이 고르게 들어 있었다. 손톱뿐 아니라 손가락 물이 다 빠지지 않은 걸 보면 선이 떠나기 전에 해줬을 것이다. 물들인 손가락을 쳐다보는 걸 눈치챈 소희가 맞다는 듯 고개를 끄덕이며 수줍게 웃었다.

다시 내려와 벤치에 나란히 앉았다.

"엄마랑 여길 참 자주 왔었어요. 엄마가 이모 오면 여기 데려와 달라고 하셨어요."

"나도 여길 와 보고 싶었는데 올 때마다 이상하게 여의찮더라. 이제야 와 보네."

정말 그랬다. 20여 년간 수없이 제주에 왔지만 군산오름은 처음이었다. 선은 그곳에서 노을을 함께 보고 싶어 했다. 몇 번 기회가 있었지만 그때마다 어긋났다. 집 앞에서 바로 볼 수 있는 박수기정 노을과 달리 차가 필요했다. 멀쩡하던 차가 고장 나거나, 귤 출하 택배 마감이거나, 비가 오거나, 흐리거나, 그때마다 다음을 기약했다.

참 알 수 없는 일이었다. 이렇게 한 번에 올 수 있는 걸 선과는 왜 그렇게 힘들었을까. 일이 생길 때마다 선이 농담처럼 하는 말이 있었다. 너무 귀해서 꼭꼭 감춰두었다고.

아직 일몰 시간이 남아 그런지 애들이 보챈 탓인지 정상에 있던 사람들이 내려갔다. 미현은 다시 소희에게 눈짓했다. 소희가 인화된 필름을 집어 들었다. 그중 하나를 미현에게 내밀었다. 언제 찍었는지 모를 미현의 뒷모습이었다. 뒷모습에도 표정이 있다면 쓸쓸하기 그지없는 사진이었다. 오랫동안 생각에 잠긴 듯한 사람의 고요함과 고독이 그대로 인화됐다. 정상에는 이제 오롯이 둘만 남았다.

"엄마가 이모를 왜 여기 데려오라고 했는지 알 것 같아요."

그 말을 하면서 소희가 팔을 들어 먼 곳을 가리켰다. 한라산이었다. 지금까지 그렇게 맑고 선명하게 한라산을 본 게 처음이었다. 그리고 보니 하늘도 구름 한 점 없이 파랬다. 소희의 손가락을 따라 한 바퀴 휘돌았다. 파란 하늘과 그보다 더 파란 바다, 그리고 한라산. 숨이 막힐 정도로 아름다웠다. 지상에서 보던 것과는 또 다른 감동이었다. 선은 그래서 그렇게 보여주고 싶었던 모양이었다.

"엄마가 이모한테 보여주려고 구름 한 점까지 모두 거둬갔나 봐요."

소희의 말에는 한 조각 의심도 없어 보였다. 어쩜 저렇게 맑고 순수할까. 영락없이 선을 닮았다.

소희가 폴라로이드 카메라로 사진 몇 장을 더 찍었다. 찍을 때마다 필름을 미현이 앉은 바위 옆에 나란히 놓았다.

"소희야, 억지로 참지 마. 우린 모두 충분한 애도를 해야 해."

눌러놓고 꼭꼭 참으면 언제가 터질 것이다. 미현은 소희가 참고 있는 게 보였다. 사람이 사람을 떠나보내고 이제 겨우 열흘 남짓, 괜찮냐고 물어보지 않았다. 괜찮지 않음을 잘 알기에. 자신 역시 그렇다. 많은 고민 끝에 제주에 왔다. 회피하기 싫어서, 부딪쳐 보고 싶어서, 그리고 함께 겪고 싶어서.

규는 떠나고 없었다. 소희는 아빠가 혼자 여행 중이라고 했다. 선이 그랬던 것처럼 규 역시 공항으로 가지 못했다. 선처럼 자신이 위로받고 치유 받아야 할 곳 역시 제주라고 생각했기에 선과의 추억이 있는 성산으로 갔다고 했다. 연락할까, 묻는 소희에게 그러지 말라고 했다. 규에게도 선을 애도할 시간이 필요할 테니까. 규만의 방식으로 말이다. 그래서 규는 그렇게 서둘러 청귤청을 미현에게 보낸 것이 아니었을까. 아무와도 접촉하지 않고, 아무것에도 신경 쓰지 않고 오롯이 혼자서 선과 이별 예식을 치르고 있을 규. 사랑하는 사람과 둘이서만 그 예식을 가장 신성하게 치르고 있는지도 모른다. 규라면, 선의 마음을 누구보다 잘 아는 규라면 정말 그럴지도 모른다고 생각했다.

"엄마는 자유로운 영혼이었어요."

잠시의 침묵을 깨고 소희가 생각난다는 듯이 말했다.

선은 여러 사람 속에 있어도 섬처럼 외로웠다. 그런 선이 제주에 와서 더 이상 외롭지 않게 살았다는 걸 미현은 안다. 그러면서 어느 결엔가 선은 바다처럼 넓은 사람이 되어있었다. 미현은 소희도 그걸 알고 있고 어쩌면 자신보다 더 선에 대해 잘 파악하고 있을지도 모른다고 생각했다. 그건 두

사람 사이가 그만큼 돈독했다는 의미일 터다. '선은 잘 살았구나.'

처음에는 아무것도 없던 여러 장의 작은 인화지에 시간이 지나면서 점차 형상이 나타나기 시작했다. 파란 바다에 떠있는 작은 섬이 하나씩 나타났다. 안 보인다고 없어지는 게 아니다. 감춘다고 사라지는 게 아니다. 그 섬이 거기 계속 있듯이 이제 선도 모두에게 그런 의미일 것이다.

소희가 가만히 미현의 어깨에 기댔다. 미현이 소희의 손을 끌어와 잡았다. 소희의 어깨가 가늘게 들썩였다.

미현은 생각했다. 선은 이러려고 소희로 하여금 자신을 그곳에 오르게 했다는 걸. 자신이 떠난 후 서로 위로하고 위로받기를 원했을 것이다.

서쪽 바다가 서서히 붉게 물들고 있었다. 따뜻하다. 더없이 따뜻해지는 일몰의 순간이다. 선도 이렇게 위로를 받고 치유된 것이라는 걸 이제 알 것 같았다.

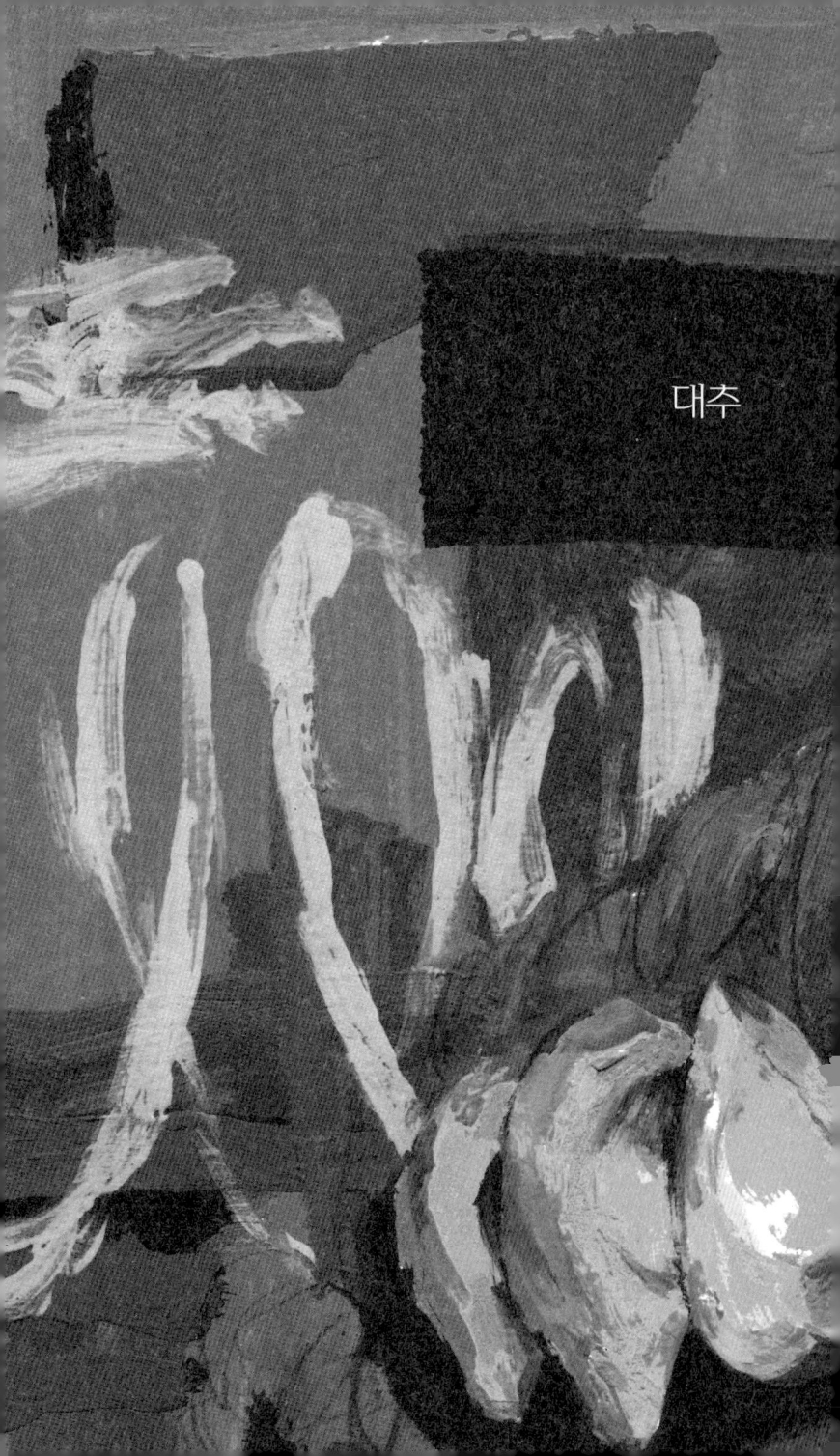

대추

나미는 대추나무 묘목을 보고 피식 웃었다. 내가 지금 무슨 짓을 한 거지? 이제 별짓을 다 하는구나. 속에서 혼잣말이 나오려는 걸 참으며 쓴웃음을 지었다.

　지난 주말 나미는 시장에서 대추 한 팩을 샀다. 대추라면 줄곧 외면했었는데 투명 플라스틱 팩에 들어있는 낯선 대추를 보자 생각이 달라졌다. 팩에는 '사과대추' 스티커가 붙어있었는데 지금까지 나미가 알고 있던 대추와 달랐다. 사과대추라고? 사과 맛이 난다는 건지, 사과처럼 커서 그런지 모르겠지만 지금까지 그렇게 큰 대추를 보지 못했다.

　종구는 대추를 좋아했다. 말라서 쭈글쭈글해진 마른 대추를 좋아했고 언제라도 보이면 꼭 먹어야 한다고 믿었다. 그런가하면 나미는 사과를 좋아한다. 나미에게 계절의 왕은 가을이고 그 가을엔 뭐니 뭐니 해도 사과가 최고라고 생각해 왔다. 나미에게 대추는 단지 제수용이어서 평소 먹을 일이 없었다. 반면 종구는 계절이나 용도와 관계 없이 눈에 띄면 반드시 먹어야 한다고 믿는 과일이 바로 대추였다.

"대추를 보고 먹지 않으면 늙는대, 당신도 먹어봐."

대추에 대한 종구의 믿음은 마치 신앙과 같았다. 종구는 나미에게도 자꾸만 대추를 권했다. 과일 하면 떠올리게 되는 맛도, 식감도 아닌 기껏 노화 방지 효과를 기대하다니. '그깟 대추에?' 나미는 손사래를 쳤다. 생각할수록 그런 종구를 유치하고 어리석다고 생각했다. 하지만 종구의 성화에 마지못해 먹게 되는 날도 있었다. 그렇지만 바짝 말라 있는 껍데기는 마치 재활용 갱지를 씹는듯한 느낌이었다. 속살의 단맛은 인색했고, 거칠고 뻣뻣한 껍데기의 식감이 싫었다. 무엇보다 질색인 건 억세고, 딱딱하고, 끝부분마저 가시처럼 뾰족한 씨였다. 종구가 극찬하는 그 짧은 단맛을 감수하기에는 과정이 빈약하고 아쉬웠다. 나미는 명확한 게 좋았다. 사과 중에도 달면서도 새콤한 홍옥을 좋아했다. 홍로나 부사처럼 단맛만 나는 사과는 좋아하지 않았다.

* * *

서해대교를 절반 정도 지났을 무렵, 종구는 차창을 내렸다. 서해의 바람에는 비릿한 냄새와 소금기가 느껴진다던 나미의 말이 떠올랐다. 태어날 때부터 몸에 익혀진 감각이라 정작 바닷가 출신인 종구는 의식하지 못하던 느낌이었다. 새삼스럽게 나미가 말한 비릿함과 짠 기를 느껴보고 싶었다. 그렇지만 종구의 생각과 달리 떠오른 것은 거래처 대표의 냉담과 불신의 눈초리였다.

서평택을 지나 평택제천고속도로와 합류하는 지점부터 차량 정체가 시작되었다. 자신이 지금 숨이 막힐 정도로 답답한 이유가 그 대표 때문인지 병목현상으로 정체가 시작되었기 때문인지 판단할 수 없었다.

발안 IC를 지날 무렵 내비게이션 경로가 비봉 IC를 빠져 39번 국도로 변경되었다. 마침 라디오의 교통정보에 매송 휴게소 부근 6중 추돌사고 소식이 전해졌다. 선택의 여지 없이 비봉 나들목을 빠져나와 39번 국도로 접어들었다. 그곳 역시 퇴근 차량으로 원활한 흐름을 기대하기는 힘들어 보였다. 병목현상으로 길게 꼬리 문 차량의 행렬을 보면서 나미에게 전화했다. 나미는 종구의 귀가 시간에 맞춰 정확하게 식사 준비를 했기 때문에 어긋날 때는 미리 연락하기를 원했다. 그걸 놓치는 날에는 기껏 준비한 사람의 성의를 배려하지 못하는 무심한 사람이라는 소리를 들어야 했다. 길이 막혀 계획보다 지체된다고 말하자 나미는 알았으니 조심해서 오라며 전화를 끊었다. 종구가 좋아하는 가을 꽃게로 꽃게탕을 끓였다는 말도 잊지 않았다. 그때까지만 해도 미덥지 않은 것들이 계속 종구의 머릿속을 어지럽히던 중이었다. 그러나 나미의 말에 갑자기 힘이 솟았다. 그는 세차게 고개를 흔들며 중얼거렸다.

"난 떳떳해, 난 진실해, 난 최선을 다했어."

차 안에는 자신뿐이었지만 꼭 누군가 들어줄 것만 같았다. 그렇게 외치고 나니 기분이 한결 좋아졌다.

바닷가 출신답게 종구는 해산물을 좋아했다. 철마다 어떤 해산물을 먹어야 최상의 맛을 볼 수 있는지 훤히 꿰고 있었다. 봄이면 쌀밥 같은 알이 가득 오르는 주꾸미를 먹어야 한다, 가을 꽃게탕은 암게보다 수게로 끓여야 더 시원하고 살이 쫄깃해서 맛있다, 홍합은 찬바람 부는 겨울이 와야 비로소 껍데기를 가득 채울 만큼 살이 오른다, 종구에게 수없이 들은 말이다. 그는 박속을 넣은 맑은 국물에 살아있는 낙지를 살짝 데쳐 먹고, 그 국물에 칼국수와 수제비를 끓여 먹는 박속낙지를 어머니의 손맛이라 알고 자랐다. 그런가 하면 내륙지방 출신인 나미는 해산물을 좋아하지 않았다. 자반 고등어 구이만 먹어봤던 나미는 결혼하고서야 생물로 만든 고등어찜을 먹어보고는 놀랐다. 종구는 상견례 자리를 일식당으로 잡았다. 잘 보이고 싶은 마음과 처가 식구들을 대접하고 싶었다. 그날 종구는 생선회를 보고 난처해하는 나미의 가족들을 보고 자신의 배려가 얼마나 빗나갔는지 깨달았다. 그렇게 종구와 나미는 좋아하는 과일부터 식성까지,

뭐 하나 맞는 게 없었다.

차량 불빛이 꼬리를 문 도로 옆에 1톤 화물차 한 대가 보였다. 과일 노점이었다. 주황색 단감이 검은색 그물망에 몇 무더기, 그 옆에는 빨간 고무 그릇에 사과가 한 무더기씩 담겨있었다. 무심코 지나려던 종구는 사과를 좋아하는 나미가 떠올라 갓길에 차를 세웠다.

처가에는 사과나무 세 그루가 있었다. 그곳은 주민 대부분이 사과 농사를 지어, 마을 전체가 하나의 커다란 사과 과수원처럼 보이는 곳이었다. 쌀농사를 짓는 논이 아예 없기도 하고, 땅처럼 생긴 곳이라면 대부분 사과나무가 심겨 있었다. 가을이면 온 동네가 빨갛게 익은 사과로 장관이었다. 종구는 나무에 열린 사과를 처음 보았다. 아무리 봐도 질리지 않고 볼 때마다 감탄할 만큼 아름다운 풍경이었다. 그래서 늦가을에 처가에 가는 걸 좋아했다. 그렇지만 나미는 웬일인지 가을에 집에 가는 걸 싫어했는데, 장인이 노름으로 과수원을 다 팔았기 때문이라는 것을 나중에야 알았다. 자신이 그토록 감탄하고 부러워했던 동네 초입 가장 큰 과수원이 처가 소유의 과수원이었다는 사실도 함께.

사람들의 입맛이 변한 것은 물론, 수확성과 저장성이 더 좋은 것으로 품종을 교체해야 한다는 바람이 사과 농장에도 불었다. 홍옥을 재배하는 과수원 역시 그 시기 다른 품종으로 대체되었다. 과수원을 잃은 그해에 장인은 딸들이 좋아하는 홍옥 세 그루를 사다 집 주변에 새로 심었다. 아마도 나름의 속죄가 아니었을까. 홀로 남은 장모가 작년에 안산의 처남 집으로 올라왔다. 고된 농사일로 인해 나이에 비해 허리가 심하게 굽은 장모는 맞벌이하는 며느리 대신 손자를 돌보게 되었다. 장모와의 합가를 핑계로 넓은 집이 필요하다는 말에 고향집을 팔았고, 그러면서 세 그루의 사과나무가 있던 집 주변 땅까지 팔리게 되었다. 도시에서 퇴직 후 귀촌했다는 새 집주인은 사과나무를 베어버렸다고 했다. 달고 맛있는 품종의 사과가 얼마나 많은데 요즘 누가 홍옥을 먹느냐며 오히려 반문했다. 사과나무를 기르지 않아도, 한나절만 이웃집 사과밭을 어슬렁거리며 거드는 시늉만 해도 충분히 얻어먹을 수 있는 동네라고도 말했다. 대신 그 자리에 대봉 감을 심었다며 이제 막 어른 허리만큼 오는 감나무를 가리켰었다.

비상등을 켜고 차에서 내리자 노점상이 얼른 종구 곁으로 다가왔다. 핏빛처럼 유난히 빨간 것이 종구가 보기에는 홍옥이 틀림없었다. 요샌 구하기 힘들다는데, 반가운 마음과 함께 꽃게탕에 대한 보답이라고 생각하니 으쓱한 기분이 들었다. 홍옥이냐고 물을 사이도 없이 남자가 씨 없는 반시 하나를 반으로 쩍 갈라 종구에게 내밀었다. 뻔한 호객행위라는 걸 알면서도 종구는 그걸 받아 입에 넣었다. 연화제로 익힌 듯한 반시는 단맛이 아예 없지 않았지만, 시골집 나무에서 따 먹던 다디단 홍시 맛에 한참 못 미쳤다. 반시를 입에 넣고 우물거리던 종구가 손짓으로 사과 그릇을 가리켰다. 남자가 재빠르게 검은 봉지에 그걸 담으며 단감을 가리켰다.

"단감이 한 망 만원이요. 반시도 사시면 서비스 많이 드릴게요."

종구는 얼른 만 원짜리 지폐 한 장을 남자의 손에 건네주고 남자의 손에서 사과 봉지를 낚아채듯 받아 돌아섰다. 자동차 불빛이 점점 더 길어지고 있었다.

집에 들어서자마자 익숙한 냄새가 코를 자극했다. 나미는 종구 손에 들린 검은 봉지와 종구를 번갈아가며 쳐다봤다. 그걸 식탁에 올려놓은 종구가 기분 좋게 말했다.

"아, 이거? 당신 좋아하는 홍옥이 나왔길래."

나미가 하나를 꺼내 유심히 바라보다 고개를 갸웃했다. 어떤 과일이든 늘 코로 먼저 가져가는 습관이 있는 나미의 모습을 보며 종구는 옷을 갈아입으러 방으로 갔다.

"이거 홍옥 아니야."

부엌에서 들려오는 목소리에 실망한 티가 역력했다.

그가 옷을 갈아입고서 손까지 씻고 나오자 저녁상이 차려져 있었다. 휴대용 인덕션 위 전골냄비에서 꽃게탕이 보글보글 끓고 있었다. 쑥갓은 이제 막 숨이 죽기 시작했다. 역시 아내의 음식은 맛도 모양도 완벽했다.

"사과는 새콤달콤해야지. 무슨 사과가 이렇게 단맛만 나지? 이건 홍옥이 아니야."

이미 저녁을 먹은 나미는 사과를 껍질째로 베어문 후 못마땅한 티를 감추지 않고 말했다.

"요즘 시장에 나가도 홍옥 찾기가 하늘의 별 따기야. 이거처럼 죄다 홍로다, 감홍이다, 사과마다 설탕물을 주는지 전부 단맛만 나. 사람들 입맛까지 이제 극단적이야. 샤인머스켓이라고 요새 아주 극강의 단맛이 나는 청포도도 나왔더라고. 샤인 토마토는 너무 달아서 도저히 먹을 수가 없을 정도야. 과일도 천연의 맛을 잃어가고 자꾸 억지 단맛을 찾는 것 같아. 그럴 거면 그냥 설탕을 한 스푼씩 먹지 왜들 그러는지 몰라."

종구는 속으로 생각했다. 단맛만 나는 과일을 먹느니 설탕 한 스푼씩 먹는 게 낫다는 사람의 비유도 극단적인 게 아닌가 하고. 그 생각을 하자 피식 웃음이 났다. 종구가 소주 한 잔을 원샷했다. 그런 다음 게딱지 속 내장을 싹싹 긁어 입으로 가져갔다. 그다음엔 살짝 숨 죽은 쑥갓을 집어 들었다.

"그렇지. 쑥갓은 이렇게 숨이 살짝만 죽어야지. 역시 당신은 적당한 게 뭔지 안다니까."

나미는 피식 웃었다. 종구야말로 적당한 타이밍에 립서비스를 할 줄 아는 사람이었다. 조금 전까지 나미가 극단적이라 생각했던 종구였으니 말이다.

종구는 맨 먼저 게딱지를 떼어내고 가위를 들었다. 본격적으로 먹어보겠다는 신호다. 그는 집게발을 떼어낸 다음, 가운데 부분을 반으로 갈랐다. 그다음 네 쌍의 다리 중간을 다시 잘라냈다. 사람으로 치면 새끼발가락이라고도 볼 수 있는 마지막 납작 다리를 집어 들고 종구가 쓰읍 입맛을 다셨다. 젓가락으로 살을 쏙 빼냈다. 입으로 가져가기 전 나미를 한 번 쳐다본다. 나미가 고개를 저었다.

"당신은 이 맛있는 걸 왜 안 먹어?"

"입도 안 아파? 몇 번을 물어? 난 안 먹는 게 아니라 그렇게 품 많이 들어가는 건 싫다고 했잖아."

신혼 초에 종구는 꽃게 살을 일일이 발라 나미의 입에 넣어 주고는 했었다. 나미도 사과를 깎아 종구의 입에 넣어주었다. 언제부턴가 종구는 나미의 입에 꽃게 살을 발라 넣어주지 않았다. 나미도 꽃게에 흥미를 잃었다. 나미는 때때로 종구의 입에 맞는 해산물을 구해 요리했고 종구는 때때로 나미에게 제철 과일을 사줬다. 나미는 이제 사과를 통째 들고 껍질까지 먹었다.

* * *

오늘 나미는 사과대추와 함께 청주도 한 병 샀다. 종구는 왜 그렇게 늙는 게 두려웠을까. 종구는 늘 자신이 나미 보다 여덟 살이나 많은 것을 의식했었다. 그게 뭐가 됐든 때때로 종구는 몸에 좋다는 것, 젊어진다는 것에 집착했다. 친구들 앞에서 나미가 나이보다 더 젊어 보이는 것에 은근한 자부심을 느끼면서, 한편으로 자신과 나이차가 많이 나게 보이는 것을 경계했다.

종구는 이제 더 이상 나이를 먹지 않게 되었고 늙는 것을 두려워하지 않아도 된다. 종구는 마흔세 살로 영원히 남을 것이다. 여덟 살이나 어렸던 나미는 꼬박꼬박 나이를 먹어 어느 순간 종구를 앞서 갈 테고, 종구 없이 혼자 늙어가게 되겠지. 종구가 떠나자 나미에게 더 이상 마른 대추를 권하는 사람이 없어졌다. 나미는 그 후로 한 번도 대추를 먹지 않았다. 그런 나미가 벌써 두 번째 대추를 샀다. 이번에는 종구를 위해서.

소반 위에 빨갛게 익은 꽃게 하나를 올렸다. 사과대추도 한 접시 올리고 초를 켠 뒤 청주 한 잔을 따라놓았다. 종구의 기일, 나미는 혼자 그날을 보내고 있다. 더 이상 눈물은 나지 않았다. 시댁 식구들도 더 이상 나미를 찾지 않았다. 둘 사이 자식이 없으니 종구가 잊힌 듯 나미 역시 머지않아 완전히 잊힌 사람이 될 것이다.

나미가 잔 하나를 가져와 청주를 따랐다. 상위에 있던 잔에 제 잔을 살짝 부딪쳤다. 종구가 살아있을 때 한 번도 해

보지 못한 것을 떠난 뒤에야 하고 있다. 술을 한 모금도 마실 줄 모르던 나미가 작은 청주 한 병을 다 비우게 된 것은 종구가 떠나고 혼자 휴일을 보내면서부터다. 횟수를 거듭할수록 주량이 조금씩 늘어났다. 나미는 종구의 기일에 연연하지 않으려고 했지만, 몸에 새긴 문신처럼 자연스럽게 그날이 떠올랐다. 혼자서 그날을 기념하고 싶었다. 부딪친 잔을 입으로 가져갔다. 빈속에 목을 타고 내려가는 청주가 저홀로 길을 내며 흘러 내려가는 게 고스란히 느껴졌다.

나미가 그중 가장 큰 대추 하나를 집어 들었다. 보기 좋게 갈색으로 잘 익은 데다 표면이 매끈하게 빛났다. 한입 베어 물자 아삭 소리와 함께 입 안 가득 단맛이 퍼져왔다.

이 사과대추는 언제부터 있었을까? 아니, 없었을 거다. 있었다면 종구가 몰랐을 리 없지 않은가. 그랬다면 말라서 과즙이라고는 한 방울도 없는 바짝 마른 대추를 계속 고집하기보다 이 사과대추를 더 좋아하지 않았을까.

나미는 다시 잔을 채웠다. 그런 다음 종구처럼 게딱지를 떼어내고, 수저로 게딱지 속을 싹싹 긁어모아 입으로 가져갔다. 가위를 들었다. 그럴 때 종구는 나미를 보고 씩 웃으며 말했다. '니들이 게 맛을 알아?' 나미도 늙은 배우가 나오던 광고가 떠올라 헛웃음이 났다.

"난 싫어한 게 아니라 귀찮아서 그런 거라고."

나미는 누구에게 하는 말인지 모르게 혼잣말을 했다. 오랫동안 천천히, 마치 종구가 하던 것처럼 정성껏 게살을 파내어 청주와 함께 먹었다. 게 한 마리를 다 파먹고 사과대추 한 접시를 다 먹자 술병도 비워졌다.

나미는 비틀거리며 일어나 노트북을 열었다.

* * *

"사장님. 아까 주인 할아버지가 와서 사과 따갔어요."

점심 약속이 있어 외출했다 돌아왔을 때 아르바이트생이 입을 삐쭉거리며 말했다.

"치사하게 누가 그깟 사과 따 먹을까 봐. 우릴 못 믿겠다는 거 아녜요? 정말 갑질 쩔어."

설마, 아직 익지도 않은 걸 뭐 하러 따갔을까. 믿을 수 없었지만 창가로 다가가 내다보니 정말 전날까지 나무에 달려있던 사과 네 알이 보이지 않았다. 나미의 심장 역시 그 나무에 사과처럼 매달려 있다 쿵, 하고 떨어진 기분이었다. 나미는 생각했다. 주인이 사과나무를 보고 너무 기뻐하던 자신을 오해했을 거란 생각이 들었다. '내가 아무리 사과나무를 좋아했기로 설마 남의 것에 손을 댈까.' 섭섭한 마음에 무언가 울컥 가슴을 치고 올라왔다. 어제 밤에 마신 정종의 기운이 그제야 올라오는지 속이 울렁였다.

카페 건물은 주인 할아버지가 노후 자금을 털어 마련한

상가주택이었다. 나미는 그곳의 1층에 세 들면서 3층 살림집까지 한 번에 계약했다. 그러자 주인은 보증금을 깎아 주며 월세만 밀리지 않으면 오래 있어도 좋다고 약속했었다. 나미의 카페와 여섯 가구에서 나오는 월세로 여유 있는 노후를 보내게 된 주인은 앞으로도 재계약 때마다 굳이 월세를 올리지 않는 대신 월세를 한 달이라도 밀릴 경우 재계약은 장담할 수 없다고 미리 엄포를 놓았다.

3년 전 식목일 날 주인 할아버지가 화단에 어른 키만 한 사과나무를 심었다고 들었는데, 올봄 사과꽃이 몇 개 피었다 진 자리에 정말 사과가 열렸다. 꽃이 필 때부터 나미는 그걸 보는 재미에 푹 빠졌다. 마치 고향의 사과나무를 다시 보는 것처럼 반가웠다. 나무가 커갈수록 품종이 궁금했지만 일부러 묻지 않았다. 점점 자라 사과꽃이 피고 붉은 사과가 주렁주렁 열리는 상상만으로도 나미는 행복했다. 그에 맞게 카페 이름도 바꿀까 생각했었다. 낮의 일로 퇴근 할 때까지 가슴에 내내 묵직한 무언가가 내려가지 않고 걸려있는 것 같았다.

센서 등이 켜지면서 나미의 눈에 현관 옆에 길쭉한 박스가 비스듬히 서있는 것이 눈에 들어왔다. 나미는 근래 들어 자신이 주문한 물품이 무엇이었는지, 그렇게 커다란 박스로 배달될 만한 물품이 있었는지 기억을 더듬어 봤지만 딱히 떠오르는 게 없었다. 그러고 보니 요즘 들어 늦은 시간 홈쇼핑도 시들했고 어쩌다 보니 인터넷 서점에서 책을 주문한 지도 한참 지났다는 생각이 들었다. 혼자 살면서 집밥을 해 먹는 일도 드물어 특별히 장을 볼 일도 없었다. 옆집으로 온 건가 싶어 송장을 확인했다. 송장 대신 A4용지 크기의 종이 한 장이 박스의 중간쯤 붙어있었다.

'친구 식물', 'Friend Plant', '멋진 영아 이거 식물, 오늘 안 가면 야들 쓰러져유', '먼 길 달려온 친구에게 꼭! 물 한 잔 부탁드려요'

라는 문구와 개인 휴대전화 번호가 적혀 있었다. 나미는 더욱 어리둥절했다.

'친구 식물'은 뭐고 '물 한 잔'은 그걸 배달한 배달 기사에게 주라는 건가, 헷갈렸다. 심지어는 '야들'이나 '쓰러져유'라는 충청도 사투리 표현마저 낯설기만 했다. 나미는 다시 박스를 돌려 송장을 찾았다. 송장에 적힌 수취인은 분명 김나미 본인이었다. 나미는 안으로 들이기 위해 박스를 들어봤지만 생각보다 무거웠다. 할 수 없이 현관 안으로 밀어 넣었다.

옷을 갈아입고 나와 신발장 옆에 그대로 세워둔 박스를 끌어 바닥에 눕혔다. 꼼꼼하게 붙여진 투명 테이프를 커터 칼로 가르자 박스가 대문처럼 양쪽으로 열렸다. 그건 놀랍게도 대추나무였다. 송장을 다시 확인해 보니 품목에 정말

'사과대추'라고 적혀 있었다. 나미는 재빠르게 기억을 재생해 보았다.

어제 낮 시장에서 사과대추 한 팩을 사 왔고 그걸 저녁에 종구의 제상에 올린 후 청주와 함께 먹었다. 아침에 일어나 접시 위에 씨만 한 무더기 남은 것을 확인하고 쓰레기통에 버렸던 것이 떠올랐다. 그런데 다음날 거짓말처럼 나미에게 사과대추나무가 배달된 거다. 나미는 어리둥절하다가 문득 어떤 생각이 떠올라 컴퓨터를 켰다. 쿠팡 주문 목록에 배송 완료된 사과대추 기록이 있었다.

대추나무는 두 그루 묶음 배송이었다. 무슨 생각으로, 아니, 아무 생각 할 겨를 없이 나미는 충동적으로 인터넷 쇼핑을 했던 게 어렴풋이 떠올랐다.

종구를 생각하며 대추를 씹었다. 달콤하고 아삭한 식감까지 여태껏 몰랐던 생대추의 식감에 놀라면서 한 접시의 사과대추를 다 먹자 울컥 다시 종구가 떠올랐다. 대추를 싫어했던 자신은 해마다 나이를 먹고 그만큼 늙어가고 있다. 그렇게 대추를 좋아했던 종구는 나이도 더 먹지 못하고 늙지도 않은 채 마흔세 살에 머무를 것이었다. 그렇게 생각하니 울컥울컥 뜨거운 것이 올라왔다. 비틀거리며 일어나 컴퓨터를 켰고, 사과대추를 검색한 뒤 결제를 눌렀다.

그제야 그 과정이 하나씩 떠올랐다. 대추의 이름이 하필 사과대추라니. 길지 않았던 둘의 인연도 운명이었을까. 그 순간 재회한 반가운 기분에 종구의 말처럼 달콤하게 취했던 거다.

나미는 두 그루 묘목을 바라보며 길게 한숨을 쉬었다. 나미에게는 대추나무를 심을 땅이 없다. 카페 화단에 한 그루만이라도 심어볼까 했지만 허락 없이 심었다가 깐깐한 주인 할아버지가 어떻게 반응할지 몰라 세차게 고개를 저었다. 어찌할 바를 몰라 고민을 거듭했다. 주변에 심을만한 곳이 있을지 곰곰이 생각해 보았다. 한참을 골똘히 생각하던 나미는 번쩍하고 한 사람을 떠올리며 벌떡 일어나 휴대폰을 가져왔다.

친구 오인은 지하철로 삼십 분 거리의 서동탄역 근처 타운하우스에 산다. 나미와는 고등학교 동창 사이다. 어느 해인가, 유독 동창회장이 몇 번이나 동창회 참여 권고 문자를 보낸 적이 있었다. 새로 바뀐 회장은 동창회에 강한 애착을 가지고 있었다. 들리는 소문에는 자신의 사업을 위해서라고도 했다. 거기서 오인을 다시 만났고 오인은 그 자리에서 근처 사는 친구들을 제 집으로 초대했다. 그렇게 수원과 안양, 동탄에 사는 친구 몇 명을 집으로 초대한 게 그해 5월이었다.

오인의 집은 3층짜리 타운하우스였다. 마을 전체가 똑같이 백 평 남짓 땅에 똑같이 생긴 3층집을 올리고 제각각 경쟁적으로 정원을 꾸며놓은 아기자기한 동네였다. 오인은 오래전부터 정원을 가꾸는 취미가 있어서 타운하우스에 입주하기 전부터 가드닝을 배웠다고 했다. 오인의 정원은 정말 전문가의 손길이 닿은 것처럼 잘 꾸며져 있었다. 정원 둘레로 여러 가지 과실수를 심어놓았고 다래덩굴로 정자 그늘막까지 만들어 놓았다. 그 아래서 친구들은 오인이 직접 기른 채소를 곁들여 그녀의 남편이 구워주는 소고기를 먹었다. 체리 나무에는 이미 꽃이 피었다 지고 꽃이 진 자리에 팥알만 한 체리가 다닥다닥 붙어있었다. 그 앞 감나무에서는 지난해 대봉 감을 한 접 넘게 땄다고 자랑했다. 두 그루 포도나무에서도 새잎이 돋아나고 있었다. 오인이 가꿔놓은 정원에 다들 감탄하고 자신들도 주택에 살고 싶다고 부러워했다. 나미는 자신 역시 오인처럼 정원이 있는 주택에 사는 게 꿈이었다. 오인의 집에 다녀온 날 종구에게 얘기했다. 종구가 나미의 꿈을 꼭 이뤄줄 수 있을 거라 굳게 믿었다. 그 뒤로 가드닝이라는 공통의 관심사로 둘은 자주 연락하는 사이가 되었다.

종구가 떠나고 나미는 친구들과 연락하지 않고 지냈다. 사과대추가 아니었다면 나미는 여전히 오인에게 연락하지 않았을 거다. 오인에게 카톡을 보냈다.

"너희 집 정원에 대추나무도 있어? 혹시 괜찮으면 사과대추나무 한 그루 줄까?"

휴대폰 카메라로 찍은 대추나무 사진을 첨부하는 것도 잊지 않았다. 잠시 뒤 오인이 문자를 확인했는지 숫자 1이 지워졌다. 하지만 답장은 오지 않았다. 나미는 괜스레 불편한 마음이 들었다. 오인이 자신의 뜻을 오해한 건 아닌지, 오인이 기획한 대로 꾸미고 싶은 정원에 자신이 보내는 대추나무가 불청객처럼 느껴져 불쾌한 것은 아닌지 짧은 순간 생각이 복잡하게 얽혔다. 대추나무에 사랑 대신 오지랖이 걸리는 건 아닌지 걱정이 들었다. 오인에게선 한참 후에 답장이 왔다.

"없어, 좋아."

아주 짧고 단순 명료했다. 오인의 성격은 원래 그랬다. 그제야 안심한 나미는 대추나무를 베란다로 옮겼다. 오인의 집에 가져다주려면 휴무일인 월요일까지 기다려야 한다. 플라스틱 포트에 잘 싸여있는 그것들의 위쪽을 터서 냉수를 한 컵씩 부어주었다. 나란히 세워놓은 나무는 나미의 골반 정도까지 키가 자라 있었다.

나머지 한 그루를 어떻게 처리할지가 고민이었다. 방법이 떠오를 때까지, 임자가 나타날 때까지 죽이지 않고 잘 보관할 수 있을지 걱정이 앞섰다. 마치 종구가 자신에게 안겨주고 간 숙제 같았다.

종구가 떠나고 여기저기서 차용증이 날아왔다. 대부분 나미가 몰랐던 것들이었다. 연구 개발하던 치아 가공기에 문제가 생겼다는 것을 짐작하고 물었을 때도 종구는 별일 아니라고, 잘 해결될 거라고만 말했다. 빌린 돈은 그때 개발비로 전부 들어갔다. 그게 차용증으로 되돌아왔다. 날짜와 종구의 필체로 그걸 확인했다.

나미는 종구를 아는 만큼 믿었다. 종구는 사무실에서 수시로 밤을 지새우면서 연구에 연구를 거듭한 끝에 치아 가공기를 완성했다. 그러나 제품을 출시하고 얼마 후 고발장이 날아왔다. 종구가 타 업체의 특허를 침해했다는 특허권 침해 소송 건이었다.

종구는 피가 마른다고 호소했다. 분명 자신이 개발한 기계가 맞는데 타 업체가 만든 가공기와 주요 기술이 똑같았다. 특허를 낸 시점도 종구가 제품을 출시한 두 달 후였다. 종구가 빠르게 계약된 몇 건의 제품을 생산하느라 특허출원을 미루고 있는 사이 일어난 사태였다.

종구는 그 업체가 오히려 자신의 기술을 도용한 거라 반박했지만 아무도 믿어주지 않았다. 업계에 소문은 빠르게 퍼졌고, 대부분은 약자인 종구의 말을 귀담아듣지 않았다. 소송을 하는 동안 종구는 하루하루 말라갔다. 속이 다 타들어 간다고 호소했다. 오래된 대추나무의 겉 표피가 갈라져 떨어지듯 종구는 몰라보게 말라갔고 거칠어져 갔다.

고향 앞바다 바위틈에 곱게 기댄 채 잠자듯 있는 모습을 낚시꾼이 발견했다. 익사가 아니라 독극물이었다. 사람들은 거친 파도에 떠밀려 가거나 시신이 손상되지 않아 천만 다행이라고 위로했다. 나미는 생각했다. 세상에는 참 다양한 위로가 다 있구나. 그처럼 아무런 위로도 되지 못하는 무의미한 시간들이 지나가는 중이었고, 나미는 비로소 깨달았다. 스스로 위로하고 홀로 서야 함을.

대추나무 연 걸리듯 걸린 빚을 정리하니, 수중에 남은 돈은 보잘것없었다. 나미는 보험과 연금을 해약하고 형제들에게 조금씩 융통해서 지금의 카페와 집을 임대했다. 나미에게 커피 바리스타 자격증을 따도록 한 것은 생전의 종구였다.

오인은 장례식 후 처음 만나는 나미에게 무슨 말부터 해야 할지 몰라 망설이는 눈치였다.

"나미야, 괜찮지?"

"그럼, 걱정하지 마. 잘살고 있어."

"잘 키워 볼게 언제든지 보러 와."

나미는 오인과 함께 정원의 대봉나무 옆에 구덩이를 파고 사과대추나무를 심었다. 다 심은 뒤 발로 꾹꾹 밟아주었다.

오인은 나미를 정원의 정자로 안내한 후 노란 소국 한 송이를 따서 나미의 찻잔에 넣어주었다.

"네가 어떤 상황이든 우린 변함없이 친구 맞지? 저 대추나무가 우리 집에 오게 돼서 기뻐."

오인의 말에 나미는 그동안 가슴에 억눌려 있던 무언가가 사라지는 홀가분한 기분을 느꼈다. 잘 우러난 국화차에 떠 있는 샛노란 소국 한 송이가 마치 나미의 마음에 해처럼 떠오르는 것 같았다.

*　*　*

아직 뿌리내릴 곳을 찾지 못한 한 그루의 대추나무가 여전히 베란다에 있다.

포트를 감싸고 있던 검은 비닐과 뽁뽁이 비닐을 벗겼다. 부삽으로 사방을 톡톡 쳐내 뿌리가 빠지도록 해봤지만 단단하게 자리 잡았는지 좀체 빠지지 않았다. 지난번에는 비교적 수월하게 분리됐었는데, 아무래도 그동안 포트 속 열악한 환경에 독기를 품고 더 단단히 뭉쳐있는 모양이다. 할 수 없이 전지가위로 포트를 갈랐다. 포트는 보기보다 쉽게 잘렸다.

나미는 카페 화단의 사과나무 옆에 땅을 파고 대추나무를 심었다. 카페 앞을 지나던 주인 할아버지가 그걸 놓칠 리가 없었다.

"거 심어놔서 어쩌려고?"

"열리면 할아버지 다 드세요. 젊어지실 거예요."

"곧 건물을 매매할 생각이야. 자식 놈들이 하도 성화여서.

아, 그리고 글쎄 그 녀석들이 우리더러 시골에 가서 살라네."

나미는 새로 바뀌는 주인의 상황에 따라 언제 카페를 비워야 할지 모른다는 뜻이었다.

"누구라도 먹으면 되죠, 뭐."

나미는 이제 작은 것에 놀라지 않았고 무엇도 미리 염려하지 않는다. 그건 종구가 남긴 유산이었다. 어느새 나미의 마음속에도 대추 씨처럼 단단한 무엇이 자라고 있었다. 그건 오기였다가 끈기였다가 억척이기도 했다.

건물을 내놓은 지 한 달이 채 지나지 않아 매각이 이루어졌다. 새 주인은 건물을 매입해 베이커리와 브런치 카페로 새 단장을 할 거라며 계약일에 맞춰 비워줄 것을 통보했다. 계약기간이 아직 남았다고 하자 새 주인의 인상이 심하게 일그러졌다. 종구라면 이런 경우 어떻게 할까. 나미는 새삼 종구가 못 견디게 그리웠다. 정원의 대추나무에 몇 개 달려있던 잎이 벌써 다 떨어지고 가지만 남아 있었다.

다음날 출근한 나미의 눈에 파헤쳐진 대추나무가 뿌리를 드러낸 채 정원 바닥에 내팽개쳐져 있었다. 주인 할아버지는 나미가 가게를 비우지 않겠다고 할까 봐 조바심이 난 모양이었다. 그렇다고 나미에게 말도 없이 이제 막 자리 잡기시작한 묘목을 뽑아버리다니. 나미는 노인의 무례함에 단단히 붙들고 있던 무언가를 놓쳐버린 기분이었다. 마치 자신이 뿌리째 뽑힌 것 마냥 흔들렸다. 분노할 마음조차 생기지 않았다. 나미는 가게 문을 닫고 아주 많이 울었다.

그날 저녁 나미는 묘목을 화분에 다시 심었다. 내팽개쳐진 채로 두고 볼 수 없었다. 마침 베란다에는 지난겨울 추위에 얼어 정리한 산세비에리아 화분이 하나 있었다. 모종삽을 찾다가 보이지 않아 맨손으로 흙을 파냈다. 손톱 밑이 아렸지만 개의치 않았다. 다 심고 물을 주고 나자 그제야 조금 안도감이 생겼다.

결국 새 주인의 제안대로 이사비용을 받고 집과 가게를 내주기로 했다. 이사 전날 밤 나미는 이삿짐을 정리하다 말고 운동복으로 갈아입었다. 그리고 산책할 때 쓰는 검은색 야구 모자를 썼다. 모종삽을 챙긴 후 물도 한 병 챙겼다. 화분에서 뽑으면서 딸려 나온 흙을 그대로 비닐봉지에 넣어 분리되지 않도록 두 손으로 꾹꾹 힘주어 뭉쳤다.

종구와 살던 동네에 체육공원이 있다. 나미는 챙겨 온 것들을 한쪽 어깨에 메고 공원의 잔디밭 바깥 트랙을 천천히 걸었다. 밤 운동을 나온 사람이 더러 눈에 띄었다. 나미는 두리번거리며 나무가 우거진 곳들을 살폈다. 공원 바깥 가장자리를 집중적으로 눈여겨보았다. 트랙을 두 번 돌고 세 번째 트랙을 거의 돌 무렵 적당한 장소를 찾았다. 음수대 뒤쪽 쥐똥나무 울타리 뒤였다. 그 뒤로 넘어가는 게 쉽지 않아

보였으나 다행히 조금 더 옆으로 가니 울타리 사이 틈이 있었다. 가로등이 가까이 있지만 쪼그려 앉으면 사람들 눈에도 띄지 않을 정도의 높이였다.

비슷하게 트랙을 돌던 모녀지간으로 보이는 여성 둘이 지나가도록 걸음 속도를 줄인 후 울타리 틈새로 재빨리 숨어 들어갔다. 쥐똥나무 울타리에 등을 기대고 적당해 보이는 땅을 파기 시작했다. 나미는 실실 웃음이 났다. 스피노자의 명언처럼 내일 당장 지구가 망한다 해도 자신은 한 그루의 대추나무를 심겠다는 심정으로 삽을 들었다. 아무도 뭐라 하지 않을 만큼 인적 드문 밤이었다.

나미는 혼자 간직하고 싶었다. 주말 밤이면 종구와 나란히 트랙을 돌던 곳이다. 종구가 떠난 후 한 번도 찾지 않았지만 종구에게 보여주는 마음으로 대추나무를 심었다. 나무가 무럭무럭 자라서 대추가 열린다고 해도 그걸 따먹을 수는 없다는 건 나미 자신도 알고 있다.

'아무렴 어때, 남 좋은 일 좀 하지 뭐.' 나미는 혼잣말을 했다. 한참 동안 뱉지 못한 씨앗 하나가 여전히 입속을 굴러다녔다. 끝부분이 날카로워 입천장을 찔러대던 그것을 왜 아직 입속에 머금고 있었을까. 나미는 문득 무언가를 깨달은 사람처럼 서둘러 그것을 뱉어냈다. 비로소 입안이 개운해졌다.

공가

문자메시지에 적힌 비밀번호를 누른 뒤 손잡이를 오른쪽으로 돌렸다. 거동이 불편한 노인의 무릎 관절처럼 억지스럽게 문이 열렸다. 당장 기름칠이 필요해 보였다. 부식됐던 아래쪽은 페인트칠을 새로 한 흔적이 있었다. 최대한 같은 색을 내보려고 했겠지만 덜 빠진 커피 얼룩처럼 오히려 돋보였다. 현관 우측에 신발장 하나가 우뚝 서 있었다. 평수 작은 집의 좁은 현관에 억지로 짜 맞춘 듯한 신발장은 한쪽 문짝이 열린 채 삐딱하게 기울어져 있다. 닫으려고 보니 맨위 나사 하나가 간신히 걸려있는 게 눈에 들어왔다. 주위를 둘러보았다. 오랫동안 비어있던 집에 밟고 올라설 무언가가 있을 리 없었다. 거실로 연결되는 바닥에는 시커먼 얼룩이 가득했다. 한숨이 나왔다. 잠시 망설이다 신발을 신은 채 조심스럽게 안쪽을 향해 걸었다. 좌측의 작은 방은 창문이 복도 쪽으로 나 있었다. 그 옆은 세탁기 하나 정도 들어갈 수 있는 다용도실과 화장실이, 그리고 신발장부터 이어지는 맞은편 공간은 부엌이었다. 그다음으로 거실 겸 안방이 길게 이어져 그 앞에 붙어있었다. 전형적인 일자형 구조의 아파트였다. 벽 여기저기 울긋불긋한 아이들의 낙서가 가득했다. 현관부터 안방까지 열 걸음 남짓 걷다가 걸음을 멈췄다. 숨이 멎을 것 같았다. 마치 지상이 아닌 수면 아래로 점점 가라앉는 것처럼 막막하고 답답했다. 뒤돌아 그대로 나가고 싶어 돌아섰다. 뒤따라 들어오던 수연과 눈이 마주쳤다. 수연은 태연하게 벽 앞의 낙서를 보고있었다.

수연의 입꼬리가 희미하게 올라갔다. 잠시 뒤 수연이 현관 앞 작은 방에 제 캐리어를 두고 나오면서 말했다.

"이 집 엄마는 굉장히 너그러운 엄마였나 보네. 누구였다면 절대 용납할 수 없는 일 아니야?"

택시에서 내려 이곳까지 오는 동안 한마디 말도 없던 수연이 처음으로 입을 열었다. 적의와 비난의 의도가 명백한 물음이었고, 일종의 선고였다. 수연은 벽에 낙서는커녕 과자부스러기 하나도 용납되지 않았던 제 어린 시절이 떠오를 때마다 나를 비난하고 원망하고 싶어 죽겠다는 표정을 숨기지 않았다. 그 애 말처럼 나는 청결에 대한 강박이 있었다. 과자를 먹고 싶다고 하면 화장실 앞에 가서 한 손을 턱 아래 받치고 먹게 했다. 우리 집에서 돌아다니며 무언가를 먹는 다는 건 있을 수 없는 일이었다. 다른 집에 가서 아이

들이 과자를 봉지째 들고 돌아다니면서 먹는 걸 본 어린 수연은 어리둥절한 표정을 짓고는 했었다. 제 몫의 과자를 받아 들고 화장실 앞에 우두커니 서 있던 수연, 나와 눈이 마주치자 그제야 손을 턱에 받치고 오물오물 과자를 먹던 수연. 그걸 본 시누이는 뜨악한 표정을 지었고, 그날 밤 부부 싸움을 했다. 남편은 내 결벽증이 병적이라며 치료가 필요하다고 말했다. 그러나 나는 질려버렸다고 소리 지르는 남편을 오히려 이해할 수 없었다. 나는 내가 꿈꾸는 '완벽한 공간'을 더 완벽하게 꾸미기 위해 노력했을 뿐인데, 나의 수고를 인정하지 않는 남편이 원망스러울 뿐이었다. 그 완벽한 공간은 조금도 흐트러져서는 안 됐다. 누구도 어지럽히거나 해칠 수 없었다. 그게 자식일지라도.

사춘기에 접어들 무렵부터 수연은 정리정돈이라면 치를 떨었다. 나의 결벽과 연관 지어 본다면 당연한 결과였다. 그 애는 자신의 방에 자물쇠를 달고 나의 출입을 통제하며 저항하기에 이르렀다. 집안을 둘러보던 수연의 눈이 아이들의 낙서에 잠시 머무르더니 지난날이 떠오른 듯 나를 향한 매섭고 싸늘한 시선을 거두지 않았다.

안방 한구석에는 이불 한 채와 베개 두 개가 덩그러니 있었다. 언니네 손님방에서 사용하던 침구였다. 가스레인지 위의 냄비와 프라이팬도 언니가 쓰던 것들이었다. 싱크대 위에는 그릇 몇 가지가 놓여있었고, 문짝 안쪽 칼집에는 식

칼 하나가 꽂힌 모습이었다.

또다시 요의가 느껴졌다. 화장실 문과 마주 놓여있는 변기는 비교적 양호해 보였다. 바지를 내리고 변기에 앉자 통증으로 인한 고통의 강도가 더해져 갔다. 그 와중에도 무릎이 문에 닿자 얼른 다리를 최대한 벌렸다. 강렬했던 느낌과 달리 오줌은 찔끔거리며 나왔다. 요도를 통과하는 게 전신으로 느껴질 만큼 고통은 구체적이었다. 칼로 도려내는 아픔과 불에 덴 듯한 열감이 아랫도리에 강하게 전해졌다. 그때마다 숨을 최대한 참았다 내쉬기를 반복했다. 고통을 고통으로 이겨보려는 안간힘. 가늘고, 길게, 통증의 시간도 그만큼 길었다. 볼일을 마쳤을 때는 여지없이 콧등에 땀방울이 배어 있었다. 내일은 꼭 병원에 가야겠다고 다짐했다. 하필 이런 상황에 방광염이라니 짜증마저 나를 한 방 먹인 기분이었다. 뒤처리를 하고 나오자 수연이 이불을 말아 벽 쪽에 밀어놓고 기대앉아 휴대폰 액정을 보고 있었다.

"아 짜증나! 뭔 집구석이 와이파이도 안 잡히냐고."

수연과는 이제 눈을 마주치기가 두렵다. 달리 대꾸할 말을 찾지 못해 바닥만 내려다봤다. 장판 위에 투명 테이프가 방을 가로질러 붙어있었다. 날카로운 것으로 한 번에 긋기라도 한 것처럼 절단면은 비교적 깔끔했다. 순간, 나는 마치 장판을 긋던 그 칼날에 베인 듯한 기분이 들었다. 오랫동안 잊고 있던 과거 한 장면이 불현듯 떠오른 것이다. 야무지게,

망설임 따위 생각할 겨를 없이 그어버렸던 어린 여자아이의 질투처럼 차마 해소되지 못한 미련과 집착의 순간이었다. 부끄러워 얼굴이 달아올랐지만 부정하듯 입에서는 생각지 못한 말이 튀어나왔다.

"여기 살던 사람은 뭐 하던 사람들이었을까?"

그 말에 어이없다는 듯 수연이 날카롭게 소리를 질렀다.

"아, 씨발. 와이파이가 안 잡힌다고요오. 여기 살던 사람들이 뭘 하고 살았든 그게 지금 왜 궁금한데? 하여간 더럽게 현실감 떨어져. 기분 존나 더러워."

수연은 벌떡 일어나 휴대폰을 머리 위로 쳐들었다. 그러고는 집안 여기저기 와이파이 신호를 찾아 서성이더니 휙 돌아 현관 앞 작은 방으로 들어갔다. 쾅 하고 세게 문 닫는 소리가 들렸다. '그래 넌 좋겠다. 성질낼 사람 있어서. 나도 누군가를 마음 놓고 원망할 수 있으면 좋겠다. 그러면 과연 내가 가진 불안과 고통의 무게도 줄어들까?' 대꾸가 불필요한 혼잣말을 하고 있는 이런 상황이 당황스럽다.

그제야 집안 가득한 공기가 느껴졌다. 오래 묵어 퀴퀴한 냄새가 코를 자극했다. 환기가 필요했다. 그런데 아무리 당겨도 창문은 꿈쩍도 하지 않았다. 창틀의 뒤틀림 때문인지, 아니면 롤러의 문제인지 쉽게 열릴 기미가 없었다. '뭐 하나 뜻대로 되는 게 없구나.', 울컥하는 감정이 치밀어 올라왔다. 줄다리기 시합을 할 때처럼 두 다리에 힘을 주며 버틴 채 양손을 다 써서 간신히 한쪽 창을 여는 데 성공했다. 자신감이 붙어 나머지 한쪽도 당겨 보았지만, 끝끝내 열리지 않았다. 아무리 애써도 끝내 마음먹은 대로 되지 않는 것은 어느 순간에나 있기 마련이 아닌가. 지금 우리 상황이 그렇다. 한동안 유지되었던 우리의 삶은 나름대로 완벽에 가까웠다. 인간은 적응하기 나름이고 나는 내가 꿈꿔왔던 삶에 겨우 입성해 자리를 잡은 참이었다. 이상적인 삶에 정착하기 위해 숱한 시행착오도 이겨냈으니, 이제 내 삶에 더 이상의 굴곡은 없을 거라고 생각했다. 그러나 가장 중요한 한 가지를 놓치고야 말았다. 내 삶에 프로그램된 오류가 아직 남아 있음을 미처 발견하지 못한 것이었다.

열린 창으로 적당하게 찬바람이 불어왔다. 폐 속까지 깊이 숨을 들이마셨다가 오랫동안 숨을 참아보았다. 할 수만 있다면 이대로 영원히 숨을 내뱉고 싶지 않았다. 창밖을 내다보니 겨우 5층밖에 되지 않는데도 바닥이 아득했다. 40층에 살 때는 높다는 생각조차 하지 못했고, 오히려 맨 꼭대기 46층의 펜트하우스에 올라가지 못해 늘 불만족이었다. 추락의 느낌은 상상이 아니라 얼마든지 실재한다. 나는 이미 40층에서 추락했다. 추락의 충격 역시 상상 이상이었다.

베란다 한구석에는 플라스틱 빗자루와 손잡이가 짧은 쓰레받기가 있었다. 바닥에는 갈색의 타일이 깔려 있지만 여기저기 깨지거나 떨어져 나가 빈틈이 많았다. 미처 다 쓸리지 않은 타일 조각들을 쓸어 담았다. 먼지가 집안으로 날리지 않도록 얼른 문을 닫고 들어와 부엌으로 갔다.

냄비 안에는 봉투 하나가 들어있었다. 우선 쌀이라도 사고 냉장고는 다녀와서 구해보겠다는 메모와 함께 5만 원권 몇 장이 들어있다. 냉장고라니, 피식 헛웃음이 났다. 언니는 우리가 여기에 얼마나 머물 거라 생각하는 것일까. 냉장고는 곧 정착을 의미하지 않던가. 기약 없이 숨어든 자신들에게는 주제넘은 물건이었다.

"회비를 돌려주지 않는다니 어떡하니. 너희 보기 싫어서 일부러 맞춰서 떠나는 거 아니니까 오해하지 마."

"오해는 무슨, 내가 오해하고 자시고 할 주제나 되나 뭐."

"또 그런다. 너 그렇게 기죽어 있으니 보는 사람들이 다 불편하지. 그래, 제부한텐 가 봤고?"

"며칠 있다가 가 보려고."

어제 통화하면서도 언니는 별말이 없었다. 오늘 아침 남해로 2박 3일 여행을 떠났으니 어제쯤 다녀간 모양이다. 누구나 차마 마주하기 싫은 순간이 있다. 친정 식구들에게는 지금의 내 상황이 그럴 것이다. 더는 도움을 바라기도 염치가 없었다. 마침 여행을 가게 돼 마주치지 않게 된 편이 내 입장에서도 오히려 다행이라 생각했다.

수연이 제 캐리어를 다시 끌고 나왔다. 얼굴이 잔뜩 구겨진 채였다. 어느새 옷도 갈아입었다. 수연은 제 학교 교복을 좋아했다. 바로 단지 앞에 있는 고등학교를 마다하고 버스를 갈아타고 인근 시까지 통학하는 걸 선택한 이유도 교복 때문이었다. 또래 고등학생들 사이에서도 교복이 예쁘다고 소문난 학교였다. 주말에도 그 학교 학생들은 교복을 즐겨 입는다고 할 정도였다. 지금은 고인이 된 유명 디자이너가 생전에 유일하게 디자인한 교복이라는 점도 한몫한 듯하다.

조금 전까지 단정하고 깔끔했던 교복 차림이었던 수연이 모닥불 앞에서 춤추는 집시 무희를 연상할 만큼 난해한 복장으로 나타났다. 작정하고 나를 괴롭히려는 저의가 확실하다. 알록달록한 티셔츠의 밑단은 수술이 치렁치렁하고 찢어진 청바지는 여기저기 올까지 풀려 누더기처럼 보였다.

"그 옷….."

내 말이 채 끝나기도 전에 수연이 말을 뚝 자른다.

"고모 집에 가 있을게."

전의를 상실한 병사처럼 한마디 하려던 마음마저 사라져 버렸다. '도대체 저 아이는 왜 이토록 내게 적대적일까?' 수연이 사사건건 전투적으로 나오는 이유를 아예 짐작하지 못하는 건 아니었다. 아빠를 구하기 위해 아무 것도 하지 않는 내게 불만이 쌓였기 때문일 테다. 하지만 그 애가 모르는 게 있다. 이제는 더 이상 방법이 없다. 오래전부터 거듭된 일이지만 이번엔 다르다. 우리는 완전히 추락했다. 손 쓸 수 있는 범위를 벗어났고 의욕마저 사라졌다.

며칠간은 시누이가 별 불평 없이 봐줄 거라 믿기로 했다. 나이 터울이 큰 누나들은 집안에 하나뿐인 아들이면서 장손인 남편을 아들 대하듯 했다. 남편이 실패할 때마다 누나들은 자기 일인 양 애를 끓이며 발 벗고 도와줬다. 시누이는 수연을 딸처럼 예뻐했고 조카들도 수연을 좋아했다.

수연은 캐리어를 대신 들어주려는 손마저 뿌리친 뒤 현관을 나섰다. 서둘러 아파트 입구까지 따라갔지만 아이는 한 번도 뒤돌아보거나 눈을 마주치려 하지 않았다. 수연을 태우고 출발하는 택시를 멍하니 쳐다보다 돌아섰다. 딸에게까지 쩔쩔매다니 참 구차스럽다.

관리실은 중앙 상가의 1층에 있었다. 때 이른 추위로 목도리를 칭칭 동여맨 채 막 문을 나서려던 여직원이 못마땅한 표정을 숨기지 않으며 문을 열어주고 옆으로 비켜섰다. 그녀의 눈길이 닿은 곳에 큰 글씨의 둥그런 벽시계가 12시 30분을 가리키고 있었다.

"이사 오셨다고요? 정말요? 여기 재건축하는 거 모르세요? 이제 곧 이주가 시작될 텐데요?"

놀란 그녀가 재차 물었다.

"알아요. 알고 있어요. 우리도 곧 나갈 거예요. 언니네 집이고, 사정이 있어서 임시로 잠깐만……."

나 역시 무슨 말이든 그녀가 납득할 만한 이유를 찾고 싶었지만 달리 할 말을 찾지 못했다. 그러니까 나는 그 순간 어리둥절한 표정의 그 여직원보다 더 답답했다. 나야말로 왜 여기서 이런 변명을 하고 있는지 납득할 수 없어 도리어 묻고 싶은 심정이었다.

전기와 수도만 사용할 수 있게 조치한 후 돌아왔다. 도시가스 연결을 고민하다가 대책 없이 그냥 지내보기로 마음먹었다. 가스레인지를 새로 구입하는 일도 번거로워 임시로 휴대용 버너를 쓰기로 했다. 지금의 우리에게는 가장 기본적인 살림초차 사치처럼 느껴질 뿐이었다. 동사무소에 전입신고조차 할 수 없다. 가능하다면 꼭꼭 숨어 머리카락 하나조차 들키고 싶지 않았다. 하지만 관리실만큼은 필수 통과의례였다. 입주자 카드를 등록함으로써 그들이 들이닥칠 여지를 남겨두었다는 생각에 자괴감이 들었다.

* * *

서울구치소에서 남편을 면회하고 청솔아파트로 돌아가는 길이었다. 추위를 많이 타는 남편에게 두툼한 내복을 넣어주었다. 성인이 된 이후 나는 지금까지 내복을 입지 않고 살았다. 내복을 껴입을 만한 곳에서 살아보지 않았다는 표현이 더 정확할 것이다. 이제야 이런 추위를 처음 겪어본 사람처럼 뼛속까지 한기가 전해진다는 의미를 깨닫고 있다. 이제 고작 초

겨울의 문턱에 들어섰는데, 몸이 뻣뻣하게 언 데다 움직일 때마다 쩍쩍 금이 가듯 서걱대는 느낌이 났다. 경사로 끝, 막다른 곳에 청솔아파트가 우두커니 서 있는 게 보였다.

서울 외곽의 위성도시인 B시에서 가장 먼저 조성되었던 아파트 단지. 그곳은 어릴 적 나를 포함한 하천 건너 아이들 모두가 동경하던 꿈의 공간이었다. 청솔아파트는 한강에서 서해까지 이어진다는 하천의 상류에 있다. 단지 뒤로는 잣나무와 소나무가 많은 야트막한 산이 있어 지금도 B시의 시민들이 즐겨 찾는다. 그 산의 둘레 길과 연결된 산책로는 단지 앞 시민 공원까지 바로 연결되어 있다. 공원 앞으로는 폭이 제법 넓고 잘 조성된 자연형 하천이 흐른다. 그야말로 청솔아파트는 특급의 조망권을 확보한 최적의 위치에 요새처럼 자리하고 있었다. 한때 B시의 아파트 값을 주도했고, 특히 그곳 아이들에게는 집에 대한 커다란 자긍심을 주었다. 반마다 한두 명씩 있는 아파트 아이들은 부러움의 대상이었고 어린 나에게도 그곳은 한때 꿈의 집이었다.

동화 속 궁전처럼 도시의 가장 조망 좋은 곳에 단지가 처음 조성됐을 때의 이름은 '궁전아파트'였다. 오래전 아파트 이름이 청솔로 바뀌었지만 여전히 궁전아파트라고 부르는 사람들이 있었다. 그 지역에 오래 산 사람들에게는 한때의 영광을 그리워하는 묘한 분위기가 여전히 남아있었다.

궁전아파트가 처음 들어설 무렵, 하천을 사이에 둔 건너 동네는 개발되지 않은 농촌 모습 그대로였다. 대단지 시설 재배 비닐하우스와 포도밭이 주류를 이루었고 대부분의 사람들은 제 부모들처럼 농사를 지으면서 살았다. 나도 하천 건넛마을에 살았다. 하천 돌다리를 건너 등하교할 때마다 궁전아파트를 부러운 눈으로 올려다보았다. 아버지의 농사가 풍작을 이뤄 우리도 궁전아파트로 이사 가게 되기를 간절히 원했다. 친구들 몇이 궁전아파트에 입주하면서 우리 사이에도 자연스레 물길이 생겼다. 그들은 등굣길 하천 돌다리 앞에서 건너오는 아이들을 기다리지 않았고 학교에서도 점점 그들끼리 어울려 놀았다. 어느 순간부터 은근히 하천 건너 아이들을 무시하는 듯한 그들이 아니꼽게 느껴졌다. 어느 날 나는 그들 중 한 명의 쓰리세븐 가방을 문구 칼로 그어 버리는 치사한 짓도 해봤다. 궁전아파트를 생각할 때마다 찢어진 가방을 안고 울던 그 애의 얼굴이 떠올라 화끈거렸다.

궁전아파트의 영광은 오래가지 않았다. 하천 건너 우리 마을, 시설재배단지, 그리고 지역 특산물인 포도를 재배하던 드넓은 밭에 천지개벽하듯 신도시가 조성되면서 입장은 반전되었다. 하천 건넛마을 아이들은 더 이상 누구도 궁전아파트를 열망하지 않았다. 아버지의 포도밭 자리에는 도서관과 청소년회관이 나란히 들어섰다. 아버지는 보상받은 돈으로 신도시에 새로 조성된 학원가에 5층짜리 건물을 지었다. 1층에는 상가가, 2층부터 학원이 들어왔다. 우리 형제들은 전처럼 궁전아파트 단지를 꿈꾸지 않아도 되었다. 그보다 훨씬 고급스럽고 평수 넓은 신도시 아파트에 입주하면서 궁전아파트의 친구들을 더 이상 질투하지 않게 되었다. 우린 남들이 부러워하는 부자가 되었다. 신도시 학교로 전학하면서 예전 친구들과도 자연스럽게 멀어졌다.

입주하던 날 엄마는 둥근 호박을 집안 곳곳에 굴리면서 눈물을 흘렸다. 엄마는 구르는 호박처럼 만복이 덩굴째 굴러들어 올 거라 굳게 믿고 있었다. 우리 가족이 그랬던 것처럼 B시에서는 이제 누구도 구도심의 궁전아파트를 부러워하지 않게 되었다. 오히려 궁전아파트에 살던 많은 이들이 신도시 아파트로 갈아타는 붐을 이루었다. 딱 그때까지였다. 소용이 다한 물건처럼 궁전아파트 단지는 과거의 영광과 기억에서 점점 멀어져 갔다. 그 무렵 아파트명도 궁전에서 청솔로 개명했다.

찬란하고 당당했던 궁전의 위용은 온데간데없이 사라진 지 오래다. 여기저기 페인트는 다 떨어지고, 금 간 곳마다 회색의 페인트를 덧칠해 흡사 누더기를 보는 듯했다. 재건축을 앞둔 청솔아파트는 흉물스럽도록 고집스럽게 버티고 있었다.

30년 전 한때나마 그토록 꿈꾸었던 궁전아파트. 어릴 적 소망은 바람처럼 사라졌고 과거는 다시 되돌릴 수 없을 만큼 멀리 흘러갔다.

　엘리베이터를 중심으로 왼쪽에는 1호부터 8호, 오른쪽에는 9호부터 16호가 있었다. 일렬로 늘어선 19평의 열여섯 가구 중 나는 왼쪽 끝에 있는 101동 502호에 임시 거주 중이다. 이곳은 10년 전, 언니가 재건축을 노리고 갭 투자로 구입한 집이다. 재건축이 지지부진해 골칫거리 취급을 받을 때도 있었지만, 최근 재건축이 확정되며 조합도 설립되었다. 언니는 10년 투자가 이제야 결실을 본다며 기뻐했다. 그동안 세입자 없이 몇 달째 비어있던 502호는 이제 더 이상 골칫거리가 아니게 되었다. 우리 가족이 골칫거리일 뿐.

　갈 곳 없는 우리가 임시 거처로 들어올 수 있게 해 준 건 그 외에 무엇도 기대하지 말라는 무언의 압력 같은 것이었다. 행여 세입자와 이주비로 갈등하기 싫었던 언니는 만기가 되자 재계약하지 않는 것으로 일을 마무리 지었다. 그 돈으로 같은 평형의 아파트를 얻을 수 없었던 세입자는 좀 더 버텨보려 했지만, 이사비용의 배를 쳐주는 조건으로 마지못해 합의를 보았다고 했다. 그들은 변두리 빌라로 이사했다. 부동산 투자로 이미 부를 축적한 경험이 있는 언니로 인해 형제들 역시 막 부동산으로 재미를 보고 있을 때였다. 이번엔 그 덕을 내가 전혀 다른 방법으로 보게 된 거다. 그렇게 나와 수연은 곧 이주가 시작될 단지에 장마철 곰팡이처럼 스며들었다. 어렸을 때는 그토록 살고 싶었던 그 궁전아파트였는데. 이제는 저주받은 공주가 한순간 누더기 소녀로 변해 내쳐진 듯 비참한 기분이 들었다. 하필 얼마 전까지 강 건너 내 집에서 건너다보며 경관을 해친다고 불평하던 단지라니. 우린 어쩌다 이 지경까지 추락하게 된 것일까.

"당신은 사업할 사람 아니야. 그냥 착실히 회사나 다녀."

대기업 연구원으로 일하던 남편이 처음 사업을 벌이겠다 했을 때 주변 사람들은 미덥지 않은 시선을 보냈다. 나 역시 같은 생각이었다. 그나마 야망이 크지 않은 사람이라 벌이는 규모가 과감하지 못하다는 게 다행이라고 해야 할까. 자주 실패하기는 했어도 큰 굴곡 없이 절망하지 않을 만큼 근근이 살아졌다. 다행히 무주택의 설움이나 빈곤을 겪을 일도 없었다. 양가 부모님의 도움으로 중산층을 계속 유지했기 때문이었다. 사업 운은 없었지만 그나마 성실했으니 주변에서 도와주는 사람도 더러 있었다. 문제는 성실함이 치밀함을 이길 수 없다는 것이었다. B시의 랜드마크라는 46층짜리 신도시 주상복합 아파트 '캐슬 노블레스'. 그곳에 입주할 때까지만 해도 우리에게 추락은 없을 거라 믿었다.

우리는 그 마천루의 40층에 입주했다. 아래로 내려다보이는 2만 평 센트럴파크를 내 집 정원처럼 누릴 수 있었다. 창가에서 자주 시내를 내려다봤다. 지금까지 거쳐 온 곳 가운데 가장 그럴 듯한 작품이 완성됐다고 믿었다. 나의 안식

처. 지금껏 겪은 자잘한 굴곡과 어려움을 모두 상쇄할 만큼 안전지대가 될 나의 보금자리.

눈으로 스카이라인을 따라가다 보면 이질적이고 우중충한 단지 하나가 거슬렸다. 청솔아파트였다. 어린 시절이라 해도 한때 그런 서민 아파트를 꿈꿨다니. 자존심 상해 피식 웃음이 새어 나왔다. 때로는 물안개 핀 하천을 넋놓고 바라보기도 했다. 그러면 구름 위에 있는 듯 둥둥 뜬 기분을 만끽할 수 있었다. 한없이 평온한 일상과 현실감 떨어지는 장면이 나를 불안하게 만들기도 했지만 내색은 하지 않았다. 구름 아래로의 추락은 없을 거라 굳게 믿었으니까. 조급증이 생기는 것은 어쩔 수 없지만 그건 사업가 부인이 마땅히 감수해야 할 숙명이라 생각했다. 남편의 말대로 머지않아 지분도 갖게 되리라 믿었다. 그렇게 몇 년 무리 없이 운영되는가 싶더니, 느닷없이 청탁과 사기 사건에 휘말렸다. 알아보니 그 모든 게 투자자의 짓이었지만 결국 남편은 법정 구속되고 말았다. 관련 문서들은 모두 남편 앞으로 되어 있었다. 그리고 투자자는 이를 방패삼아 막대한 투자금만 챙겨가족과 함께 해외로 도피했다. 꼼짝없이 모든 책임을 지게 된 남편은 지금 서울구치소에 수감 중이다. 바닥까지 추락하는 건 순간이었다.

502호로 돌아와 하릴없이 싱크대 문짝을 하나씩 열어봤다. 삐걱대기는 했어도 불편하다는 생각이 들지는 않았다. 이보다 더 나빠질 수 없었다. 문짝 정도는 부서졌다고 한들, 신경도 쓰이지 않았다. 그렇지만 싱크대 상하부장이 모두 텅 빈 것을 보니 어쩔 수 없는 허전함이 몰려왔다. 몇 칸 되지도 않는 이 칸들조차 채울 수 없을 만큼 완벽히 빈털터리가 되다니. 눈앞에 다시 그날이 재생되었다.

* * *

"햐 이것 봐라. 이 아줌마 정신 덜 차렸네. 아줌마 이것들 비싼 거지?"

남자가 검지로 장식장 유리를 톡톡 치며 물었다. 남자의 우악스러운 손길에 유리가 깨질 것만 같았다. 옆의 여자가 남자를 비키게 한 후 장식장 문을 열었다.

"차마 처분할 생각도 못 했겠지. 이런 사모님들 꼭 있더라. 그동안 누린 것들 아쉬워 신세한탄만 하면 어쩌시게요. 정말 전혀 눈치 못 챘어요? 이런 건 빨리빨리 처리했어야지. 딱하기도 하셔라."

얼핏 들으면 나를 생각해서 하는 말 같았지만, 사실 여자의 말에는 비웃음이 섞여 있었다. 여자의 말처럼 나는 그것들을 빼돌릴 생각조차 할 수 없었다.

"이 라인이면 사모님 당분간 어디 숨어 지낼 수 있었을 텐데 안 됐네요. 현실감이 좀 없으신가?"

여자는 말끝마다 나를 '사모님'이라 불렀다. 그러니까 여자는 외모만큼 고도로 세련되게 한 방 먹일 줄 아는 유형이었다. 티나지 않게 상대의 급소를 공격할 줄 아는 파이터. 그들은 지금 체급이 전혀 다른 나를 사각의 링에 올린 채 마음껏 공격할 타이밍 만을 노리고 있었다. 그렇게 한참 간을 본 후 때가 온 걸까?

여자가 내 그릇장에서 찻잔 하나를 골라 집어 들더니 보란 듯이 떨어뜨렸다. 로모노소프에서 만든 임페리얼 포셀린 코발트넷 라인의 컬렉션 중 하나였다. 특별한 손님에게만 내줬던 로즈넷 웨이브 티세트의 잔을 내 눈높이까지 올렸다가 살며시 놓았다. 엄지와 검지만을 사용해 마치 더럽고 불결한 것인 양, 종이 한 장을 들었다 놓는 것처럼 가볍게 떨어뜨렸다. 깨어지는 것은 비단 찻잔만이 아니었다. 그들은 내게 모멸감을 주고 싶었을 것이다. 발 앞에서 떨어질 때 나던, 쨍그랑도, 와장창도 아닌 표현 불가의 파열음. 그것은 대리석 바닥이 아니라 내 고막에서 울리는 소리였다. 파편이 튀면서 종아리에 생채기를 냈다. 피를 흘린다는 것은 기어이 갈 데까지 갔다는 의미였다. 적어도 그렇게 생각하는 편이 체념으로 가는 가장 가까운 지름길처럼 느껴졌다. 그건 지금껏 상상조차 못한 새로운 유형의 모멸감이었다. 머리끄덩이와 악담과 고성이 없는, 고요함의 파장이 너무 커서 오히려 고막이 울리고 멍해지는, 안개 속에 들어온 듯 아득해지는 그런 느낌이었다. 드라마 속 장면처럼 드러 눕고, 때려 부수고, 악담을 퍼부었다면 오히려 나았을지 모르겠다. 그들이 내게 겁을 주는 방식은 소름 끼치게 차갑고도 냉정했다. 그 장면들이 떠오른 나는 나도 모르게 눈을 꼭 감았다.

* * *

텅 빈 가스레인지 자리 위의 상부장은 후드가 연결되는 칸이라 비어있었다. 문을 닫으려다 보니 무언가 눈에 띄었다. 후드 위에 까만 봉지로 싼 무언가가 얌전히 놓여있었다. 매듭을 짓지 않고 몇 번을 접어놓은 상태였다. 네모난 모양이다. 잠시 심호흡을 했다. 전에 살던 사람이 잊고 간 물건일 것이다. 비상금일까? 가장 먼저 든 생각이 고작 이사 간 사람이 잊고 간 비상금이라니. 결국 이렇게 추잡스러워지는 순간을 견딜 수 없다. 그것은 꽤 정교하게 싸여있었다. 봉지에 넣은 뒤 가로 세로로 몇 번이나 접은 걸 펼쳤다. 놀랍게도 담뱃갑과 휴대용 라이터가 들어 있었다. 아주 잠깐 비상금을 생각했던 일이 부끄러워 얼굴이 후끈 달아올랐다. '질러 노래방'이라 인쇄된 일회용 불티나 라이터와 몇 개 피우지 않고 남아 있는 에쎄 담배를 물끄러미 바라보았다. 당황스러우면서 동시에 피식 웃음이 나왔다. 그는 분명 19평 아파트에서 유일하게 안전하다고 생각되는 이곳에 담배를 숨겼을 것이다. 그는 아직 나이 어린 여자였을까. 여자가 가족들 모르게 담배에 불을 붙이는 장면을 떠올려 보는 건 어렵지 않았다. 동시에 그대로 방치된 아이들 낙서에 눈이 갔다.

남편은 하루에 담배를 세 갑씩 피워대던 지독한 골초였지만 담배 피우는 여자가 가장 꼴불견이라 했다. 내로남불이 따로 없었다. 그는 여자의 담배는 무조건 허영이고 멋이라 믿었다. 나는 그런 남편에게 어깃장을 부리고 싶어서 담배 피우는 척을 했었다. 사업 초기였고 수연을 낳고 얼마 지나지 않았을 때였다. 남편이 퇴근하는 시간에 담배에 불을 붙여 방과 거실, 화장실에 차례로 다니며 연기를 피웠다. 그런 후 담뱃갑을 싱크대에 숨겨놓았다. 싱크대 문을 살짝 비껴놓아 의도하지 않은 척 표시 내는 방법을 썼다. 퇴근한 남편이 킁킁거리다 추궁하거나 담배를 발견하면 일부러 당황한 척 연기하려 했다. 내 뜻대로 며칠 안 가 계획은 성공했고 남편은 금연을 결심하고 각서를 썼다. 하지만 약속은 지켜지지 않았고 남편은 그 후로도 여러 번 각서를 썼다. 구치소에서는 담배를 피울 수 있을까? 담배를 숨긴 여자도 그런 이유 때문이었을까? 흡연자였다면 그렇게 은밀하게 감춰뒀을 리 없지 않았을까. 한 번도 만나본 적 없는 여자에게 어느새 동질감을 느끼고 있었다.

라이터의 가스는 아주 조금 남아 있었다. 라이터 버튼을 몇 번 누르자 불꽃이 올라왔다. 불꽃을 보자 조바심이 났다. 얼른 담배 한 개를 꺼내 입에 물었다. 숨을 들이마시자 담배 연기가 목을 타고 넘어왔다. 곧 심하게 기침했다. 순간 아득한 현기증이 일었다. 빈속이 연기 한 모금을 견뎌내지 못하고 발작을 일으키는 모양이었다. 그것들을 쓰레기봉투에 넣으려다 라이터만 다시 꺼내 주머니에 넣었다. 이유 없이 담배보다 해로운 무언가를 찾아야겠다는 생각이 들었다. 더 지독한 무언가에 중독되고 싶었다. 왜 그런 생각을 떠올리는지도 모른 채 자꾸 함정으로 빠져들고 있는 것 같아 조바심이 났다. 어느새 주위가 어두워지고 있었다. 노을처럼 붉은 와인 한 잔이 생각나는 시간이다. 이래서 더럽게 현실감 없다는 소리를 듣는 것이리라. 컵라면에 소주 한 병을 다 마셨다. 잠들기까지 한참 걸렸다.

재건축 아파트의 무너져 내리는 잔해에 깔리는 꿈을 꾸었다. 나의 내면은 이미 자신감을 잃은 채 부서진 지 오래였으니, 콘크리트 조각에 파묻힌 상황과 다르지 않았다. 먼지바람을 일으키며 사라진 의지를 욕망이라는 이름으로 버텨왔던 시간들이었다. 놀라서 깨어났을 때 창밖은 아직 어두웠다.

동이 터올 때쯤 다시 잠이 들었다. 그리고 얼마나 지났을까, 느닷없는 확성기 소리에 놀라서 깼다. 재건축 결사반대를 외치는 사람들이 내지르는 함성에, 중간중간 북소리와

쨍과리 소리도 섞여 들려왔다. 전날 간신히 연 창은 닫는 것도 쉽지 않았다. 바깥의 소란이 그대로 집안까지 전해져 왔다. 베란다로 나가 밖을 내다보았다. 대략 50여 명의 사람들이 모여 있었다. 창문을 닫아보려고 했지만 꿈쩍도 하지 않았다. 한참을 실랑이하다 그냥 포기했다. 이제 저 소음에 적응하고 살 것인지, 창문을 고칠 것인지 결정해야 했다.

한참 시끄럽던 중앙광장이 갑자기 조용해졌다. 잠시 후 그 정적을 깬 것은 채소 트럭에서 울리는 스피커 소리였다. 베란다에서 내려다보니 아파트의 주부들이 빠르게 103동 주차장으로 몰려들었다. 광장의 여자들도 대부분 들고 있던 시위 도구를 내려놓은 채 빠른 걸음으로 채소 트럭에 다가갔다. 순식간에 벌써 검은 봉지를 들고 돌아서는 주부들도 있었다. 먹는 일, 그리고 '생존본능'이라는 말이 저절로 떠오르는 장면이었다.

투쟁도 결기도 비어있는 위를 대신 채워줄 수 없다는 걸 보여주는 얼마나 솔직한 증명인가. 그들이 든 검은 봉지를 바라보는데 허기가 몰려왔다. 허기를 느껴본 지가 얼마 만인가. 부스스한 채로 신발을 대충 꿰신고 지갑을 들고 나섰다. 현관의 전신 거울에 비친 모습은 오래전부터 이 아파트에 살던 입주민처럼 자연스러웠다. 전혀 의도하지 않았던 모양새다. 그날 느꼈던 감정이 되살아나려고 했다. 깨진 명품 도자기처럼 복구할 수 없을 정도로 산산이 깨진 감정들이 떠올랐지만, 외면한 채 현관 밖으로 나갔다. 채소 트럭에서 오이 세 개와 방울토마토 한 팩, 애호박 한 개와 감자 한 봉지를 샀다. 특별히 그 재료들로 뭘 하겠다는 계획은 없었다. 그냥 다른 주부들처럼 기웃거리다 무심결에 집어 든 것들이었다.

"어, 그 집 몇 달 동안 비어있었는데?"

엘리베이터에서 내려 뒤처져 오던 옆집 501호 여자가 혼잣말도, 질문도 아닌 말을 의아한 눈빛과 함께 보냈다.

"아, 그냥 며칠만…."

다시 할 말을 잃어버렸다.

얼마 후 채소 트럭이 떠나자 다시 시위가 시작되었다. 어디나 그렇듯 재건축을 반대하는 사람들은 대부분 자기 분담금이 곤란한 조합원들이다. 그들은 매일 시위를 했다. 오합지졸처럼 보이던 시위대가 본격적으로 활약을 하게 된 건 상가 주인들과 연합하면서부터였다. 〈상가 영업 보상 및 용적률 보상 이행하라〉, 〈상가 땅 빼앗기느니 상가 조합원은 죽음도 불사한다〉 피를 떠올리는 붉은색 글씨로 죽음도 불사하겠다는 섬뜩한 현수막들이 단지 전면과 상가를 중심으로 곳곳에 걸리기 시작했다. 현수막은 하나같이 붉고, 푸르고, 검은 글씨로 채워져 있었다. 그 옆에는 조합 측에서 내 건 재건축 환영 현수막도 보였다. 현수막 전문 업체에서 맞춰 깔끔하게 인쇄된 것이 보란 듯이 걸려있었다. 반면, 재건축 반대 측과 상가협회 쪽 현수막은 천만 끊어와 대충 손 글씨로 쓴 모습이었다. 마치 그래야지만 거기 적혀있는 문구가 더 설득력 있고 공감을 얻기라도 한다는 듯이 비장미가 넘쳤다.

상가협회 상인들은 머리에 투쟁이라 적힌 붉은 띠를 두르고 빨간색 조끼 차림으로 영업을 이어나갔다. 얼마 지나지 않아 예상은 빗나가기 시작했다. 마지막까지 남아 있으리라 생각했던 지하 마트가 가장 먼저 영업을 종료하고 나갔다. 가장 먼저 배신자가 됐다. 이천 세대가 넘는 아파트였지만 상가는 2층에 불과했다. 거기 입주해 있던 40여개의 매장 소유주들은 좀 더 유리한 보상을 받기 위해 정말 죽음도 불사할 기운으로 싸웠다. 소유주에게 보상을 받아야 하는 임차인들까지 거기 동조할 수밖에 없는 눈치였다. 상가협회가 가세하며 시위는 날로 거칠어지는 양상이었다. 그런 그들을 내려다볼 때마다 함께 외쳐주고 싶었다. 그렇지만 내가 속으로만 목 놓아 외치는 소리는 창밖으로 빠져나가지 못했다. 다시 벽에 부딪혀 집안을 맴돌다 내 고막만 파고들었다. 나는 누구를 향해 그토록 외치고 싶었던 것일까.

"진짜로 며칠 살러 오셨나 봐요?"

며칠 뒤 찐 옥수수 두 개를 들고 방문한 옆집 여자가 텅 빈 집을 둘러보며 물었다. 여자의 말에 아무 대답 없이 물끄러미 마주 바라보자 무색해 보이는 눈빛의 여자는 황급히

문을 닫고 돌아갔다.

"당신은 남의 불행이 궁금해 죽겠나 보구나."

닫히는 현관문에 대고 혼잣말로 중얼거렸다.

두 달이 채 가기도 전에 정말 본격적으로 이주가 시작되었다. 단지 안 곳곳의 은행나무마다 은행이 우수수 떨어져도 누구 하나 거들떠보지 않은 채, 지독한 냄새만이 단지 안을 가득 채우고 있었다. 그 속으로 매일매일 이삿짐을 실어 나르는 차들이 분주하게 오갔다. 사다리차가 베란다 창밖에서 오르내리며 짐을 실어 옮겼다. 그때마다 가슴이 쿵쿵 울렸고 그 소리가 귀에까지 들리는 것 같았다.

다시 한 달이 채 지나기도 전에 5층 라인에는 나만 남았다. 1호부터 나란히 빈집의 현관마다 붉은 글씨로 '공가'라고 적은 후 커다랗게 ×로 표시해 두었다. 다른 동 역시 현관문과 베란다 창에 붉은색 락카 스프레이로 ×자와 함께 공가라고 크게 써진 집들이 점점 늘어났다. 이주가 완료된 동에는 서둘러 가림막이 설치되기 시작했다.

이사를 나가는 집에서는 온갖 잡동사니들을 주차장 한구석에 방치하고 떠났다. 야적해 놓은 살림살이들은 그걸 사용하던 사람들의 사연도 함께 켜켜이 쌓아 품고 있었다.

마지막까지 버틸 거라 자신했던 시위대마저 시위를 그만두고 떠났다. 텅 빈 시위 현장을 볼 때마다 알 수 없는 배신감이 몰려왔다. 상가 역시 텅 비었다. 유일하게 남은 부동산은 그때까지 보이지 않던 LED 전광판을 새로 달았다. 24시간 꺼지지 않는 전광판은 주인이 퇴근해도 저 홀로 호객행위를 하고 있었다.

며칠 전까지 시위대가 있었던 공터에 밑동 잘린 플라타너스들이 야적되었다. 잘린 나무의 그루터기에는 아직 나이테가 선명했다. 입주하면서 심었을 나무들이 재건축을 위해 잘린 채 야적장에 쌓였고, 집이 비는 속도만큼 더 많은 온갖 쓰레기들이 적치되었다. 소반 하나가 부러진 다리를 하늘로 향한 채 쓰레기 더미 위에 놓여있었다. 저 소반에 얼마나 많은 밥을 차렸을까. 수거해 가지 않은 위성안테나는 여전히 허공을 향해 수신을 기다리는 중이었다.

101동의 마지막 이주자가 될 것을 생각할 때마다 다른 이주자들과는 다른 착잡한 심정이 되살아났다. 막다른 곳에 닿았다는 막막함은 가슴을 조여 오는 조급증을 함께 동반한 채 찾아왔다. 투쟁할 상대가 있다는 것은 얼마나 희망적인가. 싸울 상대가 있다는 건 얼마나 다행한 일인가.

이주를 서둘러 주십사 하는 정중한 안내문을 받은 날, 정말로 갈 데까지 갔다는 절박한 심정을 받아들일 수밖에 없었다. 그보다는 아무에게도 도움을 청할 수 없다는 사실에 오히려 더 큰 절망감을 느끼고 있었다. 밤마다 악몽을 꾸었다. 알 수 없는 남자들이 쫓아왔다. 그들은 서두르지 않았다. 있는 힘껏 도망쳐도 거리는 일정하게 유지되었다. 그들이 든 흉기가 번뜩이며 빛났고, 그 흉기로 벽을 그으며 내는 마찰음이 섬뜩하게 귀를 파고들었다. 깨고 나면 그때마다 생시인 양 서럽게 울었다.

"우리도 더는 방법이 없어 미안해."

형제들의 말은 나를 더 초라하게 할 뿐이었다. 정기모임을 하고 라운딩을 즐기던 친구들은 티 나지 않게 연락을 피하는 눈치였다. 곤란한 일은 미리 차단하고 싶은 마음을 이해하지 못하는 바는 아니지만 당하고 보니 억울하다는 생각이 들었다.

그동안은 아쉬운 대로 주방 아르바이트를 했다. 내 손톱의 네일아트를 본 여주인이 못마땅하다는 듯 짧게 한숨을 쉬었다.

"아줌마. 식당에서 그렇게 했다가 음식에 들어가기라도 하면 큰일 나는 거 아시죠?"

잔반을 처리하고 식기세척기에 넣기 전 애벌 설거지가 주어졌다. 평일 저녁 하루 다섯 시간, 고작 오만 원 일당벌이였다. 이주가 끝나면 청솔아파트는 더 이상 집이 돼 줄 수 없다. 우선 밤이면 몸을 뉠 자리가 필요했다. 무엇보다 수연을 데려와야 했다.

숙식이 제공되는 지방 기숙학원 사감 자리에 면접을 보기로 했다. 마침내 내 힘으로 무언가 할 수 있다는 희망이 생겼다. 수연에게 바로 연락했다. 휴대폰이 꺼져있었다. 문자를 남겼다.

워낙 외진 곳이고 지원자가 없으니 잘 얘기하면 수연도 같이 입주할 수 있을 거라고 주선해 주는 쪽에서 귀띔해 주었다. 어쩌면 이번에는 정말 꼭꼭 숨어버릴 수 있을지도 몰랐다. 더 이상 모욕을 당하지 않고, 머리카락 하나도 들키지 않고, 완벽하게 숨어 살 수 있으리라 믿었다. 그 사실을 알면 수연도 화가 좀 풀리지 않을까 기대했다.

수연을 만나기로 한 커피숍. 여자 여섯이 들어오더니 테이블 두 개를 합친다. 그중 나이가 좀 들어 보이는 여자가 가운데 앉고 나머지 다섯 명이 여자를 둘러싸고 앉았다. 아이들 수능 얘기, 아파트 얘기, 주식 얘기까지 여자가 대화를 주도하고 나머지 다섯 명이 경청 혹은 맞장구를 치고 있었다. 낯익은 풍경이다. 저렇게 몰려다니던 때가 있었다. 그때의 나도 그 여자처럼 대화를 주도하고는 했었다.

옆자리 청년은 한국사능력검정 시험 문제지를 앞에 두고 있다. 휴대폰으로 유튜브를 보면서 동시에 태블릿 PC로는 미드를 봤다. 종종 나갔다가 오면 그의 몸에 배어든 담배 냄새가 함께 따라와 주변을 기웃거렸다. 다시 삼십 분쯤 자리를 비운 후 돌아온 남자가 엎드렸고 잠시 뒤 고른 숨소리가 났다.

수연은 여전히 나타날 기미도 보이지 않았다. 손님을 관찰하는 것도 흥미 없어질 무렵, 카페에 비치된 책 한 권을 집어 들었다. 젊은 소설가의 첫 번째 단편 소설 한 편을 다 읽었다. 여전히 수연은 나타나지 않았다. 패션 디자이너를 꿈꾸던 수연의 작품이 담긴 갤러리를 확인하기 위해 휴대폰 액정을 터치했다. 아무리 들여다봐도 질리지 않았다. 딸만 다시 돌아온다면 견딜 수 있을 것이다. 그러나 수연은 끝내 나타나지 않았다. 결국 면접을 펑크 내고 말았다.

수연 대신 시누이의 문자가 왔다.

수연이 어떤 방법으로 제 사촌을 유혹하고 그걸 빌미로 제 고모를 협박했는지, 제 고모부에게 얼마를 합의금으로 받았는지, 그걸로 우리의 모든 인연을 끝내자는 장문의 문자에는 칼날이 번뜩였다. 상상할 수 없는 일이었다. 시누이는 끝내 내 전화를 받지 않았다. 파괴하고 파괴되는 과정에 나는 존재감 없는 주변인일 뿐이었다. 수연이 그토록 독한 칼을 뽑아 들었을 거라고는 상상할 수 없었다. 그 모든 게 현실감 없는 나에게서 희망을 찾지 못했기 때문이 아니었을까. 수연을 그렇게 만든 건 이 지경으로 실패한 남편이 아니라 결국 나였을지 모른다.

수연의 가출로 인해 팽팽하게 긴장한 채 잡고 있던 삶의 가느다란 끈 한 가닥마저 놓치고 말았다. 그 애는 돌아오지 않으려고 작정한 듯 종적을 아예 감춰버렸다. 어떤 일이 있어도 살아야겠다고 생각했는데, 이제는 '살아가야 한다.'라는 말의 의미조차 점점 희미해지고 있었다. 그걸 인지하는 순간 두려움이 점령군처럼 정신을 장악하기 시작했다. 지금 까지 그걸 수연에게만큼은 애써 외면하고 싶었는지 모른다.

그동안 내가 꿈꾸었던 건 다 지나친 욕심일 뿐이었을까. 나는 한순간도 허투루 살지 않았다고 자부할 수 있을까. 아 직은 뭐든 할 수 있을 것 같았다. 두려워하지 말자고 수없이 주문을 걸었는데, 막 생기려 했던 희망이나 의욕 같은 감정 이 실재하지 않는 무형의 것이 되고 말았다.

청솔아파트 502호로 돌아오면서 붉은색 라커스프레이를 하나 샀다. 검은 비닐봉지를 든 손이 시리다. 주머니에 손을 넣었다. 차가운 무언가 손에 닿았다. 라이터였다. 가만히 꼭 쥐어보았다. 우린 이미 무너지고 파괴되었다. 나는 아무것 도 두렵지 않게 되었다.

다음 날 아침부터 인부들이 움직이기 시작했다. 문 앞으 로 와서 502호 현관문에 쳐진 붉은 색의 커다란 × 표식과 '공가'라고 적힌 것을 확인한 모양이었다. 문은 굳게 잠겨 있었다. 인부들은 그 건물 전체가 이주했음을 다시 한번 확 인했다. 며칠 후 단지에는 가림막이 설치되고, 포크레인이 굴러가는 웅장한 소리가 열린 창문 너머로 들려왔다. 곧 창 밖으로 커다란 새 한 마리가 나타났다. 크레인 줄에 매달린 포크레인 한 대가 103동 지붕 위로 올려지고 있었다.

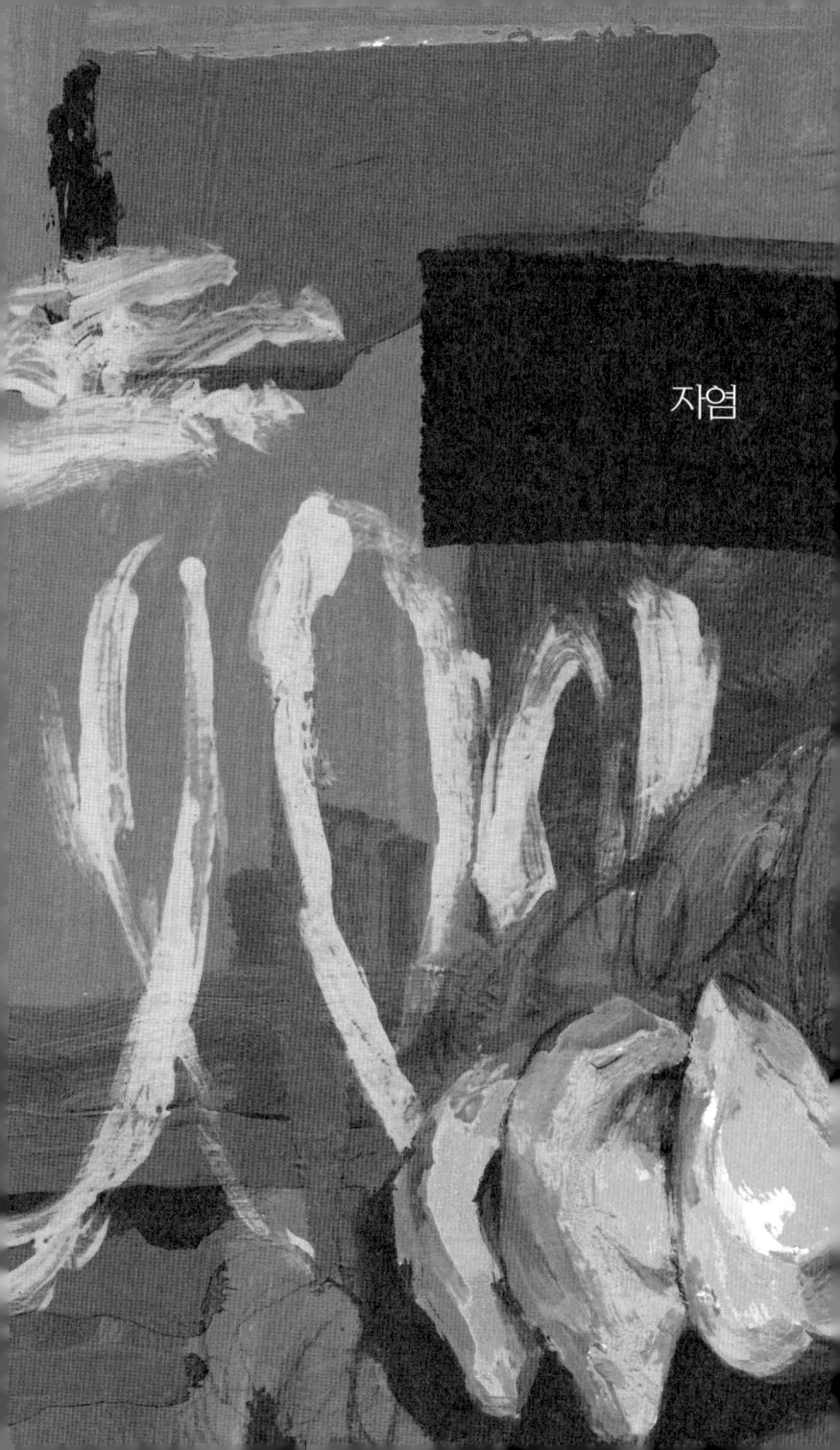

자염

예상은 빗나갔다. 의논할 일이 있다는 아내의 말에 떠올린 건 고작 어머니와의 합가 정도였다. 언젠가 닥칠 일이지만 아직 시기가 아니라는 어머니의 단호한 의사가 있었기에 대수롭지 않게 생각하고 있었다. 한편으로는 어머니의 의사를 모르는 아내가 서둘러 회피하려는 게 아닌지 서운한 마음이 들기도 했다. 그러나 예상을 빗나간 주제에 버럭 화부터 내고 말았다.

　"당신은 제삼자니까 그렇게 쉽게 말할 수 있다는 생각 안 해봤어? 당신의 그 소금 예찬론도 학습된 거란 생각은 안 해봤냐고?"

　"아니, 안 해봤어. 당신이야 말로 말이 참 그렇네. 당신이 아버님 자식이야? 남들도 해보자는데 아들인 당신이 그렇게 질색할 일이야?"

　"말 참 쉽게 하네, 당신이 염둥이 소리 들어봤어? 그렇게 자라보지 않았으니 그런 말도 할 수 있는 거라고 생각 안 들어?"

"지나친 피해의식 아닌가? 염둥이가 왜? 아버님이 그 옛날 천대받던 백정이나 망나니도 아닌데 왜 그토록 질색하지? 아버님은 오히려 평생을 자부심으로 살아오셨는데?"

자부심? 자부심이라니. 이게 다 그날 문화원장의 말 때문이다. 그가 다녀가고 얼마 되지 않아 아버지가 돌아가셨다. 장례식과 삼우제를 지내는 동안 그의 말은 나에게 별 동요를 일으키지 않았다. 가망성 없는 일에는 아예 미련 따위 갖지 않는다. 여동생이나 어머니조차 생각하지 않는 일을 아내가 꺼냈다는 사실이 놀랍기 전에 화부터 앞섰다. 아내는 염둥이로 자라보지 않았으니까. 장인어른은 소금 가마니는커녕 소금 한 주먹도 직접 쥐어본 적 없으니까 그렇게 얘기할 수 있는 것이리라.

아내는 갑상샘 기능 저하증의 후유증으로 이미 오래전에 미각을 잃었다. 그런 아내가 아버지의 자염은 단맛이 난다느니 깊은 맛이 있다느니 했던 게 떠올라 그런 말들조차 역겨워졌다. 이제 와 새삼스럽게 전승이니 가업이니 따지는 건 아내의 입맛처럼 학습된 맛이라는 생각을 떨칠 수 없다. 천일염이나 자염이나 그게 그거지. 소금이 짠맛 이외의 단맛, 감칠맛을 낸다는 것을 나는 인정할 수 없다.

나의 버럭하는 성질에도 아내는 흥분하지 않았다. 가업으로 전승받지 못한다면 전승 방법을 찾아보도록 노력해 보는 게 아들의 도리라고 말하는 그 냉정함에 오히려 정나미가 떨어졌다. 나에게 고통스러운 가업도 아내는 그저 전승해야 하는 문화유산쯤으로 받아들이고 있었다. 그 때문에 아내와 나 사이에 드넓은 바다가 가로놓인 기분이 들었다. 그 바다에 밀물과 썰물이 수없이 드나들었다. 갈수록 그 바닷물의 염도 역시 점점 짙어져 갔다. 아버지에 대한 연민처럼.

어린 시절을 생각하면 갯벌 가까이 있던 다섯 개의 염막이 먼저 떠오른다. 거기서 피어오르던 수증기가 꿈속처럼 아련한 광경을 만들어내곤 했었다. 어린 나는 무심결에 짠내와 함께 섞여 있던 구수한 냄새에 괜스레 헛배가 불러오는 것을 느꼈다.

아버지는 갯벌 끄트머리 간통이 묻힌 통자락을 길게 원을 돌며 써레질하고 있었다. 우리가 아버지를 부르며 다가가자 곧 일을 멈췄다. 지친 듯 침을 흘리는 소를 제방으로 끌어내 말뚝에 묶고는 밀짚모자를 벗어 소 등짝을 향해 연신 부채질을 했다.

"아버지 사람들이 왜 우리를 염둥이라고 불러유? 내 이름은 은영이구 오빠 이름은 준영인디."

"누가 니들을 염둥이라 부르더냐?"

"아저씨들이 우리를 염둥아, 염둥아 부르잖어유."

"그건 우리 은영이가 소금꽃처럼 이뻐서 그런 것이지."

"에이, 소금이 뭐가 이뻐유. 짜디짜기만 허지."

아버지에게 막걸리 주전자를 건네는 동생의 입에서 볼멘 소리가 먼저 터져 나왔다.

"무슨 소리여. 시상에서 젤로 이쁜 꽃이 우리 은영이, 준 영이 꽃이고 그다음 이쁜 꽃이 소금꽃인디."

은영의 말처럼 사람들은 우리를 염둥이라 불렀다. 방금 만난 이장 아저씨도 머리를 한 번씩 쓰다듬으며 그랬다. "어이구. 우리 염둥이들, 아버지헌티 막걸리 가져다주러 가 는겨?"라고. 소금 농사를 짓는 집 아이들에게 대명사처럼 붙여진 이름 염둥이. 소금 농사의 변화와 함께 많은 염둥이 가 제 이름을 찾은 반면, 우리는 마지막까지 염둥이로 불리 는 게 끔찍하게 싫었다.

주전자를 받아 든 아버지가 다 찌그러진 양철 그릇에 막 걸리를 부어 소에게 내밀자 긴 혀를 날름거리며 익숙한 듯 순식간에 마셔버렸다. 그제야 아버지도 한 사발 목을 축이 며 뾰로통해진 동생을 달래주었다. 나는 둘의 대화에 끼기 싫어 아버지의 낫을 찾아 소에게 먹일 꼴을 베는 척했다. 시 커멓게 탄 아버지의 어깨 위로는 얼룩진 소금 자국이 꽃무 늬처럼 피어 있었다. 아버지는 그렇게 바닷물로 소금을 만 들고 자신의 몸에도 소금밭을 만들고 있었다.

조금이 되었다. 아버지는 다시 통자락 갯벌 써레질을 시 작했다. 종일토록 소의 고삐를 잡은 채 둥근 원을 만들었다.

원 위에 원, 그 위에 또 다른 원, 크고 작은 원을 반복해 그리며 소를 몰았다. 통자락의 갯벌 흙은 소금 알갱이처럼 고와졌다. 사리 때가 되어 주변의 갯벌이 바닷물에 잠기면서 간통 안에도 바닷물이 가득 찼다. 고운 개흙을 통과한 바닷물의 염도가 더 진해지는 과정이었다. 깔때기 모양의 간통을 갯벌에 묻고 몇 겹의 짚으로 꼭꼭 싸매는 일부터 아버지는 온갖 정성을 기울였다. 수십 년을 해 온 일이면서도 허투루 할 수 없었던, 집중력과 정성을 들여야만 하는 일이었다. 그것을 보며 자란 나는 가업을 잇는 사람의 자세에 존경심을 갖기보다 오히려 별것도 아닌 일에 괜히 유난을 떤다고 생각했다. 자식된 입장에서 아버지의 자염 농사는 그다지 자랑스럽게 느껴진 적이 없었다. 좀 더 근사한 일을 가업으로 전승해 인간문화재가 되기도 한다던데, 하필 누구도 하기 싫어 그만둔 자염을 고집하다니.

자라면서 어른들은 더 이상 우리를 염둥이라 부르지 않았다. 그러나 소리내어 말하지 않았을 뿐, 우리는 여전히 자염집 염둥이로 그들의 머릿속에 자리하고 있음을 나는 알고 있었다. 입학하고 철이 들면서는 친구들이 놀리기 시작했다. 염둥이 대신 구두쇠, 굴비라고 불렸다. 그럴 때마다 내 몸에서 소금꽃이 피어나 맨살에 소금을 문지르는 것처럼 쓰라렸다. 아버지에게서 나던 짠내가 나한테서도 나는 것 같아 더 자주 몸을 씻었다. 그럴수록 나는 아버지의 일이

정나미 떨어지게 싫었다. 그건 단지 내가 염둥이라 불려서
만은 아니었다.

중학생 때 친구의 여동생을 짝사랑했다. 아버지들끼리도
꽤 친하게 지내는 사이였다. 사돈 하자며 술자리에서 나누
던 농담에 가슴이 설렜다. 어린 마음에 그 애랑 결혼 할 수
있을 거라 생각했다. 물론, 친구에게는 비밀이었다. 내가 고
등학교를 서울로 유학가게 되면서 편지로 시작해 꽤나 진
지하게 사귀게 되었다. 그 애가 서울의 대학에 입학하면서
우린 자연스럽게 공개 연애를 해도 될 거라 생각했다. 어느
날 친구와 술 한잔을 하는 자리에 나는 그 애를 불렀다. 자
기 여동생이 나타나자 친구는 별 말 없이 꽤 많은 술을 마셨
다. 며칠 뒤 친구의 어머니가 시골집에 들이닥쳤다.
"아들이 아무리 잘났어도 염한이네에 딸을 줄 수는 없으
니까 냉수 먹고 속들 차려유. 이때껏 애지중지 키워서 뭔 개
고생을 시킬라구, 언감생심."
친구의 어머니가 내 어머니 앞에서 그렇게 면박을 놓고
가자 어머니는 그날 처음 나 때문에 울었다고 했다. 그 일로
인해 그때까지 하늘처럼 떠받들던 아버지를 처음으로 원망
했더라는 고백도 오랜 시간이 흐른 뒤에 들었다. 자염을 천
직으로 아는 아버지와 달리 그 과정의 고달픔이 곧 천한 직
업처럼 인식되는 것을 나는 참을 수 없었다. 그 후로는 방학

이 돼도 잠깐씩만 집에 들렀다. 공부 핑계를 대긴 했지만 사실은 그 애를, 그 집 식구들을 마주치는 게 거북했다.

입대를 앞두고 휴학을 한 후 하숙집의 짐을 챙겨 집에 내려갔다. 대문에 들어서다 아버지의 점심을 이고 나서는 어머니와 마주쳤다. 어머니의 광주리를 받아 옆구리에 끼고 아버지에게 갔다. 새참을 다 먹고 주춤거리다가 엉겁결에 소의 고삐를 잡았다. 써레를 잡은 아버지와 고삐를 잡은 나는 아무 말 없이 갯벌 위에 한없이 원을 그렸다. 한낮의 해가 살갗에 생채기를 내듯 포악을 떨었지만 그 일을 쉽게 그만둘 수가 없었다.

"일제강점기 때부터 사람들이 좀 더 수월한 천일염 염전으로 다 바꿔버렸다. 니들 할아버지만 꿋꿋이 자염을 고집허셨지. 그 천일염이 원체 양이 많이 나오고 돈도 많이 벌게 해주기는 해도 우리 자염에 비해 맛이 못 허더란 말이여. 지금도 있는 집들은 여전히 자염을 쓰지 않더냐. 할아버지가 왜놈들이라면 원체 치를 떠는 사람이라 더 그러기도 허셨지 싶다."

아버지의 이야기는 고삐처럼 고집 세게 자꾸 나를 붙들었다. 아버지는 마치 내가 본인을 부끄러워하는 것을 다 안다는 듯이, 그러면서도 동요 없이 남의 이야기인 듯 덤덤하게 말했다. 어쩌면 그때부터 소금 알갱이 하나만큼씩 아버지를 이해하기 시작한 거 같기도 하다.

사람의 속살이라고 할 수 없을 만큼 타버린 아버지의 피부에서는 그날도 여전히 소금꽃이 피어나고 있었다. 아버지 몸에 피어난 그것들을 보며 난 어쩐지 대꾸할 말도 잊어버렸다. 이미 환갑이 지난 아버지는 이제 더 이상 일꾼을 사기 힘들다며 혼자서 모든 일을 해냈지만 불평하지 않았다. 걱정하는 어머니에게 오히려 시대가 그런 걸 어쩌겠냐며 나 죽으면 이 일도 같이 사라지는 거지, 하고 아쉬워할 뿐이었다.

"힘들게 이 써레질을 왜 허는지 궁금허지? 이렇게 개흙을 곱게 갈아야지만 흙을 통과하면서 밑에 묻힌 간통에 모이는 바닷물은 염도가 더 높아진단 말이여. 희한허지? 염도가 높아진 소금을 끓여야 땔감도 훨씬 덜 드는 거여. 옛날이나 지금이나 땔감 구하는 일은 여간 만만한 일이 아니잖더냐. 자염은 사람의 노력이 반이고 자연의 허락이 반이여."

나는 아버지의 그 말을 수긍할 수 없었다. 자연의 허락보다 분명 아버지의 수고가 몇 곱절 많았다. 소금 만드는 기간 동안 아버지는 여전히 소금에 절여진 채 앙상하게 마른 굴비처럼 살아왔다.

그날만큼은 맨발에 곱게 갈린 개흙이 포슬포슬 밟히는 느낌이 참 좋았다. 지금도 한 번씩 맨발로 그 흙을 밟고 싶은 욕구가 생기지만 그 느낌은 오로지 그곳에서만 느낄 수 있다. 아버지가 다시 염막에 불을 피울 수 없는 이유처럼.

그 기억은 머릿속에만 남아있을 것이다. 일찍부터 나의 의지는 확고했다. 아버지 역시 가업을 잇지 않겠다는 선언에 더 이상 토 달지 않았다.

"뭐 대단한 일이라고 고집을 부리겄냐. 젊은 놈이 헐 짓은 아니지. 그랴, 너는 네 몫을 허고 나는 내 몫 대루 살믄 되지."

아버지 말처럼 나는 서울로 나갔고 시골에서 수재 소리 좀 듣던 학생답게 공부밖에 달리 출세의 방법이 없다고 생각했다. 수의사는 그런 내가 할 수 있는 최선의 선택이었고 비교적 만족하며 지금껏 살고 있다.

* * *

아버지가 위중하다는 소식을 듣고도 선뜻 나설 수 없었다. 나는 그때 무엇을 망설였던 것일까. 새삼스레 두려움이라고 하기에는 가족들 모두 그전부터 예상하고 있던 일이었다. 당분간 휴업하겠다는 안내 문구를 작성하고 프린트하는 동안 나는 갑자기 심한 갈증을 느꼈다. 소금을 한 주먹삼킨 것 같아 냉수 한 컵을 순식간에 비워버렸다. 아내가 그렇게 자꾸 뭉그적거리는 나를 이상하다는 듯 바라보며 눈으로 재촉했다. 아버지의 죽음과 직면하는 건 최후까지 미루어 놓은 일을 억지로 해야 하는 순간을 맞닥뜨린 것만큼 부담스럽게 다가왔다.

　대문을 들어서자 마주 보이는 안방의 열린 문틈으로 누
워 있는 아버지의 모습이 보였다. 야윈 어깨가 미동도 없이
모로 누운 채 벽을 향하고 있었다. 그 모습을 보자 불쑥, 아
버지는 저렇게 작은 몸으로 지금까지 그 많은 소금을 어떻
게 만들었을까, 하는 의구심이 들었다. 그 의구심이란 감정
또한 얼마나 새삼스러운지 스스로 생각해도 어이가 없었다.
　집에서 죽게 해 달라는 아버지의 간절한 바람에 병원에
서 집으로 옮겨와 저렇게 누워 계신 지 벌써 두 달이 지났
다. 아버지의 기저귀를 갈고 나오던 어머니가 우릴 보자 또
훌쩍거리기 시작했다.
　"간쟁이 똥은 개도 안 먹는다고 했다. 일이 얼마나 고됐
으면 속에 든 똥까지 타고 써서 개도 안 쳐다본다고 했겠냐.
이제 저승 똥까지 까맣게 지리고 있으니, 허이구. 이제 다
된겨, 다."
　두 달을 꼬박 누워 있었지만 욕창 하나 없이 간호에 정성
을 들인 어머니였다. 방금 아버지의 아랫도리를 닦은 수건
을 자식들에게조차 보이지 않으려고 뒤로 감췄다. 표백한
듯 하얀 수건에 검은 얼룩이 언뜻 비쳤다. 마치 머지않았다
는 표식 같아서 외면하고 싶었다.
　선뜻 아버지 방으로 들어서지 못하는 내 어깨를 어머니

가 슬며시 밀었다. 순간 주춤하며 문지방을 밟아 휘청했다. 아내가 얼른 내 팔을 잡았다. 나는 어쩐지 아버지 보기가 힘들다는 생각이 자꾸 들던 참이었다. 가슴 저 밑바닥에서 한마디로 정의할 수 없는 감정이 꾸역꾸역 고개를 쳐들고 올라오는 참이었다.

조상 대대로 평생의 업이라 여기며 이어온 자염을 만들다 그 자염으로 염장한 물고기처럼 쪼그라든 아버지. 그런 아버지의 마지막을 지키러 온 나는 어쩔 수 없이 계산조차 안 되는 부채감에 어색하게 주춤거리는 걸까. 아버지 방의 문턱을 넘는 데 울컥하는 마음이 들었다.

"그이가 오면서 많이 우울해했어요."

미음을 끓여 내오던 아내가 동생에게 소곤대며 말했다.

"오빠도 참. 자책할 일이 아닌데 괜히 그러네요."

"자책까지는 아니라도 말을 안 해 그렇지, 그이는 늘 아버님 생각 많이 하는 것 같아요. 그렇다고 자신이 짊어질 수도 없으면서. 모르겠어요, 난 그 심리를."

"안 그래도 되는데. 요즘 세상에 누가 그런 일을 하겠다고 선뜻 나서겠어요. 더군다나 오빠 같은 엘리트가 뭐가 아쉬워서요. 그건 어쩔 수 없는 일이에요. 아버지는 그 운명을 타고났으니 어쩔 수 없는 일이었고."

막상 둘의 대화를 듣다 보니 아버지한테 더 죄스러운 생각이 들었다. 왜 나는 아버지에게 빚진 자처럼 부채감에 시

달려야 하는 걸까.

나는 그때부터 계속 아버지 곁을 지켰다. 어머니 역시 미음 끓이는 일부터 떠먹이는 일까지 우리에게 맡기고는 조용히 물러나 있었다. 대청마루 반질반질한 나뭇결을 자꾸 손바닥으로 쓸면서도 눈은 수시로 염막 굴뚝에 가 있어서 나는 그때마다 조바심이 났다.

아버지는 불과 두 달 전 조금 때에도 혼자 써레질을 했다. 간쟁이도 없이 혼자서 그 모든 일을 해냈다. 자염 만드는 일을 그만두라고 식구들이 아무리 성화를 부려도 귓등으로도 듣지 않았다. 아버지에게는 생의 마지막까지 그렇게 고집을 부릴 만큼 자염 만드는 일이 인생에서 중요했을까.

아버지에게 마지막 남은 자염 장인이라는 자부심이 그렇게 할 수밖에 없었으리라. 천일염에 밀려 자염은 쇠퇴의 길에 접어들었고 아버지만이 유일하게 명맥을 유지하고 있었다. 한 세대가 가기도 전에 전설처럼 되어 버린 자염은 사람들 기억에서 점점 잊혔고 아버지는 그만큼 늙어갔다. 이제 새로운 누군가 나서서 전통 방식으로 자염을 만들겠다고 선언하지 않는 이상 아버지의 죽음은 곧 전통 자염의 맥이 영원히 끊긴다는 것을 의미했다. 설사 가업이 끊어지더라도 나는 그걸 이을 생각이 없다. 나는 미친 듯이 공부했고 행여 발목이 잡힐까 봐 고등학교부터 서울로 유학했다. 일찌감치

아버지의 그늘에서 벗어나려 한 건 아버지처럼 살지 않겠다는 반발심 때문이었다. 아버지와 염막으로부터 되도록 멀리 도망쳐 자염과는 아주 상관없는 삶을 사는 게 나의 유일한 꿈이었다.

아버지가 할아버지 대신 본격적으로 자염을 만들기 시작하던 때, 마침 천일염은 허가제에서 신고제로 바뀌었다. 간척사업으로 갯벌이 막히면 그곳에는 여지없이 천일염전이 들어섰다. 천일염전이 늘어나고 생산량이 늘어날수록 아버지의 자염은 쇠락의 길을 걸었다. 고급 소금이라는 명맥만으로 그 끄트머리를 겨우 붙잡고 있었다. 아버지와 함께 일하던 일꾼들은 힘든 일을 견디지 못하고 하나씩 천일염전으로 옮겨갔다.

아버지는 망설이거나 고민하지 않았다. 대신 더 열심히 일했다. 시간이 지날수록 아버지의 작은 몸은 염장해 말려둔 굴비처럼 더 야위어 갔지만 그런 처지를 비관하지도 않았다. 아버지는 그저 더 질 좋은 자염을 만들기 위해 온몸으로 소금을 만들었다. 아버지의 자염은 귀한 소금으로, 점점 아는 사람들만 먹는 소금으로, 특별한 소수에게만 알려지고 전해지게 되었다. 그 대신 다수에게는 아예 인식조차 없는 잊혀가는 소금이 되었다. 며느리조차 자염이 뭔지 모르는 채 당신의 아들과 결혼했다. 물론 아내는 지금 '자염 예찬론자'라고 할 만큼 아버지의 소금을 좋아하고 자염이 아닌 일반 소금은 그저 광물질일 뿐이라고 생각할 정도가 되었다.

그랬던 자염, 아버지 인생의 전부였던 자염은 아버지가 쓰러지면서 맥이 끊어졌다. 무너져 가는 염막이 더 이상 아버지의 손길을 기대할 수 없는 것처럼 희망도 사라졌다. 사리가 되면 갯벌의 간통에는 염수가 가득 찰 테고, 염막으로 옮겨와 끓이기만 하면 되었는데 갑자기 쓰러져 어머니의 탄식처럼 산송장이나 다름없이 누워 있다.

"불, 부우울."

아버지의 의식이 저승을 향해 어디까지 가고 있는지 알 수 없지만 며칠 전까지도 한 번씩 설핏 정신이 돌아오면 그 한마디 말만 겨우 하고 다시 의식을 잃었다. 그때마다 어머니의 탄식도 농도가 짙어졌다.

"아이구, 저 영감이 죽어도 염막에 불을 피워야 직성이 풀리려나 보다. 허지만 이제 누가 그 일을 허겠냐. 소금물 만드는 염한이가 있냐, 그 물 길어와 끓여대는 간쟁이가 있냐. 그 모든 일 혼자 다 하다가 저리됐으니 이제 염막도 느이 아버지처럼 끝장나 버렸다."

어머니의 말처럼 집에서 관리하던 다섯 개의 염막은 아버지 나이에 따라 하나씩 쓰러져 대부분 터만 남게 되었다. 아버지의 고집처럼 이제 겨우 하나 남아 명맥만 유지하고 있었는데 그마저도 그만 둘 때가 온 거다. 아버지 본인을 제외한 가족 모두가 그토록 바라던 일이었는데 어쩐지 어머니의 말속에는 아쉬움이 감물처럼 스며들어 있었다. 여간해서는 지워지지 않는 오래 묵은 얼룩 같은 아쉬움. 어머니의 시선이 바닷가 염막의 굴뚝에 오랫동안 머물러있는 걸 보면 그랬다. 아버지가 쓰러지지 않았다면 지금도 염막에서는 소금 수증기가 구름처럼 피어오르고 있을 것이다.

내가 미음조차 삼키지 못하는 아버지를 비스듬히 안고, 어머니가 아버지의 입 주변을 닦고 있을 때였다. 마당으로 낯선 승용차 한 대가 들어와 멈췄다.

마당에서 대문까지, 거기서 대청 옆 아버지의 방 앞까지 오는 동안 남자의 얼굴에는 벌써 굵은 땀방울이 맺혀 있었다.

"아이고 어르신이, 어쩌다가."

"말기 암이라는디. 우린 아무도 물렀시유. 영감도 물렀나본디. 누렇게 떠가지고 이상허다 싶어 병원 가니께 이미 늦었다고, 영감이 집에 가자고 얼마나 고집을 피우는지, 근디 집에 와서는 바로 저렇게 운신을 못 허네유. 차암 밤새 안녕이라더니. 하루아침에 저러니, 꿈꾸는 것 같으유."

어머니는 그의 물음에 길게 답하고 있었다. 아버지가 그렇게 된 게 마치 자기 잘못인 양 잔뜩 주눅 든 힘없는 목소리였다. 어쩐지 나에게 들으라고 하는 소리 같기도 했다. 나중에야 어머니는 낯선 그가 궁금했는지 그를 똑바로 바라보며 물었다.

"근디, 참, 누구신지."

"아, 저는 여기 문화원 원장입니다."

남자가 안주머니에서 명함을 꺼내 어머니에게 내밀며 늦은 인사를 꾸벅하고 다른 식구들을 한 번 둘러보았다. 나도 주춤 인사를 하고 엉겁결에 그가 내미는 명함 한 장을 받아 들었다.

"근디, 우리 집에는 뭔 일루 오셨는지."

"아, 그게, 한 석 달 전쯤에 어르신이 문화원 들어오셔서 저희와 회의하신 게 있거든요. 그것 좀 상의 하려고 전화 드렸는데 전화도 안 받으시고 그래서."

"아, 우리가 원체 정신이 읎어서. 나는 영감이 그런 데를 다닌 줄도 몰랐시유."

그는 석 달 전 아버지가 자신을 찾아왔던 일을 전했다.

아버지는 약속도 없이 불쑥 찾아가 마침 외근으로 늦어진 문화원장을 꽤 오랜 시간 기다린 끝에 마주 앉았다.

그가 자리에 앉자 아버지는 그때까지 꼭 끌어안고 있던 꾸러미를 탁자 위에 올려놨다. 집에서 담근 묵은 간장 한 병과 소금 한 봉지였다.

"이것이 우리 집안에서 대대로 만든 자염간장이오. 자염 알지요? 저 염전에서 만드는 그 천일염 말고 바닷물을 끓여서 만드는 그 자염 말이오. 나는 자염 만드는 늙은이요. 자그마치 삼국시대부터 만들어 먹던 우리 자염이 이제 이 늙은이가 죽으면 이 나라에서는 아예 명맥이 끊기게 생겼소."

자염이 무엇인지 잘 모르는 상황에서 느닷없는 방문이 어리둥절한 그에 비해 아버지는 조금의 망설임도 없었다. 아버지의 자세가 너무도 결연하여 오히려 움찔할 정도였다. 아버지는 자신이 알고 있는 자염에 대한 모든 정보를 쏟아 놓았다.

"내가 죽기 전 전승할 방법을 같이 찾아봅시다. 이건 나 하나 죽고 살고의 문제만이 아니오. 소금 한 줌에도 전통이 있는 것이라오. 직접 먹어보면 알겠지만 이 소금이 맛만 우수한 것이 아니고 성분 또한 일반 천일염보다 훨씬 뛰어나다는 증거가 여기 이 연구 결과로도 나와 있소."

아버지는 직접 기관에 의뢰해 받은 성분표까지 준비해 가서 보여줬다. 아버지는 그동안 자염을 전승할 사람을 알음알음 수소문했었지만 끝내 찾지 못했다. 오랜 고민 끝에 생각한 마지막 계승 방법은 자염을 그 지역 문화 상품으로 만드는 일이었다. 누군가 사업으로 계승하지 못한다면 그걸 문화유산으로 계승해 보자는데 생각이 미치자 홀로 이런저런 준비 끝에 대안이라고 생각한 지역 문화원을 찾아간 것이다. 평생 소금만 만들고 소금밖에 모르던 아버지가 어떻게 그런 과정들을 거쳤을까. 그깟 소금 알갱이가 도대체 뭐라고.

아버지의 뜻이 그렇다 하더라도 문화원장은 자신조차 들

도 보도 못한 자염을 어떻게 문화상품으로 개발할지 고민할 필요성을 느끼지 못했다. 문화유산으로 계승하고 발전시키는 게 말처럼 쉬운 건 아니었다. 그보다도 이미 잊힌 지 오래 되어 극히 소수의 사람만이 알고 있으니 홍보해 봐야 별 반응이 없을 거라 여겼다. 마치 찍어 먹어보지 않아도 소금은 짠맛이 나는 이치처럼 뻔한 일이다. 다른 직원들의 반응 또한 마찬가지였다. 그런데 여기에 신입 학예사가 말을 보탰다.

"연육교가 아니었다면 섬이나 마찬가지인 이 고장은 해수욕장과 갯벌 아니면 뭐 하나 내세울 것이 없잖습니까. 별 볼 일 없는 걸 별 볼 일 있는 것처럼 만들어 보는 시도도 좋지 않을까요?"

신입 학예사의 돌발 질문에 그는 아버지가 두고 간 자료들을 다시 보게 되었다. 그리고 여러 차례 내부 회의를 거쳐 계승을 해보자는 데 의견을 모았다.

그렇게 그는 자신들의 의견을 전달하고 함께 고민해 보자고 했다. 식구들은 잠시 고민에 빠졌다. 전통을 계승하려는 의도는 좋지만, 아버지가 그렇게 된 마당에 우리의 역할이 문제였다. 우리가 자염 만드는 일을 잘 모른다는 것도 문제였고, 안다고 한들 그럴만한 시간적 여유도 없었다. 나는 지금껏 소의 고삐 한 번 잡아본 것 외에는 자염의 자 자도 몰랐다. 여동생 역시 지금껏 소금 한 됫박 살만한 돈도 벌어 본 적 없이 살다가 뒤늦게 직장 생활을 시작한 참이었다. 나는 서울에서 간호사 출신의 아내와 둘이서 작은 동물병원을 운영하고 있다. 일을 진행하려면 당장이라도 페이닥터를 구해야 했다. 일머리야 잘 알지만 관절염으로 고생하는 어머니가 쫓아다니며 일일이 신경 쓰기에는 역시 무리라는 생각이 들었다. 우리 가족의 입장을 들은 문화원장은 난감해했다.

"아쉽군요. 어르신 온전할 때 조금 더 일찍 서두를 걸 그랬습니다. 저희도 워낙에 의견이 분분하고 뭘 하나 진행하려면 이것저것 보고 하고 자치단체 승인을 받아야 할 일도 많고요. 겨우 일을 진행해 보자고 내부에서 결정이 돼서 소식도 알리고 의논할 일도 있어서 찾아뵌 것인데."

나는 아버지 귀에 대고 그의 말을 전했다. 아버지가 희미하게 미소 지었다. 내 손을 쥐고 있는 아버지의 오른 손목의 힘줄이 선명하게 튀어 올라왔다. 그날 밤 아버지는 마지막 하나 남은 염막 굴뚝에 피어오르는 연기를 끝내 보지 못하고 돌아가셨다.

아버지는 그렇게 작은 몸으로 얼마나 많은 소금을 만든 것일까. 아버지를 볼 때마다 그런 생각이 들었다. 장례 중에도 나는 불쑥불쑥 튀어나오는 그 생각을 떨칠 수 없었다. 아

버지는 왜소증으로 보일 만큼 키가 작고 야위었다. 그런 아
버지가 어깨에 소금 가마니를 척척 짊어지는 모습은 경이
롭기까지 했다.

어머니를 부축해 입관실로 향했다. 지하로 내려가는 계단
은 유난히 단의 높이가 낮은 대신 수가 많았다. 고인을 마지
막으로 보기 전에 천천히 마음의 준비를 하라는 의미일까,
그런 만큼 조심스럽게 걸어가라는 의미일까. 그럼에도 마지
막 계단을 내려서는 순간 허방을 짚은 듯 어머니가 휘청했
다. 내 손을 꼭 쥔 어머니의 손이 가볍게 떨리고 있었다. 어
머니가 조심스럽게 한 발씩 아래를 향해 딛는 동안 내 몸은
자꾸 앞서 나가려 했다. 참관실과 입관실은 유리 벽으로 나
뉘어 있었다. 유리 벽 너머로 관 하나가 놓여있었다. 친지들
은 참관실에 남고 식구들만 안내에 따라 입관실 안으로 들
어갔다. 그곳은 안치실을 겸하는 듯 몇 기의 냉동고가 있었
다. 아버지는 이미 입관된 상태였다. 관은 분명 아버지의 몸
에 맞춰졌을 텐데 그보다 더 작아 보여서 정말 아버지가 맞
을까 하는 의구심마저 들었다. 가족들이 보는 앞에서 마지
막 염습과정을 보여주기 위해 얼굴만 내놓은 상태였다. 반
듯하게 누운 아버지의 몸은 몇 겹의 삼베옷 속에 파묻혀 있
어 원래보다 비정상적으로 비대해 보이는 것과 달리 얼굴
은 생전보다 더 야위어 보였다. 아버지의 얼굴에 고랑을 이
루었던 그 많던 주름이 훨씬 옅어 보여 놀랐다. 하얗게 센

채 듬성듬성 나 있던 수염도 깨끗하게 면도된 상태였다. 생전의 모습보다 훨씬 더 편안해 보였다. 등에 짊어졌던 소금 가마니를 내려놓듯 삶을 내려놓은 아버지는 미소를 띠고 있는 듯했다.

관을 봉인하기 전 어머니가 손수건에 싸 온 것을 장례지도사에게 건넸다. 그가 조심스럽게 펼쳐보고는 잠깐 의아한 표정을 지었다.

"이 냥반이 평생 자염만 만들어 온 사람이라오. 저승 가는 길에 노잣돈보다 자염 한 주먹 쥐고 가는 게 이 냥반 소원이었으니께, 이것 좀 손에 쥐어주시오."

장례지도사가 말없이 자염을 받았다. 가볍게 목례를 한 후 한지에 곱게 접어가며 쌌다. 손바닥에 쥘 수 있을 만큼의 크기로 네모나게 접어 아버지의 가슴에 올리고 감싸듯 양손을 포개어 올렸다. 아버지의 관이 봉인되었다. 어머니는 오열하지 않았다. 그저 이따금 조용히 흐느끼면서 '다행이다, 다행이여.'라고 주문처럼 외고 있었다. 아버지는 그렇게 당신이 생전에 만들었던 자염 한 주먹만을 쥐고 떠났다.

아버지의 삼우제 날에는 비가 내렸다. 무엇에나 의미를 갖다 붙이기 좋아하는 어머니는 그 비를 보며 훌쩍거리다가 혼잣말처럼 중얼거렸다.

"박복한 냥반 뭐가 저리 애통해서 마지막 가는 길에 저리

비를 뿌리누."

칠십이 넘은 노인임에도 여전히 키가 큰 어머니가 정물처럼 구부정하게 앉아 있었다. 다정하게 오십 년 넘게 해로한 분들이니 그 허전함이 자식인 우리가 생각하는 이상 더 깊었으리라. 동생은 그쯤에서 어머니의 고정 레퍼토리를 막고 싶었는지 대청 한쪽에 걸려있는 액자를 가리켰다. 빛바랜 흑백 사진에는 바가지 머리의 어린 동생과 내가 키 큰 해바라기 옆에 차렷 자세로 어정쩡하게 웃고 있었다.

"근데 엄마, 저 때 동네 사람들이 왜 우리를 염둥이라 불렀어요?"

느닷없는 질문에 아버지의 돋보기 집을 어루만지고 있던 어머니는 볼이 붉어져서는 웃으며 말했다. 칠십이 넘은 어머니에게도 과거는 어제 일처럼 선명했던 것일까.

"소금 철에는 몇 날 며칠 밤낮으로 소금을 끓였잖니. 소금 끓일 때면 네 아버지는 집에서 허리 펴고 자 보질 못했어. 염막 아궁이 앞에서 꾸벅거리며 졸면서도 당신 손으로 직접 불을 때야 직성이 풀리는 사람 아니었냐. 낮이고 밤이고 그 아궁이 지키면서 밥도 먹고 잠도 자고. 어느 밤에 밤참을 가져갔는디 아버지가 나를 안더구나. 그렇게 너도 생기고 네 오래비도 생겼어. 다 염막이서."

왜 염둥이라 불리는지 따져 묻던 어린 우리에게 아버지는 차마 할 수 없었던 얘기를 세월이 흘러 어머니가 옛날이야기 들려주듯 하고 있었다.

"아버지 꽤 낭만 있으셨네."

여동생이 가만히 어머니의 허리를 끌어안으며 어깨에 머리를 기댔다. 아버지는 자신의 삶 모두를 자염에 바친 사람이었다. 할아버지의 고집이 아니더라도 아버지는 결국 그 길을 갈 사람이었다는 생각이 들었다.

"아버지가 열댓 살 먹어서 집을 나갔었다더라. 도저히 소금 꾼은 되기 싫어서. 왜 안 그랬겠냐. 그 쬐그마한 사람이 어린 나이에 벌써 등에 지게 끈 자국이 패이고 온몸이 상처투성이였으니, 소금이 닿을 때마다 얼마나 아팠으면 어디 가서 머슴을 살어두 소금은 만들기 싫더란다. 사나흘 뒤에 당숙들이 대전역이서 거렁뱅이 다된 네 아버지를 데려왔다더라."

아버지는 그때 꼼짝없이 맞아 죽겠구나, 생각했다고 한다. 그런데 할아버지가 당숙들 손에 이끌려 와 주춤거리고 서 있는 아버지에게 말없이 둘둘 말린 꾸러미 하나를 건넸다.

"세상 어느 애비가 자식 굶어 죽는 꼴을 보고만 있었냐. 그 돈 가지고 가라. 그거면 굶지는 않겠지."

자염 수십 가마를 팔아야 할 만큼 큰돈을 열다섯 살 아들의 손에 덜컥 쥐어 준 할아버지는 그날도 밤새 염막에서 소금을 끓였다. 할아버지는 커다란 소금가마 아궁이에 이따금 장작을 넣으며 그 앞에서 활활 타오르는 불을 온몸으로 웅시하고 있었다. 그런 할아버지의 등이 어린 아버지에게 수없이 많은 질문을 던졌다. 아버지는 그 질문에 대한 대답으로 조용히 돌아서 쥐고 있던 꾸러미를 할아버지 방에 넣어두고 나왔다. 아버지는 장작 한 아름을 들고 가 할아버지 옆에 내려놓았다. 그런 아버지를 한 번 돌아본 할아버지는 더이상 묻지도 않고 조용히 집으로 돌아갔고 아버지가 대신해 그 밤 아궁이를 지켰다. 다음날 그 어느 때보다 빛깔 좋고 많은 양의 소금이 났다.

"네 아버지는 그 뒤로 한 번도 소금 일을 불평하지 않았다더라. 얼굴도 모르고 시집와 보니 키는 작아도 우직하니 꼭 황소 같더구나. 네 외할머니가 소금으로 먹고 사느니 거렁뱅이한테 준다고 할 만큼 반대하던 혼사였는디 너희 외할아버지가 여기서 잠시 간쟁이로 일 해봐서 이 집 남자들 성품을 잘 알지 않았겠냐. 아무리 고돼도 지 색시에게는 일 시키지 않게 생겨서 그거 하나 보고 나를 시집보냈지."

"그런데 일 많이 하지 않았어? 내 기억에는 엄마도 일 엄청 한 것 같은데."

"무슨, 집안일이나 허고 밥 날라다 주는 거 밖에 소금 일은 안 헷지. 느이 아버지가 그거 하나는 철석같이 지켰다. 내 손으로는 소금 한 줌도 안 만들게 허셨지."

그 얘기를 하면서 어머니는 지긋이 사랑방을 바라보았다. 어머니의 뒷그림자가 미동도 없이 앉아 있었다. 어머니는 무슨 생각을 하고 있었을까.

아직 무너지지 않은 아버지의 마지막 염막 굴뚝에서 연기가 피어올랐다. 마음먹은 일은 기어이 해내고야 마는 아내의 기질은 어머니와 동생의 지지를 받으며 몇 달간의 준비 끝에 문화원과 함께 축제를 만들어 냈다.

결국 전승자는 구하지 못했고 계획처럼 지역 축제의 형식이기는 하지만 그 순간만큼은 나도 어쩔 수 없이 아버지가 보셨으면 하는 생각이 들었다. 나는 마지못한 척 빚진 자의 마음으로 그때처럼 황소의 고삐를 쥐었다. 몇 번의 시연을 거쳐 문화원장이 써레를 잡았다.

그에 앞서 간통이 묻힐 구덩이를 파고 어설프지만 볏짚으로 간통의 입구를 막아 갯벌에 묻었다. 써레질을 하고 소금물이 담긴 가마솥 아궁이에 불을 피우는 그 모든 자염 생산 공정 시연이 있었다. 그 옛날, 자염을 만들어 본 마을 어른들의 적극적 도움이 있어 가능한 일이었다. 옛것에 대한 향수만큼 호기심에 모여든 구경꾼들에게는 소포장된 자염 한 봉지씩이 선물로 주어졌다. 사람들의 호응에 문화원장은 기대 이상의 가치를 감 잡은 눈치였다. 그 지역 최초의 지역 축제를 만들었다는 자부심에 해마다 진행하겠다고 하자 사람들의 환호와 박수가 터져 나왔다. 그와 눈이 마주쳤을 때나는 그저 미소와 목례로 답했다.

나는 여전히 혼란스러웠다. 그 혼란 속에 세상에서 가장 맛있다고 전해지는 자염이 만들어지고 있었다. 나는 자염 한 주먹을 쥐어보았다. 슬며시 소금 알갱이 하나를 혀 위에 올려보았다. 아버지의 자염은, 역시 짰다.

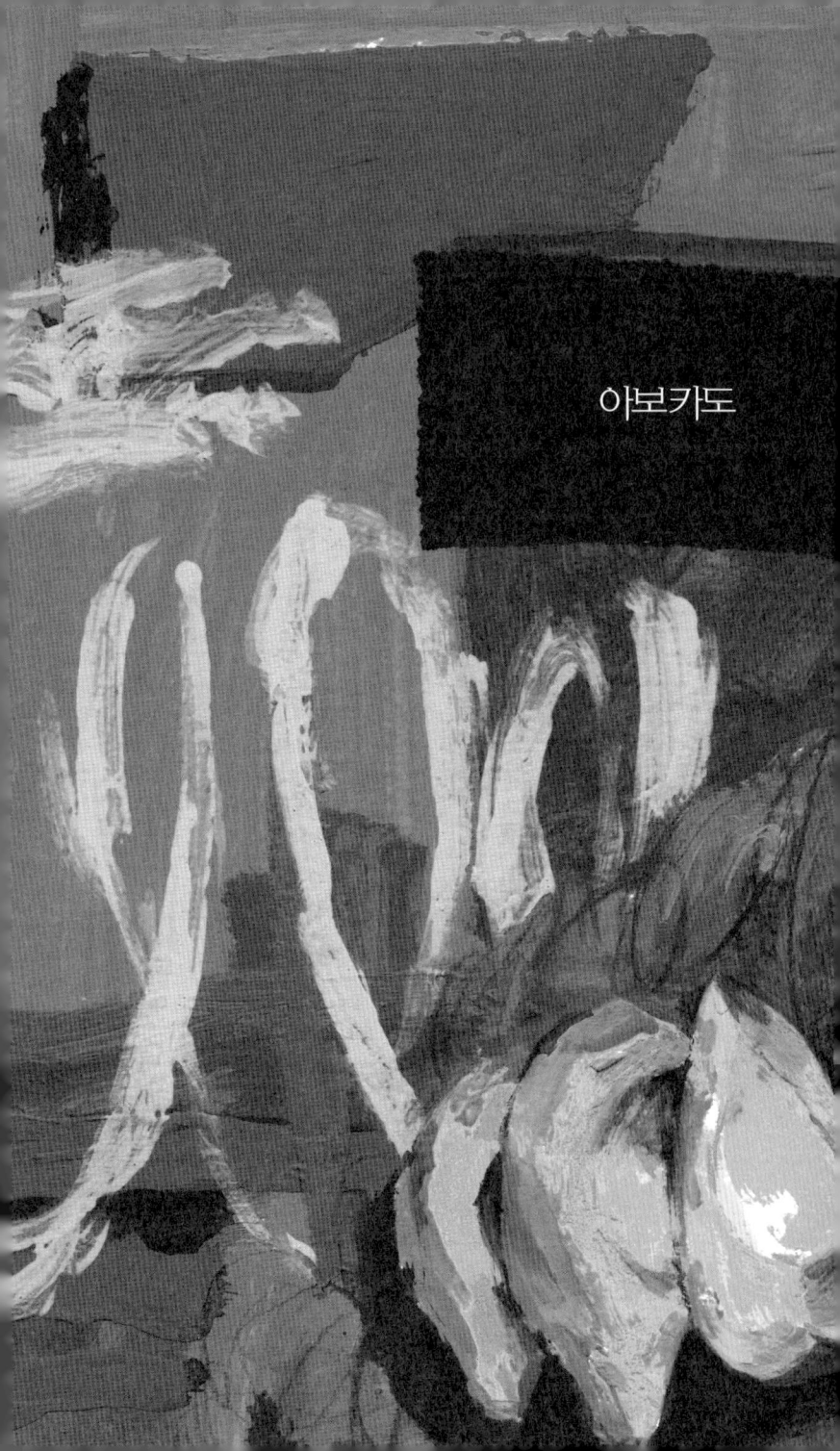

아보카도

3월 첫 주 수요일

앞서가던 영은이 쇼핑카트에 녹색의 아보카도 세 팩을 집어넣었다. 순간 좀처럼 익숙해지지 않는 식감의 아보카도 한 조각이 목구멍으로 미끄러져 내려가는 것 같았다. 몹시 느끼하고 물컹한데 비릿한 풀 냄새까지 확 올라왔다.

"자긴 그걸 무슨 맛으로 먹어?"

"이게 처음엔 좀 낯선 맛인데 먹을수록 오묘한 거 있지. 그리고 들어봤지. 좋은 지방, 이게 다이어트에도 도움이 되거든. 자기도 식습관 좀 신경 써봐."

영은의 눈이 재빠르게 내 복부를 스캔하고 갔다. 나는 굳이 대꾸하지 않았다. 반드시 대꾸가 필요하지 않은 혼잣말 같은 것, 대화는 종종 그렇게 일방적으로 끝이 나고는 했다. 그때마다 묘하게 열패감 같은 걸 느꼈다. 나도 아보카도 한 팩을 들어 보았지만 영은이 앞서가자 슬며시 내려놓았다.

적응할 수 없는 것들이 있다. 나에게는 아보카도가 그랬다.

몇 차례 아보카도를 먹어보기는 했다.

처음은 브런치 카페에서였다. 영은이 과카몰리를 곁들인 깜빠뉴 샌드위치를 주문했다. 다음 방문에도 영은은 같은 샌드위치를 주문했다. 그 정도면 아보카도에 대한 집착이 아니냐고 묻고 싶었지만 그러지 못했다. 계산은 언제나 영은이 했기 때문이었다. 빵 사이 두껍게 썰린 녹색의 아보카도, 그건 지금껏 경험해 보지 못한 생소한 식감이었다. 먹는 동안 내내 아삭하게 씹히는 총각김치가 생각났지만 표현하지 않았다. 그때의 식감이 떠올라 미끈함과 느끼함이 식도에서 다시 올라왔다.

필라테스와 핫요가로 가꾼 균형 잡힌 몸, 오늘따라 영은의 딱 달라붙은 원피스 핏이 돋보였다. 그녀는 채소 코너 쪽으로 카트를 밀고 갔다. 언제나 당당한 저 뒷모습. 나는 녹색의 청양고추 한 봉지를 카트에 툭 던졌다. 골인, 오늘따라 아랫배가 카트를 밀 때마다 손잡이에 닿아 신경 쓰였다. 다이어트에 반드시 성공하리라 다짐하고 숨 한 번 크게 들이마시며 배에 힘을 주었다. 시식 코너에서 작게 조각낸 훈제 연어 한쪽을 받아 입에 넣었다. 씹을 새도 없이 부드럽게 목구멍을 타고 넘어갔다. 똑같이 부드러운데 느낌은 완전히 달랐다. 순간 배에 주었던 힘이 풍선의 바람 빠지듯 맥없이 빠져버렸다. 영은은 시식하지 않고 연어 한 팩을 카트에 집어 넣었다. 영은처럼 우아한 여성은 부드러운 식감을 좋아하는구나. 그렇게 되려면 나도 정말 식성부터 바꿔야하나, 고민 했다.

나는 손에 쥐고 있던 쇼핑 목록을 들여다보았다. 별다를 것 없이 늘 정해진 목록들. 영은과는 매월 첫째, 셋째 주 수요일 오후 한 시에 만나 장을 봤다. 영은은 그때마다 장바구니와 함께 나를 집까지 태워줬다.

영은이 신도심의 신축 아파트로 이사하기 전까지만 해도, 우리는 같은 주공아파트 단지에 살았다. 단지 안 상가의 지하 마트에서 장을 보던 습관 때문이었을까, 영은은 이사 후에도 함께 장보기를 원했다. 한 달에 두 번, 함께 코스트코에서 장을 보자고 영은이 제안했을 때 나는 잠시 망설였다. 선뜻 내켜 하지 않자, 영은은 회원제 대형 마트의 이점을 하나하나 설명했다.

"자기는 회원가입 할 필요도 없어. 연회비는 내가 낼게. 내 회원권으로 계산만 따로 하면 돼. 그냥 나랑 함께 가서 필요한 것 사고 내가 집까지 태워다 줄게. 대용량이라 자주 갈 필요도 없어 한 달에 두 번만 가면 될 것 같아."

오래 생각할 것 없이 손해 볼 게 없는 제안이었다. 우리 아파트는 지금 재건축을 추진하고 있는 구도심의 35년 된 주공아파트다. 전부 저층이지만 이천 세대가 넘는 대단지

다. 독점상권인 지하 마트의 상술은 어처구니없을 때가 많다. 한 번씩 불만을 표했던 내게는 반가운 제안이기도 했다. 그렇게까지 권하는 이유가 궁금했으나 굳이 묻지 않았다. 사실 영은은 자신의 아파트단지 옆 백화점의 VIP 고객이다. 그곳의 7층 식당가에서 여러 번 함께 점심을 먹었다. 식후에는 VIP만 이용할 수 있다는 라운지 바에서 커피를 마셨다. 영은이 아니었다면 불가능한 경험이었다. 지금껏 백화점에 그런 공간이 있다는 사실조차 모르고 있었다. 라운지는 9층의 문화센터 옆에 있었지만 일반 고객들은 접근조차 할수 없었다. 검은 정장을 말끔하게 차려입은 직원이 입구부터 라운지까지 직접 안내를 도왔다. 나는 그런 상황이 어색했지만 영은은 당당하고 자연스러웠다. 영은은 여전히 백화점을 주로 이용한다. 코스트코에서는 기껏해야 세제나 휴지 정도의 공산품 외엔 구매품도 단조로웠다. 아무리 생각해도 나의 장보기에 동행하는 정도지 필요에 의한 장보기 의도는 없어 보였다. 그런 영은이 왜 굳이 나와 함께 코스트코에 가려고 할까? 영은의 친절을 부담스럽게 느낀 건 언제부터였을까? 궁금했지만 나는 그냥 모른 척 넘겨 버렸다.

영은이 단지 입구에 차를 세웠다.

"잠깐 들어갈래?"

영은은 대답 대신 트렁크의 개폐 버튼을 눌렀다. 내가 짐을 다 내리는 걸 기다린 후 차창 밖으로 왼손을 한번 가볍게 들어 보이더니 바로 출발했다. 영은의 아우디가 우측 방향 지시등을 깜빡이며 코너를 돌아갔다. 주차폭이 좁고 이중, 삼중의 주차난 때문이라고는 했지만 어쩐지 아파트단지 안으로 들어오길 꺼렸다. 영은이 이사 후 내 집에 발길을 끊은 지 벌써 2년이 지났다.

한 손에는 대용량 두루마리 화장지를, 다른 손에는 코스트코 전용 장바구니를 들고 5층의 집까지 두 번을 쉬었다 올라왔다. 103동 502호. 이 집에서 딱 5년만 살자고 했는데 벌써 15년을 붙박이장처럼 살고 있다. 두 아들은 유치원 때 이사와 벌써 대학생이 되었다. 내 신발 옆에 나란히 벗어 놓은 큰 신발을 보면 울컥할 때가 있다. 물건을 내려놓은 채 냉수를 한 잔 마셨다. 살이 찌면서 확실히 계단 오르내리는 게 힘들어졌다. 재건축이 아니면 우리 힘만 가지고 저층으로의 이사는 끝내 힘들 것이다. 그러니 영은의 말처럼 살을 빼긴 빼야 한다.

베란다 문을 열고 화장지를 구석에 밀어 넣은 뒤 식료품을 냉장고에 정리했다. 큰애가 주문한 삼겹살을 넣다가 둘째가 주문한 치즈를 빠뜨렸다는 걸 깨달았다. 둘째는 치즈를 좋아한다. 거의 모든 음식에 치즈를 추가해 먹었다. 비빔밥에도 라면에도 심지어 맨밥을 먹으면서도 치즈 한 장을 먹어줘야 뭔가를 먹은 것 같다는 아이다. 대용량의 치즈가 2주면 거짓말처럼 소비되니 갈 때마다 필수품이었는데, 어쩌다 그걸 까먹었을까. 가격 차이가 큰 지하 마트의 소량 치즈를 생각하니 괜히 억울한 생각이 들었다.

정리를 끝내고 선반에서 라면 하나를 꺼냈다. 오후 4시, 이 시간을 그냥 넘겨보려고 했지만 오늘도 무너지고 말았다. 청양고추를 두 개 썰어 넣었다. 다이어트에 고추의 캡사이신 성분이 도움이 된다지. 고추 하나를 더 꺼내와 가위로 숭덩숭덩 썰어 넣었다. 매운 향이 훅 끼쳤다. 냄새 때문에 재채기가 연달아 나왔다. 정신이 번쩍 드는 매운맛. '아보카도는 개뿔, 다이어트에는 역시 청양고추지.'

3월 셋째 주 수요일

버스에 올라 자리에 앉은 후 바로 휴대폰 액정을 열어 시간을 확인했다. 12시 32분. 약속 시간에 유난히 예민한 영은이 떠올라 조바심이 났다. 수강생 엄마와 상담이 늦어지는 바람에 겨우 시간 맞춰 나왔다. 오늘따라 신호는 계속 빨간불이었고 기사는 교통신호를 정확하게 지켰다. 게다가 한 남자가 뒷문으로 승차하다가 기사와 실랑이를 벌이는 통에 벌써 3분이 지체된 상황이었다. 살살 조바심이 나기 시작했다. 심장이 뛰고 맥박마저 점점 빨라지는 기분이 들었다. 절로 한숨이 삐져나왔다. 남자가 내리지 않자 기사는 아예 시동을 꺼버렸고, 다른 승객들의 볼멘소리와 항의를 받고서야 남자는 기사에게 거칠게 욕을 한 뒤 내렸다.

마트 건너편에 내려 보행 신호로 바뀌자마자 달렸다. 7분. 영은의 방식대로 표현하자면 나는 오늘 그녀의 시간 '7분'을 훔친 시간 도둑이 되고 말았다. 영은의 찡그린 표정이 떠올라 더욱 조바심이 났다. 입구에서 기다릴 거라 예상했는데 보이지 않았다. 전화를 걸어 보았지만 전화기는 꺼져있었다. 카톡창을 열어봤다. 지체되고 있다고 버스에서 보낸 카카오톡 메시지도 확인하지 않은 듯 1이 그대로였다. 두리번거리다 할 수 없이 카트를 밀고 마트 안으로 들어갔다. 영은은 화가 나서 혼자 장보기를 시작했을 것이다. 직원 두 명이 회원 카드 모형을 들고 입구에 서있었다. 나는 왠지 떳떳하지 못한 일을 하러 가는 기분이 들었다.

몇 번을 확인해 봐도 영은의 휴대전화는 계속 꺼져있는 상태였다. 영은을 찾아 두리번거리며 마트를 두 바퀴나 돌았다. 영은은 끝내 보이지 않았다. 그 사이에 습관처럼 담았던 몇 가지 물건들을 다시 제자리에 하나씩 가져다 두었다. 대용량 세제를 꺼내 제자리에 두자 카트 안에는 마지막으로 100매짜리 치즈만이 덩그러니 남았다. 작은아들 얼굴이 떠올랐다. "이까짓 치즈 하나도 회원제로 팔아먹다니, 대기업 놈들." 나도 모르게 거칠게 중얼거렸다. 미련이 남았지만 카트를 밀고 치즈 코너로 다시 갔다. 치즈를 제 자리에 놓으려는 순간 누군가 가로채듯 집어서 자신의 카트에 넣었다. 얼떨결에 괜스레 내 것을 빼앗긴 불쾌한 기분이 들었다. 그 깟 3만 원 연회비 때문에 회원 카드를 만들지 않은 것을 처음으로 후회했다. 치즈 몇 번만 사도 충분히 상쇄되는 금액인데 왜 영은의 말을 들었을까. 지금이라도 회원가입을 할까 망설이다 고개를 저었다. 3만원이면 생닭이 몇 마린데, 빈 카트로 계산대를 지나는 것이 민망해 구석진 곳으로 밀고 갔다. 고의가 아니었는데도 힘 조절에 실패해 카트가 벽에 부딪히며 쿵, 하고 소리를 냈다. 마트 전체가 흔들린 것처럼 진동이 내 몸에도 고스란히 전해져 왔다. 아무도 돌아보지 않았지만 얼굴이 후끈 달아올랐다.

돌아오는 버스 안에서 잠깐 졸았다. 갈수록 수강생 수가 현저히 줄어들고 있다. 올해 특목고에 여러 명을 입학시켰다는 길 건너 학원이 입소문을 탔고, 확장을 핑계로 학원비 할인 행사를 시작했다고 들었다. 전단지라도 돌려 볼까, 하는 생각에 늦도록 문구를 만들고 디자인도 고민하느라 잠을 설쳤다. 하마터면 정류장을 지나칠 뻔했다. 안도감 대신 짜증이 왈칵 몰려왔다. '그래, 너 잘났다. 그것 좀 늦었다고 가버려?' 혼잣말이 튀어나올 뻔했다.

지하 마트에서 장을 봤다. 열두 매짜리 치즈와 시금치, 두부, 콩나물, 감자를 담고 과일 코너로 갔다. 사과를 한 봉지 들었다가 도로 내려놓았다. 제철 과일을 먹어야지 생각이 들었지만 딸기는 생각보다 비쌌다. 망설이다 바나나 한 손을 장바구니에 담았다. 보기에도 설익어 보이는 초록색의 아보카도가 두 개씩 팩에 담겨 쌓여있다. 입맛 떨어지게 생긴 녹색에다 수없이 돋아난 돌기, 생김새마저도 밉살스럽게 생겼다. 그럼에도 가격표에는 당당하게 칠천 원이 찍혀 있다. 제일 큰 16수 생닭 가격과 같다. 그거면 두 아들을 한 끼 배부르게 먹일 수 있다. 어쩔 수 없이 그렇게 늘 비교하고 있는 처지가 당혹스럽다. 코스트코 전용 장바구니를 펼쳤다. 지하 마트에서 장 본 것들을 담기에는 지나치게 컸다. 그날 영은에게는 더 이상 전화하지 않았다. 시간이 지나면서 미안함보다 오히려 화가 났다. 아보카도의 크고 단단한 씨처럼 덩어리 하나가 명치에 얹혀있는 기분이었다.

10년 전 501호로 영은이 이사 오면서 우리 인연이 시작되었다. 옥상으로 올라가는 계단에 어린 여자아이가 무릎 사이 얼굴을 묻은 채 앉아 있었다.

"잠깐 들어올래?"

아이가 고개를 들었다. 얼굴이 벌겋게 달아올랐고 잔뜩 골난 표정이었다.

"괜찮아, 아줌마네 집에 에어컨도 있어. 여기 5층이라 더 더워. 들어와. 어서."

아이가 제 엄마에게 동의를 구하는 듯 쳐다보자 여자가

웃으며 말했다.

"죄송하지만 그래 주실래요? 안 그래도 이런 더위가 익숙지 않아 짜증을 내고 있었거든요."

아이는 열 살, 우리 큰아들과 동갑이었다.

"짜증 나요."

아이가 화장실 문을 쾅 소리 나게 닫으며 하는 말에 깜짝 놀랐다. 맹랑하네. 닫힌 화장실 문을 물끄러미 바라보며 잠깐 그렇게 생각했다. 잠시 뒤 화장실에서 나온 아이가 거실을 한 바퀴 둘러보았다. 어리지만 어쩐지 행동은 당당하고 상대를 꿰뚫듯이 눈빛이 강했다. 오랫동안 아이들을 상대했지만 유난히 저돌적인 아이에겐 어른인 나조차 멈칫 하게 되는 순간이 있다. 그런 아이들은 대부분 내면의 불안을 숨기기 위해 더 강한 표현을 하는 것으로 알고 있다.

"좀, 좁지? 책이 많아서."

변명하듯 허둥대며 둘러댔다.

"괜찮아요. 우리도 어차피 여기서 살 건데요, 뭐."

"아, 그런가? 그렇지, 맞네, 우리 이제 이웃사촌이네?"

"아줌마, 근데 왜 이렇게 책이 많아요?"

"아, 아줌마, 공부방 해."

"아, 선생님이구나."

아이가 입을 살짝 내밀고 고개를 표시 나게 끄덕였다.

"나도 이제 여기 다닐까요? 우리 쫄딱 망했거든요. 학원도 더 못 다닌다는데. 아줌마, 아니, 선생님, 여긴 학원보다 싸죠?"

역시나 처음 인상처럼 거침없는 아이다. 아이에게 주스 잔을 건네려다 멈칫했다. 그러기 전에 아이가 낚아채듯 잔을 집어 한 모금 마신 뒤 잔을 돌려주었다. 그때부터 그 아이, 서윤이는 나를 선생님이라 불렀다.

나는 영은의 가족보다 5년 먼저 이 아파트에 이사 왔다. 남편의 사망사고 보상금으로 이 집을 매입했다. 시댁에서 보상금을 나누자는 요구와 온갖 핍박이 있었지만, 남편의 목숨값인 이 집만큼은 지켜야 했다. 제지회사 대형 롤러에 짓이겨진 것은 남편의 몸만이 아니었다. 잔뜩 부풀어 있던 장래의 희망들이 같이 짓이겨지고 말았다. 겨우 다섯 살, 네 살의 연년생 아들 둘을 데리고 살아갈 일이 막막했다.

가장 먼저 한 일은 뒤 베란다에 부엌을 내는 일이었다. 17평 좁은 아파트였지만 방은 두 칸이었다. 부엌과 거실이 길게 연결된 형태라 부엌을 베란다로 확장해서 사용하는 집들이 더러 있었다. 부동산 업자는 그렇게 하면 최소한 서너 평은 더 넓게 쓸 수 있다며 매매를 유도했다. 그만큼 생긴 가용 공간에는 식탁을 놓고, 거실이던 공간에 문을 달아 방으로 개조했다. 그 공간은 수강생들을 가르칠 용도로 꾸몄다. 작은 방은 싱글 침대 하나와 작은 책상 하나를 들여 내가 사용하고, 안방을 아들들에게 양보했다. 남편을 애도

하고 슬퍼하면서 시간을 보내기엔 당장 먹고사는 것이 더 급했다. 의지할 데라고는 없었고, 그런 나에게 두 아들이 남겨졌다. 시댁으로부터 온갖 욕설과 핍박을 받는다 한들, 아이들은 내가 견뎌야 할 이유였고 의무였다. 공부방이 점점 입소문을 타기 시작하면서 겨우 안정을 찾았다.

다음날 정말 영은이 방문했다.

"우리 애가 여기서 공부하고 싶다는데 티오가 있을까요?"

나야 마다할 이유가 없었다.

"우리 서윤이가 요새 좀 예민해져서 버릇이 좀 없더라도 이해해 주세요."

그랬다. 아이의 말처럼 그녀는 남편 사업이 기울면서 비교적 저렴한 이곳으로 오게 되었다고 했다. 자금 관계로 시댁과 남편 사이 갈등이 있었고 아이가 못 볼 꼴을 좀 겪으면서 나름대로 충격을 많이 받았다고도 했다.

"그래도 뭐 아직 괜찮아요. 저는 이제 겨우 서른여섯인걸요."

겪은 일에 비해 긍정적인 영은이 마음에 들었다. 그런 건 느낌으로 알 수 있었다. 충격을 겪어본 사람들은 그들끼리 감각적으로 알아보는 법이다. 처음 이 집으로 올 때 나도 그랬다. 부정적인 생각을 하는 순간 모든 것을 잃을 수 있다는 위기감이 오히려 나를 살렸다. 생때같은 남편을 잃고도 저 살 궁리만 하는 독한 년 소리를 수도 없이 들었지만 한 귀로 듣고 흘려버렸다. 악담을 하고 행패를 부리는 것이 시댁 식구들의 애도 방식이라고 인정했다. 누군가를 원망하고 상대에게 책임을 미루는 것으로 가벼워지는 유형의 사람도 있는 거라고. 하지만 나는 감정대로 살 수 없었다. 충격보다 더 큰 에너지로 버티지 않으면 그 순간 모두 무너진다는 것을 인두로 지지듯 가슴에 새겼다.

"그래요, 저도 그렇게 견뎠어요. 저도 이제 서른여섯이에요."

그렇게 영은과 친구가 되었다. 벌써 10년이 지난 얘기다.

4월 첫 주 수요일

마트에 다녀온 이후 영은에게 먼저 연락하지 않았다. 그러기에는 어쩐지 자존심 상해 망설여졌다. 일주일이 더 지나고 나서야 뭔가 불길한 예감이 스쳤다. 그깟 7분 때문에 이렇게나 연락이 끊길 일은 아니라는 생각이 들었다. 우선, 내가 잘못했으니 사과라도 먼저 하자는 마음으로 전화를 걸었다. 영은의 휴대전화는 여전히 꺼져있었다. 그 짧은 시간 동안 복잡한 생각이 들었다. 그 후로도 여러 번 시도해 봤지만 여전히 꺼져있다는 안내 음성으로 넘어갔다. 뭔가 잘못됐다는 생각이 들자 불안감이 몰려왔고 가슴이 두근거리기 시작했다. 마지막 수강생을 배웅하며 함께 집을 나섰다.

영은의 아파트는 일일이 방문객 확인을 거쳐야 했다.

1001동 903호 호출 버튼을 눌렀지만 인터폰을 받지 않았다. 휴대전화 역시 여전히 불통이었다. 집 전화가 있었던가. 아직 집 전화번호를 모른다는 것을 그때야 깨달았다. 공동현관 앞에서 한참을 서성였다. 입주민인 듯 일상복 차림의 여인이 출입구 앞으로 다가왔다. 그녀가 비밀번호를 누르고 공동현관 입구의 문이 열리는 순간을 기다려 그녀 뒤에 섰다. 그녀가 힐끗 돌아보는 시선이 느껴졌지만 최대한 자연스럽게 그녀를 따라 들어갔다. 그녀가 6층 버튼을 눌렀다. 그녀가 다시 한번 힐끗 돌아봤지만 나는 익숙한 듯 9층 버튼을 눌렀다.

입주 전 딱 한 번 영은의 집에 와봤다. 새집에 입주하고부터 영은은 타인의 방문을 반기지 않는 것 같았다. 같은 아파트에 살 때만 해도 서로의 집을 내 집처럼 드나들었다. 여름엔 마주한 현관을 아예 열어놓고 살았다. 급할 땐 아이들이 신발도 신지 않은 채 서로의 집을 오가기도 했다. 그랬던 영은이 새집에 입주하면서는 왠지 꺼리는 느낌이었다. 자기 집 방문은 물론 내 집에 오는 것도 내켜 하지 않았다. 그러면서 자연스레 서로의 집보다 아파트 앞 카페, 백화점 식당가 등에서 만났다.

입주 청소를 도와주겠다고 했을 때 영은은 거절했다. 뭔가 표시 나는 입주 선물을 해주고 싶었는데 여의치 않았다.

조심스럽게 사정을 얘기하자 마지못해 그러라 했다.

"자기 정말 뿌듯하겠다. 이 집에 있으면 밖에 나가기 싫을 것 같아. 이 햇살 들어오는 것 좀 봐."

영은이 빙긋이 미소 지은 뒤 곧바로 커피를 사 오겠다며 나갔다. 커다란 통 창으로 가득 들어온 햇살이 거실을 환하게 비췄다. 대리석 바닥을 빛내주고 있는 저 따뜻한 해. 그 해를 온몸으로 받으며 잠깐 창밖을 내다봤다. 영은이 단지 내 중앙 광장을 지나 건널목에 서 있는 것이 보였다. 돌아서 창에 등을 대보았다. 영은이 새집에서 받을 햇볕이 내 등에 따뜻하게 전해졌다. 확장형 거실은 아직 가구조차 들어오지 않아 그런지 17평 내 집보다 더 넓어 보였다.

어깨를 움츠린 채 종종거리며 건널목을 건너는 영은이 카페로 들어가고 있었다. 그걸 내려다보고 있는데 왠지 모르게 조바심이 났다. 영은의 남편이 재기에 성공해 다시 여유를 찾고 새집에 입주하게 되어 진심으로 기뻤다. 나에게는 그저 꿈인 일이지만 영은이 새집에서 근심 없이 살게 되기를 바랐다. 그럼 낯선 이 집도 머지않아 내 집만큼 자연스레 익숙해지리라 생각했다. 영은의 가족들이 살 거니까. 우린 변함없이 가족같이 가까운 사이니까. 머지않아 내 집처럼 드나들게 되리라. 내가 집 장만을 한 것처럼 부풀었었다.

그날 이후로, 그러니까 2년 만에 이 집의 초인종을 다시 눌렀다. 초인종 소리에 나타샤가 짖었다. 요크셔테리어 나타샤는 영은의 반려견이다. 새 아파트로 이사 올 때 데려왔는데, 갓 3개월이 된 작고 앙증맞은 새끼강아지였다. 문득 나타샤가 나를 기억할까 궁금했다. 못 본 지 벌써 2년이 지나지 않았나. 그동안 영은의 휴대전화에 저장된 모습만 봐왔다. 실크처럼 매끄럽고 광택 나는 털이 매력적인 강아지 나타샤. 영은이 들였을 공이 짐작되고도 남을 외모로 자라 있었다. 나타샤의 헛짖음이 계속 들렸지만 문은 쉽게 열리지 않았다. 영은의 전화는 계속 불통이었고 집안에서는 나타샤의 짖는 소리 외에 그 어떤 소리도 나지 않았다.

휴대폰을 뒤져 서윤의 번호를 확인했다. 영국에 유학 가기 전 사용하던 번호였지만 다른 방법이 없었다. 신호가 갔지만 역시 전화를 받지 않았다. 점점 더 불안해졌다. 다시 통화 버튼을 누르려는 순간 앞집의 현관이 조심스럽게 열렸다. 머리칼이 하얗게 셌지만 얼굴에 주름 하나 없어 나이를 쉽게 짐작할 수 없는 여자가 고개를 내밀며 손짓을 했다. 여자는 문은 열어주었지만 들어오라고 권하지는 않았다. 단지, 혹시 모를 누군가의 눈을 피하기 위한 방편 같았다. 굳이 그럴 필요 없는 구조인데도 극도로 조심하는 눈치였다. 마치 공용 공간 벽에도 눈이 있다고 믿는 모양이었다. 빠르게 스캔해 본 여자의 집은 내가 기억하는 2년 전 영은의 집과 구조가 같았다. 전체적으로 모던한 분위기에 엔틱한 소

품으로 포인트를 준 세련된 인테리어를 보며 나는 영은의
집을 상상했다.

"내가 원래 남의 사생활엔 관심을 두지 않는데."

여자가 현관문을 닫으며 조심스럽게 말을 이었다.

"며칠 전에 실려 갔어요, 119로. 큰일 날 뻔했지 뭐야. 여
자 혼자 그 넓은 집에 쯧쯧. 이사 오고 여태 그런 일이 없었
는데, 개가 하도 짖어대는 데다 기척도 없어서 내가 신고했
어요."

S병원 중환자실 보호자 휴게실에서 서윤을 찾는 것은 어
렵지 않았다. 서윤은 보호자 의자에 앉아 고개를 깊숙이 처
박은 상태로 영은의 휴대폰 액정을 보고 있었다. 가까이 다
가가 보니 서윤은 액정의 전화번호를 빠르게 넘기고 있었
다. 그 앞에 섰다. 서윤이 고개를 번쩍 들었다. 눈이 마주치
자 서윤의 눈에 금방 눈물이 고였다.

"선생님이 모르길 바랐어요."

서윤이 고개를 떨어뜨렸다. 나는 그 목소리에 할 말을 잃
어버렸다. 궁금했던 그 많은 질문이 갑자기 산산이 부서졌
다. 형태 없이 조각나 흩어지고 섞여버렸다. 말문이 막혀버
렸다. 텅텅 비어있던 입주 전 영은의 아파트가 떠올랐다. 행
복한 꿈으로 가득 찰 거라 생각했던 그 집에서 무슨 일이 있
었기에 이들이 이러는 걸까. 도무지 짐작할 수 없었다.

"엄마는 지키고 싶었을 거예요. 자존심이 강한 사람이잖아요. 우리 엄마가."

"서윤아, 도대체 네 엄마한테 무슨 일이 있었던 거니?"

"엄마는 자존감이 강한 사람이라 괜찮은 줄 알았어요. 저한테 늘 괜찮다고 말했거든요. 아빠와는 이미 오래전에 끝난 관계라고 생각했는데, 엄마는 자기 감정을 속이고 있었나 봐요."

"도대체 그게 무슨 말이야?"

"선생님도 모르고 있었죠? 맞죠?"

"대체 뭘? 지금 네가 하는 말이 무슨 뜻인지 하나도 못 알아듣겠어."

"지금 집으로 이사 올 때 엄마랑 아빠 이혼했거든요. 뭐, 서류상으로만 그런 거기는 하지만 아파트 명의도 엄마 앞으로 해주면서 사업상 필요한 거라 했어요. 엄마랑 저는 정말 그런 줄만 알았어요."

"사업상 더러 그런 부부들이 있다는 거 들어보긴 했어. 근데 너희 집이 그런 줄은 전혀 몰랐네."

어리둥절했다. 영은은 왜 지금껏 나를 속였을까. 속았다고 생각하니 섭섭하고 화났다.

"선생님을 속인 게 아니라 말하지 못했을 거예요. 속속들이는 저도 얼마 전에 알았거든요. 엄마가 오랫동안 우울증 치료를 받은 것도 이제 알았어요."

자동차 부품회사를 운영하고 있던 남편의 사업이 잘 된
다고 했고 영은은 그만큼 여유 있어 보였다. 나로서는 꿈도
못 꿀 넓은 평수의 새 아파트로 이사도 순조롭게 했다. 남편
의 회사를 한국의 자동차 회사 현지 생산법인이 있는 동유
럽으로 이전했다고 말한 것도 그 무렵이었다.

언제부터였을까. 그즈음 혼잣말을 자주 하던 그때부터였
을까? 돌아보면 나는 영은의 말을 흘려듣고는 했다. 너무
오랫동안 남편의 존재를 잊고 살아서 여느 부부들의 관계
에 대해 무관심하고 무감각했기 때문이었을까. 짧았던 결혼
생활을 뒤로한 채 홀로 아들 둘을 키우며 산다는 건 그리 녹
록한 일이 아니었다. 설사 영은이 부부관계를 두고 하소연
했다고 한들 얼마큼이나 와 닿았을까. 솔직히 자신이 없다.
혼잣말과 대화 속에서 가끔 길을 잃은 것은 영은이 아니라
나였는지도 모른다.

"우리 남편은 이제 나랑 눈도 마주치지 않아."

말을 하면서도 영은의 시선은 창가의 커플을 뚫어지게
바라보고 있었다. 남자가 여자의 손을 계속해서 만지작거렸
고 여자는 끊임없이 남자를 향해 속삭였다. 남자의 부드러
운 미소와 반달눈썹이 여자의 눈을 지그시 바라봤다. 혹시
그들이 우리를 의식하게 될까 봐 조심스러웠다. 그 순간의
영은은 어쩐지 쓸쓸해 보였고 그녀의 말은 앞에 있는 나를

의식하지 않는 것 같았다. 굳이 나의 반응이나 대답을 기다리지 않았다.

"우리 남편은 아보카도 같아. 부드러운데 그 속에 단단하고 도저히 깰 수 없는 자기만의 세계가 있어 보여."

"응?"

"아니, 아보카도 좋아한다고."

돌이켜 생각해 보니 맥락 없는 말이었다.

"제동장치가 풀린 자동차처럼 질주하려고 해. 그 사람."

"무슨 일이야, 자기네 뭐 심각한 거야?"

"아니, 꼭 무슨 일이 있다기보다."

영은이 그제야 마주 바라보며 미소 지었다. 그리고는 더 이상 대화를 이어가기 싫다는 듯이 서둘러 짐을 챙겨 들었다. 남편의 사업체를 동유럽으로 이전한다는 소식을 이미 들어서 알고 있었고 그러려면 뭔가 일이 복잡한가 보다, 하고 짐작만 했었다. 그렇게 생각하는 게 가장 무리 없다고 생각했다. 깊이 생각하고 의문을 품는 것은 그 경계를 넘는 것이리라. 그것보다 둘 사이에 사업 이외의 문제를 찾기는 정말 어려워 보였다. 내 주변에서 영은의 남편만큼 가정적이고 다정한 사람을 본 적이 없다. 사업가로도 성공한 그는 누구라도 부러워할 모든 조건을 갖췄다. 영국 명문대에 입학한 딸과, 40대 후반이라고 믿어지지 않을 만큼의 미모와 교양을 갖춘 아름다운 아내, 부유하고 건강한 부모님. 나는 그날 분명 뭔가 미심쩍다고 생각했으면서도 더 이상 캐묻지 않았다. 오래 생각하거나 복잡한 일은 떠올리는 것만으로도 두통을 일으켰다.

생각해 보면 이미 오래전부터 우리 둘 사이에도 알 수 없는 기류가 있었다. 그즈음 영은은 함께 다니던 주민센터 헬스장에 재등록하지 않았다. 대신 고급 피트니스센터와 필라테스 학원에 다니고 있다고 했다. 그때부터였을까. 본격적으로 이사와 함께 어쩐지 나와 적당한 거리를 유지하고 싶어 한다는 느낌이 들었다. 보이지 않았지만 둘 사이에 경계가 생겼고, 그 경계를 넘나드는 걸 영은은 원치 않고 있었다. 그건 어쩌면 나도 마찬가지였다. 그것은 단순한 질투였을까. 남편의 존재 여부 외에는 다를 게 없다고 느꼈지만 언제부턴가 조금씩 복잡한 마음이 들기 시작했다.

시간이 지나면서 남편이 재기에 성공하고 사업이 완전히 자리 잡았을 때도 영은은 별 내색하지 않았다. 차라리 솔직하게 표현했다면 오히려 덜 섭섭했을까. 그런 영은의 배려가 어쩐지 위선처럼 느껴졌다. 그렇게 자리를 잡아가던 영은의 가족이 신도시로 이사를 나갈 거라고 했을 때, 그제야 뭔가를 잃어버린 듯한 기분이 들었다. 며칠 동안 잠을 설치면서도 원인을 알 수 없었다. 그것은 상실감이었을까?

중학교 입학을 앞두고서야 작은아들은 애착 인형을 제 손으로 쓰레기통에 버리겠다고 했다. 꼬질꼬질하게 때가 타고 나달나달하게 닳아 여기저기 솔기가 터진 인형을 버리면서 아들은 끝내 굵은 눈물을 떨어뜨렸다. 오랫동안 의지했던 대상과의 이별, 우린 그렇게 서로에게 또 다른 의미의 애착 인형 같은 존재였을까. 나는 우리 사이 그런 감정이 당혹스러웠다. 외로움 때문이었다고 애써 변명하고 충분히 그럴 수 있다고 자위했다.

실제로 의지할 곳 없는 세 모자에게 영은은 여러모로 큰 의지처였다. 아무리 노력해도 작은 변화조차 없던 나와, 조금씩 자리를 잡아가던 영은. 나의 경제 사정을 누구보다 잘 알았던 영은은 그럴수록 자꾸만 손 큰 주부가 되어 갔다. 식구들은 잘 먹지도 않는데 대용량으로 주문해 여분의 식재료를 건네주는 식이었다. 배달원이 5층까지 걸어서 올라오는 게 미안해서 그랬다며 치킨을 세 마리씩 시켜 두 마리를 건네 주고는 아무렇지 않게 말했다.

"남자는 일인 일 닭이지?"

"이모 최고예요."

내 아들들도 영은을 통 큰 이모라며 잘 따랐다. 그런 그녀가 고마웠으면서 그럴수록 자꾸 불편한 마음이 들었다.

그것은 정말 나의 질투였을까?

내가 가져보지 못한 것들을 맘껏 누릴 수 있고 베풀 수 있는 영은의 여유는 부러웠지만, 그래서 나는 끝없이 주눅들고 있었던 걸까? 영은의 호의를 거절하고 뜻을 거스르는 것은 어쩐지 용기가 필요한 일이었고 나는 지극히 용기가 없었다. 영은이 우리 가족에게 했던 선의와 친절에 대해 공치사든 내색이든 했다면 나의 그런 감정에 변명이 됐을까. 처지만큼 감정조차 점점 궁색해지던 나는 영은의 이사에 한편으로 안도했던 게 떠올라 당혹스러웠다.

"선생님. 엄마 보실래요? 이제 면회 시간이에요."
생각에 잠겨있는데 서윤이 물었다.
"응, 그래야지."
중환자실 앞에서 손을 소독하자 서윤이 방문자용 파란색 가운을 입혀주었다. 가운의 허리끈을 꼼꼼하게 묶어주는 서윤의 손이 미세하게 떨렸다. 잊고 싶은데도 선명하게 떠오르는 기억이 있다.

15년 전에도 남편을 보기 위해 이런 과정을 거쳤었다. 통제구역을 들어서는데 전 생애를 통과하는 기분이 들었다. 몸 여기저기 주렁주렁 달린 의료기기와 수액에 파묻혀 있던 남편, 산소호흡기에 의지해 간신히 숨을 유지중이던 만신창이의 그를 보는 것은 저승사자를 마주한 것처럼 두려웠다. 살아있음을 스스로 증명할 수 없는 상태는 본인에게 또 얼마나 가혹한 과정이었을까.

아무것도 할 수가 없었다. 그의 손을 잡는 것조차 두려웠다. 저 상태로 가버린다면 아이들과 나도 따라가리라 다짐했다. 그 다짐이 남편에게 그대로 전해지기를 바랐다. 누워 있는 남편을 협박이라도 해서 일으키고 싶었지만 감히 손가락 하나 닿을 수 없었다. 살짝이라도 건드리는 순간 산산조각이라도 날까 봐 그만큼 두려웠다. 간절하게 바라보는 것 외에 아무것도 할 수 없는 무기력이 원망스러웠다.

누구나 자기 몫의 애증이 있다. 자식새끼 먹여 살리느라 일요일에도 일하러 가서 그랬다며 모진 말을 퍼붓는 시어머니의 원망을 한 귀로 흘려들었다. 시간이 지나면서 시어머니의 '독한 년' 소리가 묘하게 리듬처럼 들렸다.

그럼에도 시간은 양보없이 흘러갔다. 보호자 휴게실에 상주하며 생사를 오가는 벽 너머 남편을 두고 오히려 남편을 원망했다. 우리를 이렇게 두고 가면 가만두지 않을 거라고, 기어코 일으켜 세워 끝까지 책임지게 할 거라고 다짐했다. 시간이 지날수록 연민이나 안쓰러움보다 그런 상황이 더 당황스럽고 답답해서 견딜 수 없었다. 더 이상 눈물도 나지 않았다. 눈물의 통로가 따로 있다고 믿게 됐다. 행여 그 통로가 범람할까 두려워 억지로 막아버렸다. 우회로 같은 것은 아예 만들 생각도 하지 않았다. 그냥 독한 년이 되기로 했다. 그때마다 눈물을 흘리는 대신 두 아들의 손을 더 힘주어 잡았다. 지켜야 할 게 있는 사람은 고통에도 면역이 생기는 거라 믿었다.

자동문의 버튼을 누르고 맨 앞에 서 있던 서윤이 먼저 들어갔다. 줄지어 기다리던 다른 보호자들에게 입구를 내주고 비켜섰다. 발이 떨어지지 않았다. 영은이 아닌 남편이 아직 거기 누워 있을 것 같았다. 잠시 뒤 중환자실 입구를 향해 뒤돌아서 나왔다. 서윤의 놀란 눈이 두리번거리며 나를 찾고 있겠지만 나는 그대로 가운을 벗어 놓고 나왔다. 도망치 듯 그곳을 떠났다.

영장이 나온 큰아들과 대학 새내기가 된 작은아들이 2박 3일의 기차여행에서 돌아오는 날이다. 상가의 치킨집에 후라이드치킨 두 마리를 주문하고 마트에 갔다. 세일 중이지만 여전히 비싼 딸기 한 팩을 사고 망설이다 아보카도 한 팩도 집어 들었다.

'아보카도 먹는 사람이 따로 있나, 그렇게 잘 먹고 잘 살면서 도대체 뭐가 부족해서….' 나는 무엇 때문에 이렇게 영은을 향해 화를 내고 있는지 모르겠다. 서윤의 말처럼 영은은 정말 내가 모르길 바랐던 걸까. 그래서 극한의 우울에 가 닿을 때까지도 끝내 입을 닫고 있었던 걸까. 모든 것을 공유하고 있다고 생각했는데. 보호자처럼 내 일을 돌봐주고 살펴주더니, 자신은 그렇게 비밀을 간직한 채 살았다고 생각하니 배신감이 훅 치고 들어왔다. 주체할 수 없이 화가 났다. 뜨거운 것을 삼킨 것처럼 당혹스럽고 그때마다 속 깊은 곳에서부터 무언가 치받아 올라왔다. 부글부글 끓다가 임계

점에 도달하는 순간 턱 하고 숨이 막혀 버리고 말 기세다.

'자기가 그렇게 잘났나. 저도 별 볼 일 없었으면서 고고한 척하기는. 결국 내 처치에 대한 동정과 연민이었어? 나를 보면서 도대체 어떤 비교를 한 거지?'

몇 가지 장을 보고 치킨집에 들러 주문해 둔 치킨을 받았다. 그렇게 해서 배달료 2천 원을 할인받았다. 두 아들이 대학을 졸업하고 취업하면 이렇게까지 알뜰하게 살지 않아도 되겠지. 궁상떠는 일도 이제 끝이라고 생각하면 이쯤의 고생은 힘들지 않았다. 양손에 가득 짐을 들었어도 가뿐하게 5층 계단을 올라 현관문을 열었다. 어느새 두 아들이 돌아와 있었다.

"엄마!"

두 아들이 동시에 당황한 표정으로 내 시선을 받았다.

"무슨 일 있었어? 표정들이 왜 그래?"

"엄마, 이것 좀 보세요."

큰아들이 짐을 받아 식탁으로 가는 사이 작은아들이 내 손을 잡아 컴퓨터 앞으로 데려갔다. 나비넥타이에 턱시도를 입은 두 남자가 손을 잡고 서 있는 사진이었다.

'한 사업가의 커밍아웃과 새로운 도전'

뒤통수를 크게 맞은 듯 멍하다.

오랫동안 잠겨있던 문이 열리고 있었다. 서서히 하나씩 형체를 드러내는 그것은 암순응의 과정이었다. 의문이 서서히 형체를 드러내고 있었다. 파트너와 동성혼이 합법인 유럽으로 가기 위해 남편이 그렇게 철저하게 준비를 하는 동안 영은은 정말 몰랐을까? 어쩌면 오래전부터 영은이 보낸 신호를 내가 눈치채지 못하고 다 놓쳐버린 걸까?

"남편은 영 못 나오나 봐?"

"바빠서 정신없지, 뭐. 그 대신 내가 한 번씩 가기로 했어."

그 후로 정말 영은은 한 번씩 남편이 있는 곳으로 날아가 보름씩 있다 왔고 그때마다 기념이라며 잊지 않고 우리 식구들 선물도 사 왔다. 의심의 여지가 없었다.

동유럽에 있는 남편을 보러 간다면서 여행 사진이 온통 서유럽뿐이었을 때 왜 의심하지 않았을까. 그 사진을 보여줄 때 내가 먼저 알아차리기를 바랐던 걸까? 자존심 때문에 차마 얘기하지 못하고 누군가 먼저 물어주길 원했던 걸까? 스스로 허물 수 없는 그것을 유일한 이웃이며 친구였던 내가 알아주길 바랐던 건 아니었을까. 그랬다면 영은의 선택을 막을 수 있었을까. 나의 무관심이 그녀를 더욱 극단으로 몰고 간 게 아닐까.

서둘러 지갑을 챙겨 들었다. 병원으로 가야겠다고 마음먹음과 동시에 나는 벌써 현관문을 박차고 계단을 달려 내려가고 있었다.

"이 아보카도 씨를 빼낼 땐 말이야. 칼날을 씨 가운데 탁 내리친 다음, 살짝 비틀면 손쉽게 제거할 수 있어. 무리해서 빼내려 하면 과육이 너무 부드러워 다 망가져 버리거든."

아보카도 씨 얘기를 하다 갑자기 서늘하게 빛났던 영은의 눈빛이 떠올랐다. 칼로 내려칠 용기, 영은이 쥔 것은 칼자루 대신 결국 칼날이었던 걸까. 부드러운 과육 속 크고 단단한 씨처럼 오랜 시간 응집된 분노였을까.

그동안 내가 알고 있던 김영은은 누구였을까. 내 주변에서 가장 멋지고 자기 관리 잘하는 여자. 아보카도처럼 부드럽지만 누구보다 강할 거라 생각했던 여자. 자존심만 남은 내게 자존감이란 것을 보여줬던 여자. 감정을 숨길 줄 모른다고 생각했고 그렇지 못한 나를 주눅 들게 했던 여자. 그녀와는 가장 내밀한 비밀들까지 공유한다고 생각했는데 나는 영은에 대해 알고 있는 것이 아무것도 없었다. 줄타기처럼 가슴 졸였을 그녀의 결혼 생활을 마냥 부러워하는 날 보면서 영은은 무슨 생각을 했을까. 자기만의 고민을 끌어안고 더 깊은 늪으로 스스로 걸어가는 영은의 뒷모습이 아련하게 떠올랐다.

택시 안이 너무 춥다. 온몸의 털이 일시에 일어나는 것처럼 소름이 돋는다.

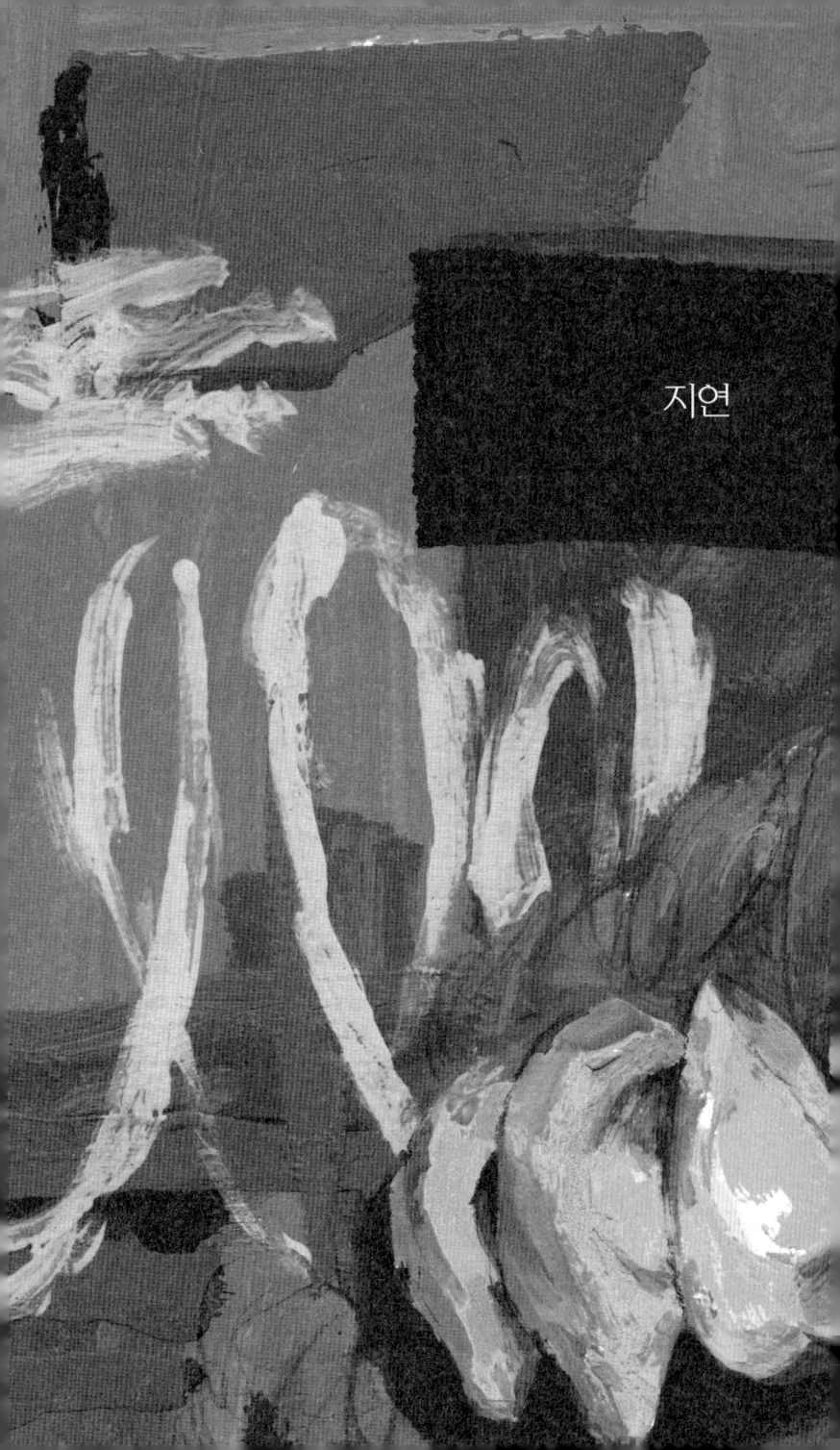

지연

얼마 전부터 오른쪽 슬개골에 통증이 생겼다. 처음에는 별일 아니라고 생각했는데, 점점 심해지더니 급기야 부어오르기 시작했다. 3층의 집까지 오르내리기조차 힘들어졌다. 결국 동네 작은 정형외과에 들러 엑스레이를 찍었다.

"주로 어린애들한테 잘 생기는데, 환자분은 좀 특별한 케이스네요. 아, 그렇다고 너무 염려할 필요는 없어요. 그 왜 있잖아요. 제목이 『수잔이라고 불리는 여자』였던가⋯. 엄청 유명한 소설 쓴 그 작가 B 말이에요. 그 사람도 얼마 전에 같은 병으로 수술 받았다고 기사 났었는데 수술 받고 멀쩡해졌어요."

'특별한 케이스'와 '염려할 필요 없다'는 단정이 왠지 극과 극처럼 먼 지점의 언어같이 느껴졌다. 사거리 코너에서 30년째 정형외과를 운영하고 있는 노 의사는 수술이 필요하니 큰 병원에 가보라며 소견서를 건넸다.

석 교수는 국내 골종양 외과의 권위자로 손꼽히는 인물이었다. 파바로티를 연상시키는 첫인상에 50대 초반쯤으로 보였다. 특히 그의 구레나룻과 꽁지머리가 상담하는 내내 눈에 거슬렸다. 석 교수는 골연골증 수술이 필요하고, 수술 후 바로 못 걸을 정도는 아니지만 일주일 정도는 입원해야 한다고 말했다.

"모양으로 봐서 악성은 아닌 것 같은데, 정확한 건 열어 봐야 알 수 있어요. 일단 수술하면서 조직 검사를 해봐야 할 것 같네요."

겁부터 주고 확신을 주지 않는 건 만일의 경우 책임회피를 위한 것이리라. 동네 의사도 아는 걸 대학병원 전문의가 여지를 두고 말하는 게, 어쩐지 의술을 가장한 상술처럼 느껴져 의심스러웠다. 앞으로 해야 할 검사가 생각보다 많았다.

진료를 마치고 나와 병원 앞 택시 승강장에 서 있던 지연은 혼잣말을 중얼거렸다.

"하든지 말든지."

지연의 말이 끝나자마자 앞에 있던 중년 여성이 뒤를 돌아봤다. 그녀와 눈이 마주치고서야 혼잣말을 했다는 걸 깨닫고 얼굴이 뜨거워졌다. 중년 여성과 팔짱을 끼고 있던 젊은 여성도 뒤이어 고개를 돌려 지연을 바라봤다. 지연은 멋쩍게 미소를 지어 보였다. '어쩜 저렇게 붕어빵일까?' 하고 생각하는 동시에 좀처럼 느끼지 못했던 낯선 감정이 슬며시 올라왔다. 지연은 질투가 아닐까 생각하고는 이내 고개를 저었다.

학원으로 돌아온 지연은 원장실에 있을 연경을 찾아갔다. 아무에게도 얘기하고 싶지 않았지만 당장 자신을 대신할 차량 도우미를 구해야 했다.

"뭐, 뼈가 자란다고? 웬일이니, 나이 마흔이 다 돼서 이제야 뼈가 자란다고? 헐, 애를 낳았으면 그 애 뼈도 다 성장할 나이에?"

"아직 덜 자랐나 보지 뭐."

"하긴, 니 이름이 지연이라 성장도 지연됐나 보다."

연경의 말에는 고생대 동물의 척추와 같은 굵직한 뼈가 있었다. 그 뼈로 뒤통수를 한 대 맞은 것 같은데도 속없이 웃음이 나왔다.

* * *

다음 진료에 엑스레이와 MRI를 찍었다. 한 번에 하면 좋으련만, 검사를 할 때마다 며칠씩 기다려야 한다는 설명에 살짝 짜증이 올라왔다. 어차피 수술을 결심한 이상 절차대로 따를 수밖에 없는 시스템이라 더 그랬다. 며칠 후 MRI 결과를 봤고, 정밀검사를 위해 3일 후 다시 뼈 스캔을 하고서야 입원했다.

병실은 4인실이었다. 배정받은 병상 하나를 제외하고는 모든 커튼이 단단히 여며져 있었다. 그런 분위기여서 다행이라는 생각이 먼저 들었다. 낯모르는 사람들과 한 공간에 있는 자체를 힘겨워했기 때문이었다. 커튼을 닫아두어 답답하다고 싫은 소리라도 들을까 봐 입원 전부터 걱정이었다. 그런 사소한 것까지 신경 쓰일 만큼 지연은 내성적인 성격이다.

"뼈를 깎는 수술을 하는데 보호자도 없이 괜찮겠냐?"

"화장실만 갈 수 있으면 되지요, 뭐."

"넌 그 나이 먹도록 며칠 같이 있어 줄 친구도 없냐?"

"간병인도 없이 투병 중인 아버지가 딸에게 할 얘기는 아닌 것 같은데요?"

아버지는 투병 기간 동안 자주 변비로 고통스러워했다. 간 기능에 문제가 생기면서 대사기능과 소화 흡수에도 눈에 띄게 문제가 생기기 시작했다. 제대로 소화되지 않은 음식물은 오랫동안 장에 머물면서 염증을 일으켰고 장 환경이 무너지면서 설사와 변비가 교대로 아버지를 괴롭혔다. 말기가 되면서 체중감소는 물론 황달과 복수가 차기 시작했고 하루가 다르게 병색이 짙어지고 있었다. 수술을 포기한 채 한 번씩 복수를 빼고 마약성 진통제로 통증을 다스리고 있지만 배변의 문제로 고통스러워하는 아버지를 보는 것이 지연에겐 또 다른 고통이었다.

양손에 위생 장갑을 꼈다. 딱딱해진 아버지의 똥을 파내는 딸에게 아버지는 얌전히 밑을 맡겼다. 아버지의 병세를 살피고 변비가 심해 고통스러울 땐 직접 똥을 파냈다.

"보지도 않으면서 왜 텔레비전을 켜놔요, 정신 사납게."

아버지는 늘 뉴스 전문 채널을 틀어놓았다. 아버지의 눈이 갈 곳을 잃어 허공에 머뭇거리고 있었다. 죽음을 앞둔 노인에게 민망함이란 숙변의 고통과 거북함만 못하다.

"쓸쓸하잖니."

"그럼 차라리 노래 프로를 틀어요. 요즘 트로트가 난리도 아니라는데."

아버지를 뻔히 알면서 지연 역시 민망함에 해보는 소리다.

"그건, 너무 시끄럽고."

뉴스 말미 일기예보에서 설악산 단풍 소식을 전했다. 기상 캐스터는 뉴스가 끝나면 바로 설악산으로 달려갈 것처럼 잔뜩 들떠 있었다.

"김 작가야. 단풍을 볼 수 있을까?"

고개를 들어 거실 창문 앞 은행나무를 올려다봤다. 아직 단풍은 이르다는 듯 초록 일색이었다. 그건 아버지 자신에게 묻는 질문처럼 공허하게 들렸다. 적당한 대답을 찾지 못한 지연은 부러 다른 소리를 했다.

"아버지, 내년에 우리 벚꽃 구경 갈까요?"

언제부턴가 아버지를 바로 보지 못하고 자꾸 옆모습을 훔쳐보고 있다.

"네가 작가라서 나는 좋았다. 친구 놈들이 자식들 자랑 아무리 해도 나는 하나도 안 부러웠다. 네가 돈을 못 벌고 인기 작가가 아니라도 나는 네가 자랑스러웠다. 그건 잊지 말고 기억해라. 네 오빠가 주는 봉투보다 나는 네 글이 실린 책 한 권이 더 좋았다."

"아버지도 참."

언제부터였을까. 아버지가 그토록 지연에게 티나게 응원을 보내기 시작한 것은.

"병원에 입원하는 건 어때요?"

"됐다. 아직은 견딜 수 있다."

더 이상 말을 잊지 못했지만 지연은 그 순간 가슴이 먹먹하게 아팠다. 목까지 차오르는 그건 분명 아픔이었다.

* * *

"니가 그 선생 한다는 딸이구나."

"선생 그거 그만두고 우리 딸 작가 됐다, 인마."

"작가? 그거 배고픈 직업 아니냐? 선생 하면 돈도 잘 벌고 좋은데 그걸 왜 그만둬?"

병문안 온 친구 말처럼 선생이 되었다가 그만둔 지 오래

되었다. 해마다 임용고시를 치렀으나 번번이 2차에서 떨어졌다. 정교사 2급 자격증으로 할 수 있는 건 기간제 교사 정도였다. 집안에선 그걸 쉽게 교사라고 설명하는 듯했지만 애써 기간제라고 반박하지도 않았다. 그나마 운이 좋으면 기간제 교사든 방과 후 교사든 할 수 있었다. 그 자리조차 얻지 못할 때는 친구 연경의 학원에서 차량 도우미로 일하기도 했다. 그때도 차마 차량 도우미라고 할 수 없어서 학원 강사라고 말했다.

"김 작가야, 기죽지 마라. 다들 먹고사는 일에 혈안이 되어 사는 거 재미없지 않니? 이제 굶고 사는 시대도 아니고. 이만큼 살아보니 사람은 저 하고 싶은 거 하면서 사는 게 제일 행복한 일이다 싶더라."

아버지가 정말 그렇게 생각하는지, 단지 자신을 위로하기 위해 그냥 하는 말인지 궁금했지만 묻지 않았다. 사실 아버지가 장난처럼 '김 작가야'라고 불러주면 어쩐지 기분이 좋았다. 세상 사람들에게 불리고 싶었지만 불려지지 않은 호칭. 집착한 적 없지만 한 번씩 스스로 상기해 보게 되는 호칭말이다.

동거했던 남자가 전세금을 빼서 도망가 버렸을 때 아버지는 지연에게 아무말도 하지 않았다. 다만 지연과 눈을 피하려는 듯 먼 산만 바라봤다.

"등신 같은 게 하는 짓이라고는."

침묵을 깬 건 오빠였고 오빠의 말속에는 단단하고 뾰족한 뼈가 있었다. 그 순간 누구도 의식하지 못한 사이 아버지가 오빠의 뺨을 후려쳤다. 미처 방어하기도 전에 오빠의 몸이 휘청했다. 그와 동시에 엄마의 찻잔이 떨어져 깨졌고 올케언니가 비명을 질렀다. 정작 지연은 얼어붙어 아무것도 할 수 없었다. 자신 때문에 지금 무슨 일이 벌어지고 있는 건지 그저 어리둥절했다. 엄마가 벌떡 일어나 아버지의 허리를 붙잡았다.

"이 양반이 생전 안 하던 짓을, 왜 딸년이 친 사고를 아들한테 화풀이하고 그러는 거야. 왜!"

아버지는 더 이상의 행동을 취하지 않았다. 방향 잃은 엄마의 눈빛이 지연을 향해 날카롭게 날아와 박혔다. 악다구니와 비난은 모두 지연을 향해 달려들었다. 오빠는 놀라 우두커니 선 채 아버지를 응시했지만 대들지 않았다. 지연은 오빠의 거친 숨소리가 금방이라도 자신을 덮쳐올 것처럼 두려웠다.

"몸 상하지 않았으니 되었다."

아버지는 그날 저녁 황토찜질방 아궁이에 장작을 넉넉히 넣었다. 엄마의 고질적 허리 통증, 그리고 동네 할머니들을 위해 아버지가 아래채에 구들을 놓아 만든 공간이었다. 어렵게 구해 깐 구들돌 위에 짚, 솔잎, 쑥, 황토를 두껍게 얹은 뒤 콩기름칠 한 종이 장판을 깔았다. 사면 벽과 천장까지 황토를 바른 그 방은 아버지의 자랑이었다. 그런 방을 이런 상태가 되어서야 누릴 수 있게 된 게 아버지에게 불효하는 거 같아 죄스러웠다.

지연은 불도 켜지 않고 아랫목에 깔아놓은 이불 밑에 손을 넣어 보았다. 손바닥이 금방 화상이라도 입을 정도로 뜨거웠다. 가슴이 델 정도로 아픈 일이었고 며칠 잠을 설쳤다. 요 위에 누워 이불을 덮자 금세 잠이 들었다. 그날 밤 며칠 만에 꿈도 없이 깊은 잠을 잤다. 맞아서 욱신거리던 몸조차 유체 이탈을 한 듯 가벼워졌다. 새벽, 어렴풋이 탁탁 나무 타는 소리가 들려왔다. 점심때가 다 되어서야 겨우 일어났다. 얼마만의 깊은 잠인지, 바로 어제의 일이 까마득한 옛일처럼 희미해진 기분이었다.

몸 상하지 않았으니 되었다는 아버지의 말은 지나간 일에 대한 질책이 아니라 앞으로 지켜야 할 약속이었다. 지연은 자신의 부어오른 손목이나 조금씩 뒤틀리는 발걸음을 아버지가 눈치채지 않았기를 바랐다. 아버지에게 남자의 폭력까지 들키는 건 죽기보다 싫었다.

안마당의 간이 아궁이 앞에 앉아 있던 엄마가 지연이 나오는 기척을 듣고서 끙하고 앓는 소리를 내며 일어났다.

"뭐 대단한 일 했다고."

압력솥 증기 배출구에서는 거칠게 김이 뿜어져 나오고 있었다. 성난 소의 입김처럼 슉슉 소리를 내는 그 모습이 마치 엄마의 기분을 대신 말하고 있는 듯했다. 엄마의 말은 지연에게 곧잘 화상을 입히고는 했다. 그럼에도 구수한 백숙 냄새는 눈치도 없이 식욕을 자극했다. 엄마의 편애는 늘 그렇게 거칠게 피어오르는 수증기 같았다. 명확하지 않았지만 가까이 다가가면 화기가 느껴졌고, 때로 살갗이 벗겨지고 흉이 질만큼의 흔적을 남겼다.

엄마는 허드렛물을 마당이 패일 정도로 확 퍼붓고 돌아섰다. 화들짝 놀란 강아지 해피가 줄행랑을 치며 대문 밖으로 달아났다. 돌아선 엄마의 등을 바라보던 지연의 눈앞이 뿌옇게 흐려졌다.

* * *

엄마와는 오래전부터 어긋나고 있었다. 초등학교에 입학하면서 깨달았다. 오빠보다 우수하다는 건 자랑이 아니었다. 오빠의 상장이 처음으로 마루 중앙에 걸리던 날, 엄마가 짓던 함박웃음을 보면서 그건 확신이 되었다. 지연에게 한 번도 그런 웃음을 보이지 않았던 엄마였다. 그 뒤로 지연의 상장은 책상 서랍 깊숙한 곳에서 잊혀갔다. 오빠가 고등학교에 입학했을 때 엄마는 새 자전거를 사줬다. 지연이 고등

학교 입학하며 장학생으로 선발되었을 때 엄마는 아무에게
도 그 사실을 자랑하지 않았다.

"뭐 대단한 일 했다고."

엄마는 지연에게 칭찬 대신 늘 그렇게 말했다. '뭐 대단
한 일 했다고.' 엄마가 그렇게 말할 때마다 지연의 몸 어딘
가에서 단단한 무엇이 자라났다. 점점 더 자라서 소의 뿔처
럼 언젠가 엄마를 들이받게 될까 봐, 지연은 대단한 일을
하는 대신 차라리 무기력하고 착한 어른으로 살아가겠다
마음먹었다.

고등학교 입학식에 아버지가 사준 구두를 신었다. 처음
으로 발에 딱 맞는 신발을 신게 되었다. 중학교 1학년 이후
키도, 발도 더 이상 자라지 않았다. 그러나 엄마는 습관처럼
늘 한 치수 큰 신발을 사주었다. 어렸을 때부터 지연이 오빠
보다 잘 달리는 꼴조차 못 보던 엄마였다. 지연은 그러려니
하는 것에 어느새 익숙해져 있었다. 발에 딱 맞는 구두를 신
고 보니 그제야 왈칵 눈물이 났다.

오빠는 지방의 사립대에 지원했지만 합격을 장담할 수
없었다. 다행히 그해 미달 되었고 엄마는 오빠의 합격 선물
로 보란 듯이 새 양복을 맞춰줬다. 2년 뒤 지연이 서울의 대
학에 합격했을 때는 역시 늘 그랬듯 모른 척하고 싶어 했다.

모처럼 고모가 전화해 지연의 합격 소식을 물었다. 엄마

는 다른 때보다 더 퉁명스러웠다. 대학 이름을 어찌 아느냐, 내가 아는 건 서울대밖에 없다고 대꾸했다. 통화가 끝났을 때 엄마는 수화기를 거칠게 놓으며 전화기에 대고 한마디 더 했다.

"생전 전화도 없다가 내 염장 지르려고 전화질이지. 전화질이."

지연은 생각했다. 고모의 안부 전화가 왜 엄마에게 염장 지르는 전화질인지. 새삼스레 고모의 전화가 염장인지, 자신의 합격이 염장인지 묻고 싶었다. 과거 고모에게 오빠의 합격 소식을 전하던 엄마의 모습이 떠올랐다. 그때 엄마가 얼마나 기분 좋아했는지.

자라면서 엄마가 지연의 일을 하나하나 염장질로 규정할 때마다 지연은 새록새록 엄마에게 반발하고 싶었다. 그러나 그건 지연이 혼자 간직한 생각일 뿐 한 번도 실행하지 못했던 감정이었다.

첫 임용고시에 탈락했을 때 엄마는 기다렸다는 듯이 지연에게 결혼이나 하라고 했다. 지연이 임용고시라는 '대단한 일'을 해내지 못한 것에 엄마는 안도한 듯 보였다. 어쩐지 승리감에 도취된 사람처럼 우쭐해 보이기도 했다. 기다렸다는 듯이 여기저기 소개팅 자리를 들이밀었다. 정말로 내키지 않았지만 처음 한두 번은 예의상 나갔다. 상대편에서 진지하게 만나보고 싶다고 했을 때 엄마는 금방이라도 결혼을 시킬 것처럼 서둘렀다. 그때마다 지연은 마다했고, 엄마는 불같이 화를 냈다.

"주제도 모르고, 신랑감 작은아버지가 서울서 큰 사업을 한다더라. 니가 그 사람이랑 결혼하면 하나밖에 없는 처남 모른 척하겠냐. 제 작은아버지에게 줄을 대서라도 오빠 하나쯤 취직 못 시키겠냐고."

"엄마도 참, 그게 말이 돼요? 사돈 회사에."

말끝을 흐렸지만 엄마는 집요했다.

"뭣이 안 돼? 사돈 회사면 어떻고 매제 회사면 어떠냐. 지금 찬밥 더운밥 가릴 때냐고. 하여간 저것은 은혜도 모르고."

오빠는 군대를 제대하고 복학해서 졸업까지 했으나 취업을 못 하고 있는 상황이었다. 사실 남자는 썩 괜찮아 보였다. 일부러 아닌 척하는 게 상대방에게 오히려 미안할 지경이었지만 처음부터 이미 결과를 염두에 두고 있었던 지연이었다. 엄마에게 한 번쯤 반항해 보고 싶었다. 더구나 자신의 결혼만큼은 자신이 선택하고 싶었다.

"일생에 지 오라비에게 도움이 안 돼."

마치 지연의 의도를 알아차리기라도 한 것처럼 엄마는 또다시 싫은 소리를 했다. 지연은 자신의 예상이 빗나가지 않았음을 확인한 뒤 오히려 복잡한 마음이 들었다. 해마다 연초에 엄마에게 부적을 써주던 늙은 무당의 말 때문에 더 그랬을지 모른다. 동생에게 오빠의 기가 눌리는 형상이라 오빠가 성공하기 힘들다는 점사는 지연에게 저주였다. 엄마는 오빠의 불운을 지연 때문이라 믿었다. 그 점사를 믿는 이에게서 그 정도 공격을 받는다고 생각하면 왠지 감사해야 할 것 같기도 했다. 그만큼 지연의 자존감은 점점 더 위축되고 있었다.

열네 살 때 지연은 처음 손목을 그었다.

햇살이 유난히 따뜻한 가을날이었다. 그날은 어쩐 일인지 점심을 먹고 나자 나른하게 잠이 왔다. 한잠 자고 깼을 때 마루에서 도란거리는 엄마와 오빠의 대화가 들려왔다. 엄마가 작게 속삭이며 말했다.

"어서 먹어, 어서."

"두 개 먹었더니 배불러요. 이건 지연이나 줘요."

"갠 아까 점심도 많이 먹었어. 그러니까 이건 그냥 너 먹어."

차마 방문을 열 수 없었다. 창호지 안으로 아직 햇살이 비추고 있었다. 책상 위 놓여있던 커터 칼 칼날이 햇살을 받아 반짝였다. 무심코 그걸 들어 왼 손목을 살짝 그어보았다. 떨리지 않았지만 차마 손에 힘을 주지는 못했다. 지연은 자신이 하는 짓이 자해라는 것을 아주 나중에야 깨달았다. 한번 시작한 일은 중독성이 있었다. 끊지 못하고 계속했다. 그러다 일 년쯤 뒤에 오빠에게 현장을 걸렸다.

"엄마, 엄마! 야, 이 미친, 야! 너 미쳤어?"

당황한 오빠가 소리 질렀고 김치를 담그던 엄마가 놀라 방으로 들어왔다. 대충 헹군 손에 김치 양념이 더러 묻어 있었다. 놀란 엄마는 그 손으로 지연의 피 맺힌 손목을 비틀었다.

"별나기도 하다. 하다하다 이제 별짓을 다 하는구나."

엄마의 그런 반응에 더 놀란 사람은 지연보다 오빠였다.

"아, 쫌."

오빠가 엄마를 향해 버럭 소리를 질렀다. 엄마와 오빠는 그 순간 서로 눈이 마주쳤고 서로에게 충분히 놀라고 있었다. 오빠는 엄마를 거스르지 않는 아들이었다. 오빠는 늘 엄마에게 순종하고 다정한 아들이었다. 자라면서 반항하거나 소리 지르는 걸 한 번도 보지 못했다. 놀란 엄마가 문고리를 잡은 채 박제된 듯 방문 앞에 우두커니 서 있었다. 오빠는 엄마와 눈을 마주치지 않으려 빠르게 대문 밖으로 사라졌다. 그 순간에도 엄마는 지연의 피맺힌 손목 따위 관심 없다는 듯이 오빠의 뒷모습만 멍하니 바라보았다. 오빠는 그날 밤 아주 늦게 술 냄새를 풍기며 들어왔다. 오빠가 지연의 방에 툭 집어 던진 것은 다 눌리고 구겨진 반창고 박스였다.

"한 번만 더 그래 봐. 죽여 버릴 테니까."

오빠는 간혹 엄마에게 받은 용돈의 일부를 지연에게 몰

래 주기도 했다. 설익은 감을 베어 문 것처럼 산뜻하지 않은 방법이었지만 그때마다 어쩔 수 없이 공범이 되고 말았다. 다정하지 않은 사람이기도 했고, 그럴 때면 더 무표정했으므로 지연의 거절을 허용하지 않았다. 그렇게 함으로써 차별의 수혜를 받는 것에 대해 일말의 자책을 덜었으리라.

마치 젠가 게임을 하는 것 같았다. 오빠는 차곡차곡 쌓이는 엄마의 차별을 야금야금 하나씩 빼내고 있었다. 어느 순간 와르르 무너지게 되어 있는 나무블록처럼 그건 늘 위태로웠다.

다음날 수업이 끝나고 나오자 아버지가 교문 앞에 서 있었다. 학교까지 자전거를 타고 나오실 줄이야, 좀처럼 없는 일에 지연은 의아했다.

"타라."

아버지가 모는 자전거도 오랜만이었다. 어릴 때 아버지는 오빠를 앞에 태우고 지연을 뒤에 태운 후 해안도로를 자주 달렸다. 자전거 프레임에 엉덩이를 걸친 오빠는 비포장 자갈에 자전거가 덜컹거릴 때마다 투덜거리면서도 앞에 앉으려고 기를 썼다. 지연은 아버지의 허리를 꼭 잡고 등에 얼굴을 묻었다. 어쩌다 아버지의 자전거에 혼자 타게 되면 아버지를 전부 차지한 기분이 들었다. 그때처럼 아버지의 허리를 잡았지만 등에 얼굴을 기댈 수가 없었다.

"애비도 그으랴?"

아버지의 깊은 한숨이 지연의 피를 다 말려버릴 듯 뜨거웠다. 그 말에 차마 대꾸할 수 없었지만 그만두지도 못했다. 손목 대신 허벅지로 옮겨 갔을 뿐 자해는 그 후로도 오랫동안 지속되었다.

고모가 대학 등록금을 마련해 주었고 고모의 한마디로 그동안의 모든 의문이 풀렸다.

"이건 그냥 작은오빠에 대한 내 도리라고 생각해요. 그동안 큰오빠랑 언니가 지연이 잘 키워준 데 대한 고마움이기도 하고요. 저렇게 잘 자란 거 보면 작은오빠도 좋아할 거예요."

아버지가 아니라 큰아버지임을 그렇게 알았다. 그러니까 지연의 진짜 아버지는 할머니 사진 액자 속 작은 명함판 사진으로만 볼 수 있던 그 남자였다. 스물두 살에 사고로 죽었다는 삼촌이 진짜 아버지였음을 비로소 알게 되었다. 지연은 그들의 대화를 들으며 여전히 모른 척해야 함을 직감으로 알았다.

"지연이는 누가 뭐래도 내 딸이다. 지연이가 평생 몰랐으면 한다."

할머니가 삼촌 생각이 날 때마다 왜 지연을 잡고 울었는지, 돌아가시면서 엄마의 손을 잡고 왜 지연을 부탁한다고 했는지. 오빠에게 줄 때는 안 그러면서 왜 지연에겐 사탕 하나를 줄 때도 엄마 몰래 줬는지. 한꺼번에 모든 의문이 풀렸는데, 지연은 오히려 속이 시원했다. 엄마가 친엄마가 아니라는 사실이 지연에게 오히려 자유를 주었다.

서른여덟 살의 지연은 소설가가 되었다.

임용고시 실패 후 국어교육과 정교사 2급 자격으로 기간제 교사와 학원 강사를 전전하며 살았다. 여전히 그렇고 그런 삶을 살던 지연에게 소설은 전혀 다른 장르인 드라마의 주연이 되는 일과 같았다.

소설가가 되겠다고 간절히 원한 적은 없었다. 학기 초 신입 기간제 교사 자리를 얻지 못했다고 하자 학원 원장인 연경이 마침 차량 도우미가 그만두었으니 도와달라고 했다. 인심 쓰듯 강사 자리가 나오면 수업도 맡긴다는 조건이었다. 초등학생들 하교 시간에 맞춰 교문 앞에서 등 하원을 시키는 일이었다. 중간중간 쉬는 시간에는 무료함을 달래기 위해 주로 책을 읽었다.

"그렇게 읽지만 말고 너도 한 번 써보지 그래?"

"내가?"

"응, 니가! 너 고등학교 때 우리 반 연애편지 다 써줬잖아. 너 같은 사람들이 원래 작가 되고 그러는 거 아냐? 그리고 너처럼 결핍이 많은 사람이 원래 소설가로는 최적의 조건 아니야?"

"에이, 그래서 작가 되면 세상이 다 작가로 넘쳐날걸?"

"얘가 뭘 모르네. 4학년 지호 엄마 있지? 그 엄마 얼마 전에 책 냈다고 한 권 주더라. 그이가 문창과 나와서 작가 된 줄 아니? 애 키우면서 신문사 문화센터에서 글쓰기 배웠대. 수필집을 주면서 다음엔 소설을 써보고 싶다고 하더라. 애 키우면서도 하는데 너 같이 혼자 살고 귀찮게 하는 사람도 없으면 글쓰기 딱 아니야?"

자격지심이었을까. 지연은 연경이 말하는 그 결핍이라는 게 오로지 자신에게만 해당하는 단어 같았다. 연경은 오래전부터 지연이 말하지 않는 부분까지 알아차리고는 했다. 어쩌면 그 '결핍'을 지연보다 먼저 느끼며 떠올리고 있었을지도 모른다. 연경이 말한 결핍에 대해 고민하던 지연은 결국 12주짜리 강좌를 신청하고 말았다. 매사 신중하고 충동이란 걸 모르던 지연에게는 거짓말 같은 일이었다.

12주가 끝나고 재수강을 신청하는 대신, 수강생끼리 모여 스터디를 만들었다. 수업이 끝나고 이어지던 뒤풀이 자리에서 친해진 세 명의 젊은 직장인 여성들, 오십이 넘어 뒤늦게 문학이라는 병에 감염되었다고 말하는 왕언니, 그리고 지연이 그 멤버였다. 왕언니는 자신이 운영하는 카페의 공간 일부를 선뜻 내어 주었다. 지연은 거기서도 수시로 위축되고는 했다. 직장을 다니면서도 짬짬이 작품을 쓰고, 자신의 합평 시간에 맞춰 꼬박꼬박 작품을 내는 세 명의 젊은 여성들은 마치 전사 같았다. 왕언니의 꼼꼼한 합평은 감탄사가 나올 만큼 섬세하고 적확했다. 지연은 자신만이 그저 그렇다고 생각했다. 불안정한 직업에 책을 좋아한다는 것 외에는 특별히 글재주도 없었다. 그런 자신이 이 스터디 모임에 참여한다는 것 자체가 이상하게 느껴지지 않을까 괜히 위축되고는 했다.

그냥 배우는 게 좋았던 지연은 12주 동안 강의를 들었지만 결국 아무것도 쓰지 못했다. 그렇지만 지연에게도 결국 써야 할 순간이 오고 말았다. 무엇을 어떻게 써야 할지 몰라 그냥 자신의 이야기를 썼다. 사실을 그대로 쓸 수 없어서 약간의 상상력을 더했을 뿐이다. 완전 허구가 아닌 자신의 이야기였기에 객관적인 시선으로 바라보니 오히려 편안해졌다. 글쓰기의 치유효과라는 게 정말 있긴 있는 모양이었다.

대학에 입학할 무렵, 자신이 출생의 비밀을 알게 된 일부터 쓰기 시작했다. 뻔한 얘기였지만 빈곤한 상상력으로 써내려갈 수 있는 최선의 글감이었다. 스물두 살밖에 되지 않았던 친아버지가 군대에서 후임병의 수류탄 오발 사고로 죽었다는 서술에서는 다들 놀라는 표정을 숨기지 않았다. 믿을 수 없겠지만 실제 일어난 사고였고, 다들 지연을 위로하기도 했다.

장례식장에서 유난히 슬퍼하다 쓰러진 한 여학생이 있었다. 한창 감정이 풍부할 나이였으니 모두 그러려니 했다. 다들 친구를 잃은 충격과 슬픔에 빠져 있었으니까. 여덟 달 뒤 중년의 부부에 의해 강보에 싸인 지연이 아버지 집에 오게 되었다는 대목에서는 다들 눈물을 흘렸다. 그건 사실 지연이 유추한 본인 출생의 비밀이었다. 쓰고 보니 너무 아침 드라마의 한 장면 같기도 했다. 그 비슷한 일이 자신에게 일어났다는 사실이 믿어지지 않았다. 특히 왕언니는 눈물을 닦고 코를 팽 푼 다음 카페 문을 닫고 회원들을 집으로 데려가 지연이 좋아하는 고추장찌개를 끓였다.

"이렇게 글을 잘 쓰면서 왜 여태 안 썼어요?"

지연은 이들의 칭찬을 그저 하는 인사치레 정도로 생각했다. 그것만으로도 만족스러웠다. 그러던 중 스터디 멤버들의 성화에 투고를 했고, 그 작품이 기적처럼 문예지 신인상에 당선되고 말았다. 그건 그냥 지연 자신의 성장 소설이었다. 자신은 벗어나고 싶었던 순간들이 타인에게 흥미롭게 읽힌다는 사실도 놀라웠다. 지연 본인이 제일 놀랐고 그렇게 우연히 소설가가 되었다. 소설가가 되고 나서야 깨달았다. 그 옷이 자신에게 가장 잘 맞는 옷이었다는 걸. 소설을 쓰는 시간만큼 지연에게 편안함을 주는 시간은 없었다. 소설 속으로 숨어들 때면 불행한 태생도, 가족과의 갈등도 잊을 수 있었다. 원래 결핍 많은 사람이 소설가로 최적의 조건이라던 연경의 말처럼, 불행했던 과거와 갈등이 자신을 더 소설가답게 만들었다는 착각을 하기도 했다.

무엇보다 아버지가 기뻐했다. 가족 중에 아버지만이 소설가가 된 지연을 응원했다. 졸업 후에도 끝끝내 독립을 반대했던 아버지였는데, 소설가로 등단하자 지연에게 원룸을 얻어주었다.

"작가들은 다 개인 작업공간이 따로 있어야 더 좋은 글을 쓴다더라."

"제가 뭐 작업실까지. 집에서 해도 되는걸요. 더군다나 아버지 몸도 그렇고."

"진즉에 널 자유롭게 해줬어야 했다. 내 욕심이었지. 엄마를 견디게 해서 미안했다."

그렇게 집을 떠나 독립했던 지연이 원룸 전셋집을 잃고 집으로 들어왔을 때 엄마는 손자들을 봐준다는 핑계로 오빠네 집으로 가버렸다. 나이 먹도록 나잇값 못하는 조카딸을 다시 끼고 사는 건 도저히 용납할 수 없는 일이었다. 교사였던 며느리는 시어머니를 반가워하지 않았지만, 아들 셋을 시어머니에게 안겨 주고 약간의 용돈으로 적당하게 타협할 줄 아는 사람이었다.

그렇게 오빠네로 거처를 옮긴 엄마는 집으로 돌아오지 못했다. 지주막하 출혈로 쓰러졌을 때 집에는 막냇손자와 단둘 뿐이었다. 세 살 꼬마가 너무 오래 운다고 생각한 이웃이 경비실에 연락했고 곧 구급차가 출동했지만, 골든타임을 놓친 엄마는 병원 중환자실을 거쳐 결국 요양원에서 돌아가셨다. 쓰러진 지 4개월 만의 일이었다. 아버지는 혼자 사는 노후를 불편해하지 않았다.

"네 삼촌도 그렇게 책을 좋아했었다. 나는 네 삼촌이 문학을 한다고 할까 봐 걱정했었어. 당시만 해도 문학은 배고픈 직업이었잖니. 더군다나 남자니까."

노트북 앞에 앉아 있던 지연에게 아버지가 우유 한 잔을 가져와 건네주며 말했다. 유리잔은 적당히 따뜻했다. 두 손으로 감싸 한 모금 마셨다.

"아버지, 지금도 별로 다르지 않아요. 무명의 작가들은 여전히 가난하고, 저도 지금 가난하고 배고픈걸요."

"지연아, 사람이 밥으로만 살 수는 없어. 너 아직 한창나이잖니. 그 나이는 뭘 해도 괜찮은 나이란다."

"제가 정말 잘 쓸 수 있을까요?"

"그럼, 넌 타고난 작가가 틀림없다. 너를 믿어라."

아버지의 그런 믿음이 부담스러웠지만 싫지 않았다. 아버지의 신념은 지연에게 신앙 같은 힘이었다.

"네 삼촌도 그렇게 갈 줄 알았으면 하고 싶은 걸 하도록 내버려 둘 걸 그랬다는 생각이 든다."

아버지의 서재에는 오래전에 출판된 책이 더러 있었다. 그건 아마 삼촌이 사 모은 것일 테다. 지연은 아버지의 서재에서 노는 걸 좋아했다. 책을 읽는 것 자체도 좋았지만, 그곳에 있으면 왠지 모를 위안을 받는 것처럼 편안했다. 그러다보니 서가에 꽂힌 책은 대부분 자연스럽게 지연의 차지가 되었다. 집을 떠나있던 몇 년간 아버지의 서재는 성장을 멈춘 아이처럼 별 변화가 없어 보였으나, 중간중간 새로 몇 권의 책이 더해진 게 눈에 띄었다. 모두 B작가의 책이었다. 20대 초반에 낸 첫 소설집부터 몇 권의 장편소설, 산문집까지. 그건 팬심이나 다른 의도 없이는 흔히 할 수 없는 일이었다. 한 가지 의아했던 건 지연의 기억 속 아버지는 B작가의 책을 읽은 적이 없다는 것이었다. 독서하는 아버지는 낯설지 않았지만 B의 소설을 읽는 아버지는 한 번도 본 적이 없었다.

조금 과장을 보태자면 그녀는 우리나라를 대표하는 작가였다. 20대 초반에 세 곳의 신춘문예에 동시에 당선되어 문단에 화려하게 데뷔했고, 그 이후 내는 작품마다 판매고를 갈아치우며 성공 가도를 달렸다. B의 작품은 판권이 수출되면서 세계 각국의 언어로 번역되었다. 또 이를 통해 세계적으로 권위 있는 문학상도 많이 받으며 이름을 알렸다. 사람들은 우리나라에 노벨문학상 수상자가 나온다면 반드시 B일 것이라 입을 모아 말했다. 또 어떤 이들은 B의 작품을 두고 K-문화에 힘입어 파도를 탄 거라며 과소평가하기도, 물 들어 왔을 때 노를 저어야 한다며 열광하기도 했다. 그야말로 팬과 안티가 공존하는 '스타 작가'였다.

일요일 저녁, 교육 방송의 신간 소개하는 코너에 그녀가 출연했다. 그녀의 젊은 시절 저서가 차례로 소개되었다. 지연의 책장에도 그녀의 책이 몇 권 있었다. 함께 TV를 보던 아버지의 눈빛이 몹시 흔들렸다.

"아버지도 저 작가 좋아하죠? 서재에 저 작가 책 여러 권 있던데요."

아버지는 선뜻 대답하지 못했다. 지연은 그 질문이 아버지를 난처하게 했음을 알고 있었다. 아버지가 숨기고 싶어 하는 사연이 어떤 건지도 이미 짐작하고 있었다. 많은 우연이 한 방향을 가리키고 있었다. 그 방향의 마지막 지점에 지연 자신이 있다는 사실도.

처음 B의 프로필을 보고 그녀가 삼촌과 같은 대학 출신이라는 걸 알았을 때는 그다지 특별하다 생각하지 않았다. 많은 작가를 배출한 것으로 유명해서 문학을 하고자 하는 이들에게는 꿈의 학교였으니 말이다. 삼촌과 동갑이었으니 동기였을 테고 우연히 삼촌이 떠난 시기에 그녀가 일본으로 어학연수를 다녀왔다는 걸 알게 되었다. 작가 지망생의 한 학기 어학연수라는 게. 할머니의 눈물 속 망설임과 고모가 보여준 지연에 대한 사랑, 그리고 의외로 삼촌이 아빠라는 걸 알았을 때보다 충격이 심하지는 않았다. 그리고 아주 우연히 방문한 강연장에서 결정적인 증거를 마주했다. 그녀는 고질적으로 몸 여기저기 뼈가 자라는 병을 앓고 있다고 했다. 다리와 팔꿈치에 이어 발가락뼈까지 세 군데나 수술했고, 최근에는 손가락 수술을 했다며 깁스한 손을 들어 보여주었다. 사회자는 글 쓰는 데 불편하겠다며 몹시 안타까워했다.

"작가는 계속 성장하는 직업 같아요. 작품 속에서 끊임없이 인물을 탄생시키고 그 인물과 함께 성장하죠. 제 뼈가 계속 자라는 건 아직 제가 다 성장하지 못한 작가이기 때문이 아닐까요?"

그러자 사회자가 손을 내저으며 무슨 그런 겸손한 말이 있냐고 과한 반응으로 응수했다.

뼈가 자라는 게 유전이었구나. 그녀의 다른 자녀 중에도 나와 같은 병을 가진 이가 있는지 궁금했다.

"꽤나 흥미롭네."

지연은 남의 일인 듯 냉소적으로 말을 내뱉었다. 그리고는 그녀의 소설을 다시 읽어봤지만 옛사랑의 흔적 같은 건 없었다. 지연은 자신의 존재를 끝내 모른 척할 생각이었다. 그녀가 두 번이나 결혼에 실패했고, 성이 다른 두 남매를 키운다는 기사를 읽었다. 지연은 자신의 등단작을 그녀가 읽지 않기를 진심으로 바랐다. 아니, 그녀가 자신과 관련된 과거를 완전히 지웠기를 바랐다. 어차피 각자의 몫을 가지고 살아야 한다고 생각했다. 하지만 그런 지연도 딱 한 번 그녀를 직접 보고 싶은 마음을 이기지 못한 적이 있다. 무책임한 사람, 당신의 과거는 편안했느냐고 묻고 싶었다. 자신이 어머니의 편애와 원망을 견디며, 손목을 그으며 견뎌오는 동안, 당신의 과거는 정말 안녕했었느냐고. 작가로 화려하게 데뷔하고, 작가로서 최고의 자리에 올라 진정 행복했느냐고 묻고 싶었다.

실제로 그녀의 출판 기념 사인회에 간 적이 있다. 행사장에 가기 위해 지하철을 타고 가는 동안 조금 떨렸다. 자신을 있게한 사람. 가는 동안 인사말을 계속 생각해 봤지만 잘 떠오르지 않았다. 인상적인 인사말을 남기고 싶었지만 금방 고개를 가로저었다. 이미 처음의 원망하는 마음은 사라진 지 오래되었다.

이번에 발표한 신작은 성장소설이었다. 많은 학교에서 추천 도서로 선정했기 때문인지 유독 학생들이 많았다. 청소년의 꿈을 응원하는 내용인데, 자신의 아이들에게 선물과도 같은 마음을 안겨주기 위해 이 책을 썼다고 말했다.

강연 시간은 금방 지나갔다. 사람들은 사인을 받기 위해 그녀의 책을 들고 차례로 줄 섰다. 그녀의 책과 함께 더러는 꽃이나 선물을 들고 있기도 했다. 선물의 종류도 다양했다. 지연의 앞에 선 여고생이 그녀에게 고양이 인형을 선물했다.

"작가님의 고양이 레오를 닮았어요."

"어머, 정말 우리 레오랑 똑 닮았네요. 고마워요. 이름이?"

"하나, 김 하나요."

"하나 학생, 꿈 말해 봐요. 적어 줄게요."

"작가님처럼 소설가가 되고 싶어요."

그녀가 여학생의 책에 사인했다. 이름 정도가 아니라 꽤 공들인 문구를 적는 듯했다. 지연은 거기에 뭐라고 썼을지 조바심이 날 만큼 궁금했다. 드디어 그녀의 앞에 섰다. 50대 중반의 나이가 믿어지지 않을 만큼 얼굴에는 주름 하나 없었다. 담배를 많이 피운다고 알고 있었는데, 피부 톤이 지연보다 더 맑았다.

그녀의 눈이 먼저 지연의 목발을 쳐다봤다. 민망한지 금방 다시 눈을 들어 시선을 맞췄다. 그녀가 웃었다. 지연도 웃었다.

"성함이?"

"김지연이요."

"김지연 님 반가워요. 다리는 어쩌다가…."

"아, 이거요. 뼈가 자라서요. 아직 다 못 자라서 성장 중인 뼈가 있었나 봐요."

뼈가 자란다는 말에 잠시 B의 눈빛이 흔들렸다. 그녀의 눈은 탁자 위에 놓인 자신의 왼손 약지 손가락에 잠시 머물렀다. 그러나 B는 금세 평온을 되찾았다. 그리고는 더 이상의 대화가 불필요하다는 듯이 사인을 시작했다. 글씨는 단정했고 사인은 간단했다. '날짜, 김지연 님께, 저자 B'가 사인의 전부였다.

"저, 저기요."

뒷사람이 지연의 어깨를 툭툭 쳤다. 그와 동시에 다시 그녀와 눈이 마주쳤다.

"지연 님, 무슨 하실 말씀이라도."

"아, 아니요, 죄송합니다."

그 자리를 서둘러 물러 나왔다. 지하철역으로 향하는데 갑자기 숨이 가빠왔다. 참으려고 입술을 깨물었지만 결국 눈물이 나왔다.

시청역 계단을 내려가던 지연이 멈춰 섰다. 잠시 망설이던 지연이 결심한 듯 돌아섰다.

저기 그녀가 아직 있었다. 사인회가 끝나고 막 일어서려는 찰나였다. 뚜벅뚜벅 걸어갔다.

"저기요, 왜 저한테는 물어보지 않아요? 꿈이 뭐냐고 물어보셔야죠. 저한테도. 그 여학생한테 물어본 것처럼 물어봐 주세요. 다정하게 엄마처럼, 그러니까 저한테도 물어봐 주세요. 꿈이 뭐냐고 물어봐 달라고요."

지연이 울먹이며 횡설수설하자 주변 사람들이 모두 놀라서 쳐다봤다. 그녀도 놀라 쳐다봤다. 그녀의 눈빛은 흔들리고 있었지만 금방 고요해졌다. 지연이 파도처럼 다가갔지만 그녀는 여전히 윤슬이 반짝이는 호수였다. 적어도 그 정도의 물살로는 호수 같은 그녀의 일상에 물결을 일으킬 수 없다는 듯 비교적 담담하게 가만히 서 있었다.

　B는 과거로부터 너무 오랫동안 그 순간을 지연시키느라 감각의 한 부분이 소실되었는지 모른다. 그렇게 지연시켰던 슬픔이 지금 막 두 사람 앞에 당도하고 있었다.

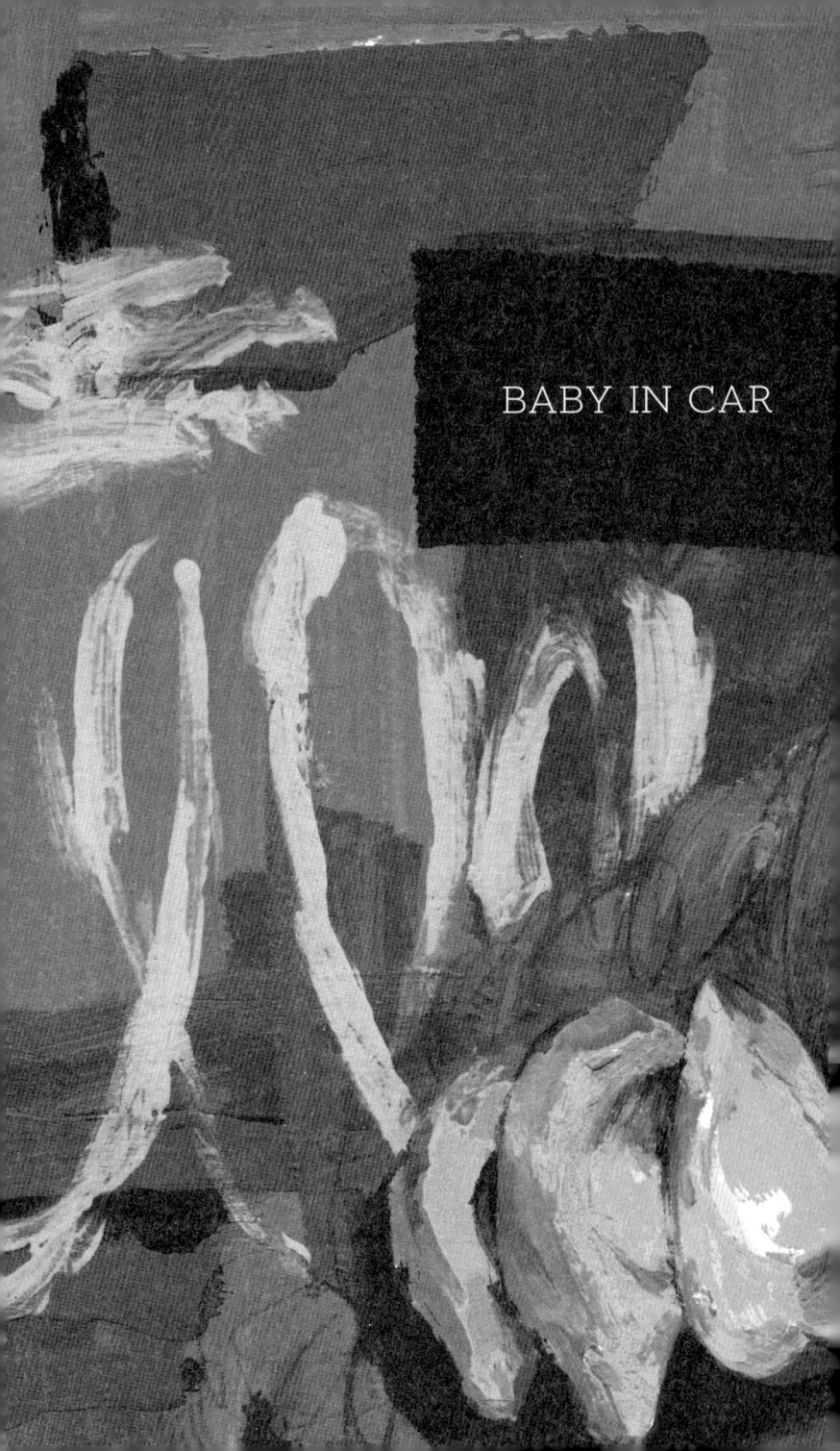

BABY IN CAR

담당 경찰관이 손에 들고 있던 에코백과 체크무늬 노란색 가방 하나를 건네주었다.

"구조대원이 그러는데, 따님을 먼저 꺼내고 그다음 사모님을 구조했다고 하네요. 사모님은 병원 이송 후 사망하셨습니다."

'따님?' 엉겁결에 노란색 가방 하나를 건네받았다. 〈늘봄어린이집〉이라고 프린팅된 가방에는 단정한 글씨체로 아이의 이름이 적혀있었다. 새싹반 김아림. 늘봄어린이집? 김아림? 김아림은 누굴까? 그 아이는 왜 아내의 차에 타고 있었을까. 나의 궁금증과 상관없이 경찰관은 구조대원에게 들은 당시 정황을 설명하면서 분명하게 말했다.

"다행히 따님의 경우 겉보기에 큰 부상은 없었습니다. 지금 정밀검사 중이라고 듣기는 했는데, 바로 응급실에 가보시면 아마 만날 수는 있을 겁니다. 아, 그리고 이 와중에 참

이런 말씀 드리기 좀 그렇지만… 사모님은 마지막 순간까지 따님 걱정을 하셨다고 합니다. 따님이 많이 안 다쳐서 불행 중 다행입니다."

"저기, 잠깐만요. 그 아이가 누군데요?"

"예?"

* * *

"자기야, 은수 열이 안 내려서 병원에 데려갔대. 자기도 빨리 병원으로 와."

울먹이는 아내의 다급한 전화에 병원으로 달려갔다. 병원에 도착했을 때 은수는 이미 많은 의료진에 둘러싸여 있었다. 아침까지만 해도 감기 기운이 조금 있었을 뿐, 웃으며 등원했었다. 점심을 먹고도 잘 놀던 아이가 오후 들어 갑자기 고열에 시달리더니 발작을 일으켰다고 했다. 구급차에 실려 병원으로 옮겨진 아이는 곧바로 진정제를 투여받았다. 그러나 상황이 나아지기는커녕 무호흡과 심정지가 왔다는 말을 전해 들었다. 아내와 원감은 계속해서 눈물을 쏟으며 어쩔 줄 몰라 발만 동동 굴렀다. 그들이 하는 말들이 귓속에서 윙윙거렸다. 마치 이 모든 상황이 꿈인 양 아득하게 들렸다.

의료진의 급한 움직임 너머로 알몸의 아이가 잠깐씩 보

였다가 사라졌지만, 그 작은 아이가 정말 은수인지 확인할 길은 없었다. 내 눈으로 직접 확인하고 싶어 가까이 가려 했지만 의료진은 지금 면회가 불가능 하다는 말만 반복하며 나의 접근을 막았다.

응급실 옆 소아 중환자실로 곧장 옮겨지는 과정 중에도 아이의 얼굴조차 확인할 수 없었다.

"아닐 거야. 그렇지? 우리 은수 얼굴도 못 봤는걸, 아니라고 말해, 제발 아니라고 말하라고."

아내가 나를 붙들고 사정했다. 그렇게 이성을 잃은 채 발악하는 아내를 한 번도 상상해 본 적 없다. 미치지 않고 견디기 힘든 날이었다.

그날 밤, 은수가 죽었다.

그렇게 순식간에, 예고도 없는 죽음이라니.

살면서 여러 번의 죽음을 목격했다.

내가 아홉 살 때, 네 살이던 막냇동생은 세발자전거를 타고 놀다가 이삿짐 트럭에 치였다. 커다란 바퀴에 바스러진 자전거처럼, 동생의 몸 여기 저기 뼈가 동강나고 부러진 채 찬 아스팔트 바닥에 나가떨어져 있었다. 바퀴에 깔려 부러진 뼈가 장기를 막무가내로 찔러 혼자 힘으로는 숨조차 쉴 수 없게 되었음에도, 동생은 닷새를 더 살았다. 그 닷새의 유예기간 동안 죽음보다는 살아있는 동생의 미래를 생각하며 견뎠다. 그건 지옥 같은 상황을 이겨내기 위한 또 다른 어떤 형태의 시간이었다. 하지만 끝내 죽음이 필연적으로 찾아오리란 걸 우리는 이미 알고 있었다.

할아버지가 돌아가시자 노환을 앓던 아흔셋의 할머니는 조용히 음식을 거부했다. 물 한 모금씩만 겨우 삼키면서 한 달을 버틸 때 아버지는 할머니의 장례를 차분히 준비했다. 마지막 순간에 할머니는 5남매와 그 자손들이 다 참석한 가운데 미소를 지으며 숨을 거뒀다. 할머니는 바짝 마른 손으로 당시 고등학생이었던 내 손을 꼭 붙들었다. 할머니의 마지막 큰 한숨이 사그라지고, 늙은 고모님들의 힘 빠진 곡소리가 점차 잦아질 때까지 나는 억지로 꿇어앉아 있었다. 무겁게 가라앉은 분위기는 신경조차 안 쓰였다. 단지 그 순간을 모면하고 싶은 마음밖에 없었다. 아무도 모르게 콧등에 침을 찍어 발랐다. 막 숨을 거둔 할머니께 장손자로서 갖추어야 할 예보다 저리는 다리가 고통스러워 참을 수 없을 지경이었다. 눈물 대신 땀을 흘리고 있는 내 손을 막내 고모가 잡아서 일으켜 주었다. 내 손을 잡아준 고모의 손길이 마치 나를 죽음 앞에서 구해준 것 같았다. 생각해 보면 할머니는 위로가 되는 죽음도 있다는 걸 보여주셨다. 한 달의 시간이 가족들에게 서로 그런 마음을 갖도록 했을 것이다. 마지막 힘을 손끝에 모아 아버지가 아닌 내 손을 잡은 할머니의 뜻을 나는 오랜 시간이 지날 때까지 짐작하지 못했다.

세상의 모든 죽음은 마땅히 그래야 한다고 생각했다. 그렇게 시간을 주거나, 예상하거나, 연습이 필요하거나.

하지만, 은수의 경우는 너무나도 느닷없었다.

별스럽지 않다고 생각했던 감기 정도로도 사람이 죽을 수 있구나. 정말 그런 일이 실제로 일어날 수도 있구나. 나는 한여름 뙤약볕 아래서 무방비로 멍청히 앉아 있다가 일사병에 걸린 것처럼 눈앞이 아득해졌다. 앞뒤 가릴 것도 없이, 전후 살필 사이 없이 내 몸이 어딘가로 붕붕 떠다니는 것처럼 현실감이 떨어졌다. 살면서 그런 경험은 처음이었다. 내가 나를 제어할 수 없이 그냥 마구 휩쓸려서 도무지 정신을 차릴 수가 없었다. 충격이라는 표현은 타인의 입장에서 하는 비교적 가벼운 표현이었다는 걸 깨달았다. 그건 하늘과 땅이 맞닿는 것만큼의 공포와 아득한 두려움이었다. 하필 내 아이에게 그런 일이 일어난다는 건 상상조차 할 수 없을 만큼의 불가능한 일이었다.

소식을 듣고 달려온 어머니는 정신 나간 사람처럼 울부짖었다. 손수건이 흠뻑 젖을 만큼 한바탕 통곡하던 어머니가 화들짝 놀라 아내의 머리를 가슴에 안았다. 어머니의 넋두리 같은 통곡 소리에는 묘한 리듬이 느껴졌다.

"아이고, 이를 어째. 아이고 오, 그 탐스럽던 머리가, 아이고 오."

어머니 역시 제정신이 아니었을 것이다. 눈앞에 짐승처럼 웅크리고 앉아 울부짖는 젊은 며느리의 머리가 하얗게 변했다는 것을 알아챈 순간 어머니는 더 크고 길게 통곡했다.

오래전 기억 속에서도 어머니는 지금처럼 오열했었다. 마치 그때 다 울지 못한 울음을 가슴에 숨겨두었다가 끄집어내 우는 것 같았다. 그러면서도 어머니는 차마 은수의 이름은 부르지 못했다. 입 밖으로 낼 수 없는 이름이라고 다짐한 사람 같았다. 어머니가 은수의 이름을 불러주기를 바랐다. 내가 차마 부를 수 없는 내 딸의 이름을. 어머니는 이미 한 번 겪은 사람이니 그 입을 통하면 뭔가 희석될 것 같은 기대감이 있었던 것 같다. 그러나 어머니는 마치 금기어라도 되는 듯 끝내 부르지 않았다. 나는 그러다 어느 순간 어머니 입에서 무심결에 동생의 이름이 튀어나올까 봐 더 두려웠다. 참척의 고통을 겪게 된 두 여자가 서로 엉켜있는 모습이 비현실적으로 보였다. 마치 새끼를 잃은 두 마리 짐승처럼 울부짖었다. 마치 한 덩어리처럼 녹아서 형체를 알아볼 수 없을 때까지 그녀들은 멈추지 않을 것이었다.

"어떡하냐. 너라도 정신 차려야지. 은수 엄마 저러다 큰일 나겠다."

친구 녀석들은 나보다 아내를 더 걱정했다. 마땅한 위로의 말을 찾을 수 없어 그냥 한 소리였을까. 어쩌면 다들 그게 보편적인 거라 생각한 걸까. 아버지가 막내아들을 잃고 몰인정하다는 소리를 들으면서도 눈물을 보이지 않은 게 그때 당신 친구들로부터 그런 소리를 들어서였을까? 아버지란 자식을 잃은 고통에도 함부로 감정을 드러낼 수 없는 형벌 하나를 더 받아도 마땅한 존재라는 말인가.

어머니는 처음부터 아내를 무척 마음에 들어 했다. 다른 무엇보다 숱이 많고 윤이 나는 흑갈색 머릿결을 유난히 좋아했다.

"머릿결이 삼단 같은 것이 다른 건 볼 것도 없다."

논리적이지는 않지만 굳이 토를 달지 않았다. 늦도록 결혼할 생각이 없던 내가 처음 소개한 여자였다. 며느릿감에 갖는 호감의 이유치고는 상당히 기발하고 웃기는 예라고 여동생이 놀려대도 개의치 않았다.

어머니는 막내아들을 잃은 후부터 줄곧 탈모 상태였다. 처음에야 충격이 워낙 컸으므로 탈모쯤은 고민거리도 아니었지만, 세월이 흐를수록 적잖은 스트레스를 받는 것 같다. 동생의 일은 가족 모두에게 같은 아픔으로 남아 있지만 우린 자주 어머니의 탈모 원인에 대해 망각해 왔다. 어쩌다, 기껏해야 탈모에 좋다는 건강식품이나 미용 제품을 권해주는 정도로 어머니의 고통에 연대하는 척한 것이 아니었을까. 가족들은 여전히 동생에 관해 서로 다른 질량의 아픔을 견디고 있다. 그중에서도 어머니가 겪는 탈모는 당사자가 아니면 짐작하기 어려운 또 다른 고통의 흔적이었다. 동생의 일을 떠올리면 마치 상징처럼 어머니의 휑한 머리가 떠올랐다.

무뚝뚝한 아들에 비해 살가웠던 며느리에 대한 애정이 남달랐던 어머니였다. 딸처럼 아끼는 며느리가 자신과 똑같은 아픔을 겪고 있는 것이 마치 자신의 원죄라도 된다는 듯이 괴로워했다. 그만큼 며느리가 겪은 충격에 누구보다 공감하는 어머니였다.

"부모는 뒷동산에 묻지만 자식은 어미의 가슴에 묻는다더라."

어머니는 막내를 잃고부터 왼쪽 가슴이 봉긋이 부어올랐다. 병원에서는 원인을 찾을 수 없다고 말했고, 어머니는 그것이 자신의 주장을 뒷받침하는 증거라고 했다. 그럴지도 모른다. 어머니의 가슴에 봉분처럼 남은 그 흔적으로도 우린 한 번씩 막내를 떠올렸으니까. 그러나 아버지는 죽은 막내에 대해 한 마디도 꺼내지 않았다. 술이 좀 늘고 담배를 더 많이 피우는 것 외에는 별다른 이상행동을 보이지 않았다. 어머니는 그런 아버지를 몰인정한 사람이라며 몰아붙이고는 했지만 난 어쩐지 그런 아버지가 이해될 것도 같았다. 아버지는 우리 모르게 내 자전거와 여동생의 씽씽카를 없애버렸다. 대신 귀갓길 아버지의 손에는 자주 군것질거리가 들려 있었다. 사고가 세발자전거 탓이라고 믿었던 아버지와 우리 사이에는 그렇게 바퀴 달린 것에 대한 금기가 생겼다. 어머니의 탈모와 가슴의 흔적에 비해 아버지는 겉으로 드러낼 수 없는 고통을 그렇게 당신 방식으로 표현한 게 아니었을까.

은수의 장례를 치르고 난 뒤에도 어머니의 탈모처럼 아내의 백발에 무심했다. 아니 그런 궁금증을 가질 여유가 없었다. 예고 없이 비현실 세계에 막 당도한 이방인처럼 모든 것이 낯설기만 했다. 아이의 물건들이 고스란히 남아 있는 방문 앞에 서면 저절로 무릎이 꺾였다. 아내는 방안을 어지럽힌 채 발작을 일으키다가 언제 그랬냐는 듯 말끔하게 정리하며 혼잣말을 중얼거렸다. 그런 아내의 뒷모습은 하루가 다르게 백발노인처럼 등이 굽고 왜소해졌다. 그렇게 줄어들다가 마치 아이 방의 장난감처럼 점점 작아져, 결국에는 사라져버릴 것만 같았다. 웅크려 앉은 아내의 뒷모습을 보는 것이 점점 두려워지기 시작했다. 무기력에 빠져 의식이란 것이 아예 사라진 아내를 보는 일이 차츰 부담스러웠다. 아내는 하루하루 시들어갔다. 그러다 어느 순간 아내마저 잃게 될까 두려워지기 시작했다. 두려움을 더욱 감출 수 밖에 없어 나는 내 감정을 더 단속하기 시작했다. 나는 나의 두려움과 아픔을 외면하고 있었다. 한 번씩 솟구쳐 올라 물을 가르는 거대 고래처럼 슬픔의 존재감을 드러내는 게 아니라면, 나는 심해어처럼 더듬거리며 슬픔의 밑바닥을 기어다녔다.

세상에는 과학만으로 설명할 수 없는 일이 머리카락 숫자만큼이나 많이 일어난다. 그렇다 하더라도, 정말 그럴 수 있을까? 과장된 것이 아닐까? 보고도 믿을 수 없었다. 불행의 그림자가 전혀 미치지 않는 평화로움 속에 살던 사람에게 갑자기 닥친 엄청난 사건이 가져오는 충격과 공포, 스트레스가 과연 그런 이상 현상을 만들 수 있는 것일까. 아이의 일도 아내의 갑작스러운 백발도 믿을 수 없는 일이었지만 결국 받아들일 수밖에 없는 일이었다. 아내는 몸을 가누지 못할 만큼 야위어 갔고, 문득문득 실없는 소리를 했으며, 때로 짐승처럼 목을 길게 빼고 울었다. 몇 날 며칠 먹지도 자지도 않으면서 극한의 괴로움에 시달리고 있었다. 순간순간 위태롭던 아내는 두 번이나 자살을 시도했다.

거실 바닥에 널브러진 아내의 목에 샤워기 호스가 낸 흔적이 선명하게 남아 있었다. 아내가 스스로 목에 줄을 감던 시간, 나는 술에 취해 잠들어 있었다. 욕실에서 나는 소리에 놀라 잠이 깬 어머니가 아내를 거실로 끌어내고 119를 부르는 동안에도 나는 그저 어쩔 줄 모르고 허둥대고만 있었다. 아내의 결단에 비해 나의 고통은, 빌어먹을 쓰레기같이 보잘것없고 잡스러울 뿐이었다.

아내는 목에 난 두 줄의 선명한 멍 자국이 사라질 때까지 할 수 없이 강제 입원과 약물치료를 받아야 했다.

그럴수록 어머니의 한숨도 점점 깊어갔다.

"내가 저 불쌍한 것을 두고 갈 수가 없다. 저러다 바스러져 버릴까 봐 한시도 눈을 뗄 수가 없다."

얼마 후 다시 자살을 시도한 아내를 살린 것 또한 어머니였다. 외출에서 돌아온 어머니가 잠긴 화장실 문을 열었을 때 아내는 이미 단행을 한 후였다. 욕실 안을 가득 채운 수증기, 하얀 도기 욕조에 빨갛게 번져 흐르는 피. 어머니가 아내의 손목을 잡아 수건으로 감쌌다.

"그래 우리 다 같이 죽자. 너 이러는 거 나도 가슴 아파 볼 수가 없구나."

어머니가 욕조 안에 떨어져 있던 면도칼을 잡아 당신의 손목을 그으려는 순간 아내가 어머니의 손목을 잡았다.

아내의 손목에서 흐른 피가 어머니 가슴에 벌겋게 스며드는 줄도 모르고 둘은 그렇게 오열했다.

은수를 떠나보내고 뒤이어 아내의 사건을 겪으면서 나는 한편으로 극심한 무기력에 빠져 아내의 주변을 서성거렸다. 마치 타인처럼 그 모든 일에서 나 혼자 제외되고 소외된 것 같았다.

그 시기 나는 내 감정을 정의할 수 없었다. 극심한 스트레스에 저항하는 아내와 달리 나는 알 수 없는 혼돈과 싸우고 있었는지 모른다. 아내처럼 미칠 수 없는 내 이성에 진저리치면서도 나는 내 감정을 계속 거스르고 있었다. 밀려올수록 더욱 거칠게 저항했다.

석연찮은 치료 과정에 이의를 제기한 것은 동생이었다. 동생은 간호사로 일한 경험이 있기 때문에 치료 과정에 문제가 있었다는 것을 직감으로 알아차렸다. 그 폭풍이 몰아치던 와중에도 뭔가 합리적 의심을 할 수 있을 만큼 동생 부부는 그나마 우리 중에 냉정을 잃지 않은 유일한 관찰자였다.

조사 끝에 우리는 의무기록지에서 심정지의 원인을 알아냈다. 의료진의 판단 오류로 아이는 적정량의 수십 배에 달하는 진정제를 투여받았던 것이었다. 직접적인 사망원인은 고열이나 발작에 의한 것이 아니라, 무호흡과 심정지에 의한 저산소증과 뇌 손상이었다.

예상대로 의료진은 의료사고를 인정하지 않았다. 그들은 유감이라는 말로 사과를 대신하며 적정한 수준의 합의를 제안했다. '적정한 수준의 합의'라는 말 앞에서 우리는 다시 커다란 절망감에 빠질 수밖에 없었다. 가늠할 수 없는 아득한 높이의 수직 절벽 끝, 위태롭게 걸쳐있는 나무토막 잔도 위에 두 발을 디딘 기분이었다.

합의를 거부하고 의료사고를 의심하자 병원 측은 오히려 협박과 명예훼손을 내세우며 엄포를 놓기 시작했고 급기야 우리는 업무방해로 고소를 당하기도 했다. 그해, 유독 길었던 장마가 다 끝나도록 아내는 곰팡이처럼 푸르뎅뎅한 입술을 덜덜 떨면서 우산도 잊은 채 병원과 경찰서를 찾아다녔다. 백발이 된 줄도 모른 채 비에 젖어 산발이 된 아내의 모습은 흡사 미친 여자처럼 보였다. 그렇게 우리가 무너진 갱도에 갇힌 것처럼 암담함과 절망에 빠져 있을 무렵, 가해자인 담당 전공의는 휴가를 냈다고 했다.

동생은 집요했다. 과실을 인정하지 않는 병원 측과 아이를 치료했던 담당 의사를 캐기 시작했다. 그러다 괌에서 여유롭게 휴가를 즐기는 전공의 가족사진을 그의 인스타그램에서 찾아냈다. 동생을 경악시킨 것은 사진 아래 댓글이었다.

'#골칫거리들_피해_휴가 #모처럼_아빠_노릇 #여기가_지상낙원'

'골칫거리'
'아빠 노릇'
'지상낙원'
동생이 캡처해 보내준 댓글에서 그 문장들이 날카롭게 살아나 찌를 듯 달려들었다. 아내, 그리고 두 남매와 여유롭게 휴가를 즐기고 있는 사진이 여러 장 올라와 있었다. 은수만 한 딸아이와 아빠를 닮아 제법 덩치가 크고 터울이 있어 보이는 아들은 앵글을 향해 해맑게 손가락으로 브이를 하고 있었다.

'골칫거리였구나. 우리가.'
'아빠 노릇? 이제 나는 은수에게 영원히 아빠 노릇을 할 수 없게 되었는데 저 작자는 저렇게 아빠 노릇을 하고 있네?'
'뭐, 지상낙원이라고? 나는 지금 지옥에 떨어졌는데 저 엿 같은 새끼는 지금 지상낙원을 즐기고 있다고?'

눈물이 흘렀다. 핏줄이 다 터져버려 시뻘게진 눈에서 핏물처럼 뜨거운 눈물이 흘러내렸다.

동생과 아내가 의료진의 과실을 입증하기 위해 집요하게 사방으로 돌아다닐 때 나는 오히려 그만 두기를 바랐었다. 항아리는 깨졌다. 그 안에서 찰랑이던 물은 이미 쏟아져 땅속으로 흔적 없이 흡수되어 버렸다. 몸을 가눌 수 없을 만큼의 괴로운 기간을 견디다 어느 순간 무기력에 제압당했다. 나는 의욕을 완전히 상실한 그로기 상태였다. 그런 상태에서는 시공간마저 무감각하게 흘러갔다. 어디에 가서 닿을지 모르는 급류에 휩쓸린 것만 같았다. 무기력한 상태로 흘러가는 물살에 몸을 맡겨버린 상태였다.

그래서 미친 듯 돌아다니는 아내나 동생을 외면했는지도 모른다. 주변의 위로조차 건성으로 들렸다. 오히려 이 모든 상황에서 피하고 싶은 마음이 더 컸다. 시간이 흘러도 면역은 생겨나지 않았다. 거부하거나 도망가는 방식으로 모면하고 싶었다.

"지쳤어."

맥주잔에 거품이 흘러넘치는 순간 울컥했다. 앞뒤 없이 무심결에 내뱉은 말이었다. 티슈를 뽑으려고 손을 내미는 순간 아내가 그걸 낚아채 나를 향해 던졌다. 갑 티슈의 모서리가 정통으로 이마를 향해 날아왔다.

"개새끼, 그러고도 니가 아빠라고 할 수 있어?"

갑티슈를 맞고서야 아내에게 분노를 일으킬 만큼 심한 말이었다는 것을 깨달았다. 아내의 그런 거친 반응에 마치 내가 가해자가 된 기분이 들었다. 내 말이 그 의사보다 아내에게 더 큰 상처를 주고 충격을 줬으리라 의식하지 못했던 게 화근이었다.

아내는 그 순간 어떤 기분이었을까.

자기 과실로 한 생명을 앗아가 놓고도 본인의 안위만 걱정하던 그 의사, 피해자의 합리적 의심과 항의에 감정의 불편함을 토로하던 그와 내가 같은 부류라고 느꼈던 것일까?

중학교 상담교사인 친구는 내게 충고했다. 극심한 고통과 스트레스로 인한 우울이 그런 식의 외면과 회피로 나타나는 거라고, 내게 충분한 애도의 기간이 필요한데 억지로 그걸 막아서 나타난 현상이라고. 그러니 제발 네 감정을 솔직하게 마주하라고. 하지만 내 정신 건강을 위해 전문 상담을 받는 것조차 내가 은수의 아빠였음을 회피하는 것 같아 거부했다. 사치스러운 감정 과잉이라 생각했고 마땅치 않았지만 결국 친구의 충고를 받아들이기로 했다. 아내 모르게 우울증과 불면증 약을 처방 받았다. 아내도 함께 상담을 받았으면 했지만 단번에 거절당했다.

우리에게 은수가 취사선택이 아닌 필연이고 전부였듯이 소송 또한 절대적이었다. 처음 소송 의지를 밝혔을 때 주변의 모두가 합의를 권했다. 의료사고는 계란으로 바위 치기라고 했다. 계란만 깨질 뿐 절대 바위를 깰 수 없다고 했다. 의료사고 책임 입증이 의료진이 아닌 아직 환자 측에 있을 때였다.

청원경찰에 제지당해 병원에 진입조차 할 수 없는 날이 이어지자 아내의 스트레스가 극에 달했다. 주차장에서 용케 남자의 차를 알아낸 아내가 놈의 차 사이드 미러를 부수고 유리까지 파손하려다 붙들려 간 날 이었다.

"그 새끼 딸도 은수처럼 O형 이었어."

놈의 차에도 스티커가 붙어있었던 모양이었다. 혈액형 따위가 무슨 상관이라고 아내는 절망해야 할 또 다른 실마리를 잡은 것 마냥 길게 울었다.

당장 뭐라도 하지 않으면 미칠 것 같았는지, 그 와중에 아내는 동생과 함께 병원 앞 광장에 텐트를 쳤다. 시위란 걸 해본 적도 과정도 모르면서 무턱대고 팻말을 든 채 농성을 벌인 둘은 급기야 형사고소를 당했다. 집회 및 시위 관련 법률 위반에 더해 업무방해죄와 명예훼손죄가 추가 되었다.

덩달아 아내에게 백 프로 공감하고 동조하던 어머니는 의료사고 전문 중개인에게 수천만 원의 사기를 당하기도 했다. 소송을 진행하는 과정도, 사고를 입증하는 것도 뭐 하나 순조로운 것이 없었다. 변호사를 한 번 바꾸는 것도 쉽지 않았다. 애초부터 의료사고 전문 변호사를 선임했어야 했다. 그런 기본 상식조차 없이 무모하게 덤벼들었다.

극도의 상황에 점점 무기력하게 지쳐간다고 느껴질 즈음 아내는 생각하지 못했던 반응을 보이기 시작했다. 아내는 주변의 사람들과 현상에 아예 무반응을 보이는 것으로 자신의 존재마저 부정하고 있는 것 같았다. 아이가 사라진 것처럼 자신 역시 실체 없는 투명 인간인 듯 위장하려는 것 같았다. 정물처럼, 집안에 자리하고 있는 가전제품이나 붙박이장처럼, 혹은 베란다에 옹기종기 자리한 다육이 화분들처럼. 그해 봄에 해외직구로 사서 거실 한쪽 벽에 고정해 두었던 다이슨 무선청소기처럼 붙박여 있었다.

아내는 움직임이나 기척도 없이 소파 가장자리에 오래 앉아 있는 일이 잦았다. 눈은 베란다 창밖 먼 곳을 응시하면서, 손가락으로 창에 의미 없는 선을 끝없이 긋는 행동을 반복했다. 그럴 때 아내는 고개가 오른쪽으로 5도쯤 기울어진 상태로 허공 어딘가를 응시하고 있었다. 아내에게 그날 이후의 세상은 마치 5도쯤 불균형하게 기울어진 세상이라는 듯이. 언제부터 시작했고 언제 끝날지 알 수 없는 그 시간을 아내는 그렇게 묵묵히 보내고 있었다. 아내에게 시간이란 그냥 흘려보내는 것이라는 듯 그 행위에 대한 어떤 의미나 당위성 따위는 아예 생각하지 않는 것 같았다.

눈동자가 다 풀린 듯한 아내의 멍한 시간이 더디게 흘러갔다. 얼마 전까지만 해도 격렬하게 반응하며 싸우던 아내였는데, 이제는 잔물결 하나 없는 10월의 호수 같았다. 그래서 오히려 불안했다. 그 사실을 잊지 않으려 끊임없이 의식했다.

그렇게 얼마의 시간이 지났을까. 이번에는 또 다른 반응이 시작되었다. 아내의 이상행동은 끊임없이 아이의 죽음이 실제 상황임을 확인하는 과정이었다.

"은수 아빠, 좀 조심스럽지만 현숙이를 병원으로 데려가 보는 건 어떨까요?"

아이가 다녔던 갈대상자 어린이집 원감에게서 전화가 왔다. 그 짧은 통화는 아내의 증상이 자꾸만 확장되고 있음을 인정하게 했다. 더는 이 상황을 방치하지 말라고 누군가 내게 경고를 보내는 듯했다.

원감은 아내와 대학 동기다. 아내는 대학 졸업 후 3년 만에 임용고시에 합격해 병설 유치원에서 일을 시작했고, 그동안 그 친구는 일찍이 자기 엄마가 원장으로 있는 갈대상자 어린이집에서 교사로 일하며 경력을 쌓아 나갔다.

원감은 매우 걱정스러운 목소리로 며칠 전 오후의 일을 전했다. 원감의 말에 따르면 그날 하원 시간에 아내는 갈대상자 어린이집에 전화를 했다고 한다.

"우리 은수 하원이 늦어져서."

아내의 말을 전하는 전화기 속 원감의 목소리는 가늘게 떨리고 있었다.

아내는 또 아이의 문화센터 강의 시간에 맞춰 찾아가거나 조리원 친구들의 정기모임에 참석하기도 했다. 아내의 행위가 갑자기 아이를 잃은 엄마의 이상행동인지 아이의 부재를 확인해 받아들이기 위한 의도적인 각인의 과정인지는 알 수 없었다. 그렇게 한동안 아내는 별별 이상한 행위들로 주변 사람들을 긴장시켰다.

아내와 나는 그런 고통스러운 과정을 거치며 2년의 시간을 보냈다. 무엇 하나 뚜렷한 결과물 없이 방치된 우물 안의 부유물처럼 고요하게 떠나보낸 시간이었다. 그것도 아주 오래된 옛 우물처럼.

* * *

아내가 머리염색을 하러 나가면서 내게는 세차를 부탁했다. 아내가 이제 생기를 찾는가 싶어 반가우면서도 묘한 기분이 들었다. 그 며칠 아내에게는 분명 이상한 기운이 감돌았다. 그동안의 날들보다 밀도가 훨씬 높아진 불안과 고요에 저절로 숨이 가빠졌다. 증기로 가득 찬 압력밥솥의 추를 성급하게 건드린 것처럼 뭔가로 가득 찬 아내는 위태롭고 초조했다. 2년간 누구의 말도 듣지 않고 그 사건에만 매달리던 아내가 아니었다. 마치 사건이 마무리되면 죽은 아이가 돌아오기라도 할 것처럼 애를 태우던 아내였다. 우리에

게 닥친 불행이 지금도 현재진행형이었다. 그러나 타인에게
는 이미 지난 일이 되어버렸고, 시간은 여전히 무심하게 흘
러갔다. 나 역시 그걸 견딜 수가 없었다.

갓 마흔이 된 아내가 남의 시선 따위 신경 쓰지 않고 흰
머리를 질끈 묶을 때, 간신히 목숨이 붙어있는 사람처럼 비
틀거리고 다닐 때, 그럴 때마다 나는 아이에 이어 아내마저
잃게 될까 두려웠다. 아직 사건이 종결 나지 않은 상태에서
갑자기 변한 아내의 반응이 의아하긴 했지만 어쩐지 아내
의 마음이 바뀌기라도 할까 봐 얼른 세차장으로 차를 몰았
다. 내친김에 성능검사도 할 겸 카센터에도 들러 엔진오일
까지 교환했다. 오랫동안 방치한 것치고 차량의 상태는 양
호했다. 차 뒤쪽에 새 스티커가 붙어 있었다. '**위급 시 아이부
터 구해주세요. 여아 A형**' 기존의 스티커를 제거한 자리에 새
로 붙여놓은 스티커가 궁금했지만 대수롭게 생각하지 않았
다. 성격처럼 차량 관리 역시 꽤나 꼼꼼했던 아내였지만 정
작 운전하는 걸 좋아하지는 않았다. 그런 아내가 운전할 생
각을 하다니, 왠지 내가 다 설렜다. 아내에게 처음 차가 생
겼던 그날처럼.

임신한 아내에게 출퇴근용 경차를 선물한 것은 아버지
였다.

"자, 봐라. 나도 내 손주를 위해 이 정도는 해 주는 할애비

이고 싶었다."

아내의 근무지였던 초등학교 병설 유치원은 언덕을 한참 오르는 경사로에 위치해 있었다. 아버지는 그 사실이 내심 신경 쓰였던 모양이었다. 아내는 시아버지의 통 큰 선물에 눈물을 글썽였다. 아이 엉덩이처럼 앙증맞은 차량의 뒤에는 이미 '임산부가 타고 있어요.'라는 스티커까지 붙어있었다. 그것을 보는 순간 어쩌면 차보다도 그동안 내색 안 하고 기다려 준 시아버지의 마음이 느껴져서 더 그랬을 것이다. 아내 역시 설레는 마음이 가득 묻어나는 말투로 말했다.

"나 진짜 부러웠는데! 차 뒤에 '아이가 타고 있어요.' 차량 스티커 붙이고 다니는 것 말이야. 나도 이제 그거 붙이고 다닐 수 있겠네."

자가운전자가 된다는 것보다 차량 스티커에 더 관심이 많던 아내였다. 세 번의 인공수정 끝에 성공한 임신이었다. 아내의 나이 서른여덟이었다. 임신을 간절히 원했지만 아내는 그때까지 한 번도 그런 표현을 하지 않았다. 나 역시 내색하지 못했다. 서로 합의 하에 이루어지는 일인데도, 나는 인공수정을 위해 병원에 방문할 때면 매번 아내에게 부채감 같은 것을 느끼고는 했다.

자가운전자가 됐지만 아내는 한동안 운전을 하지 않았다. 안정기에 접어들고 몸이 무거워지면서 본격적으로 운전을 시작했다. 차분한 성격답게 운전 솜씨도 염려할 일이 없었고, 무난하게 출산일이 가까워질 때까지 직접 운전해 출근했다.

아이가 태어나고 백일 쯤 지나 카시트를 구입하러 대형마트에 간 적이 있었다. 알록달록한 색의 카시트를 골라 나오면서 차량 스티커 코너에도 들렀다.

"'BABY IN CAR' 이건 너무 평범하지 않아? '공주님이 타고 있어요.' 이것도 좀 그렇고."

아내는 내 주장대로 내 차에 부착할 'BABY IN CAR'는 선뜻 동의한 반면 자신의 차에 부착할 스티커를 선택하는 데는 훨씬 더 공을 들이는 것 같았다. 아이 관련 차량 스티커 여러 종류를 꼼꼼히 뒤적이던 아내가 그중에 한 장을 꺼내 내가 볼 수 있도록 눈앞에 흔들어 보였다.

"아, 이게 좋겠다. 어디 보자, 우리 은수의 혈액형이 O형이니까. 아, 찾았다!"

'위급 시 아이 먼저 구해주세요. 여아 O형.'

운전하면서 실제로 '아이가 타고 있어요.', '까칠한 아이가 타고 있어요.' 등의 수많은 아이 관련 스티커를 보았지만 그런 문구는 처음이었다. 아내는 그 스티커가 꽤 만족스러운 듯 보였지만 나는 어쩐지 내키지 않았다.

"그건, 좀 그렇지 않아?"

"왜? 뭐가 그렇지 않아?"

글쎄 뭐였을까. 그 명쾌하지 않은 기분, 그 불명확한 느낌이란. 결국 나의 흐릿한 의견은 반영되지 않았다.

"사람들은 어떻게 이런 문구까지 생각해 냈을까. 세상의 모든 부모는 다 위대한 것 같아. 우리도 이제 그런 부모가 돼야 한다고."

그깟 스티커 한 장에 세상 모든 부모의 위대함까지 연결 짓는 아내가 낯설게 느껴졌다.

* * *

세 시간쯤 흘렀을까, 아내가 정말 흰머리를 염색하고 왔다. 2년 만에 검게 돌아온 아내의 머리색이 보였다. 염색으로 찾은 아내의 머리색을 돌아왔다고 하는 게 맞는 표현인지 모르겠지만 예전의 머리색을 찾아서 다행이라는 생각에 울컥 반가운 마음이 들었다. 거기다 정돈되지 않아 부스스했던 긴 머리도 단정한 단발로 자른 모습이었다. 갑작스러운 변화에 한편으로 반가운 마음이 들면서도 석연치 않은 기분과 알 수 없는 불안감이 함께 밀려오는 것도 어쩔 수 없었다. 고향의 방치된 그 옛 우물 안에 떠다니던 부유물들이 다시 떠올랐다. 말끔하게 정리되지 않는 미묘한 기분이 들었다.

"당신 차 팔 거야?"

"차? 아니. 그건 왜?"

"아까 세차 하면서 보니까 스티커를 새로 붙였길래."

아내의 표정이 굳어졌다.

"아, 그거, 당신은 몰라도 돼."

아내는 별일 아니라는 듯 대꾸했지만 음성은 가늘게 떨리고 있었다.

그날 밤 그런 아내를 안으려고 했을 때 아내는 경멸의 말들을 퍼부었다.

"개자식, 넌 인간이 아니구나."

난 성급하게 그만 그 늪 같은 슬픔에서 벗어나고 싶었던 걸까. 그건 나조차 계획하지 않았던 일이었다. 본능에만 충실한, 애비도 인간도 아닌 성욕에 굶주린 한 마리 수컷이 되었지만 반발할 수 없었다. 아내를 안으려는 순간 뼈만 남아 앙상해진 등뼈가 발굴 중인 공룡화석처럼 적나라하게 손바닥에 박혔다. 엄마의 가슴에 남겨진 오목한 그것처럼 아이는 아내의 등에 영원히 남아 있었다. 내 차에 붙여놓은 'BABY IN CAR' 스티커처럼 은수는 떠나면서 아내의 척추에 화석처럼 새겨졌다.

다음날부터 아내는 분주해 보였다. 오후에 잠깐씩 운전해서 어딘가에 다녀오는 듯했다. 어딜 다녀왔냐고 물었더니 대답하지 않았다. 은수의 방도 말끔히 치워졌다. 그건 좀 의외였다. 다른 사람은 절대 손대지 못하게 했고, 은수의 물건이라면 손수건 한 장도 치우지 않던 아내였다.

＊ ＊ ＊

경찰관이 가방에 적힌 어린이집으로 전화를 걸었다. 늘봄
어린이집 원장은 전화를 받아 들고 잔뜩 겁먹은 목소리로
말했다. 그 미친 여자가 보모라면서 아이를 데려갔다, 유괴
라고 생각해 경찰서에 이미 신고도 했다, 그 아이 집은 발칵
뒤집혔다, 아무튼 찾아주셔서 감사하다, 원장의 두서없이
주절거리는 소리를 듣고 있자니 도대체가 무슨 말인지 이
해되지 않았다. 나는 아내의 사망을 확인하고 안치실로 옮
긴 뒤 장례식장이 아닌 경찰서로 향했다. 경찰차를 타 본 것
도 처음이었다. 운전하던 경찰관이 내 쪽을 흘끔거리며 한
마디 했다.

"거 참. 뭐 이런 경우가 있는지 저희도 당황스럽지 말입
니다."

방금 전까지 아내가 위대하다느니 민망할 정도로 미담을
풀던 그는 이제 피의자가 된 여자의 남편을 어떻게 대해야
할지 나만큼이나 헷갈리는 듯했다.

"어차피 사모님은 돌아가셨으니 유괴한 이유를 알 수는
없고요."

유괴라는 단어 앞에서 나도 모르게 운전석 등받이를 주
먹으로 쳤다. 그가 멋쩍은 듯 둘러댔다.

"아니, 어쨌든 그쪽에서는 그렇게 주장하고 있고, 선생님

께서도 그 아이를 모르는 상황이니까요."

나는 그만 눈을 감은 채 등을 구부려 무릎에 머리를 묻어버렸다. 그러자 그도 더 이상 말을 하지 않았다. 아이가 죽었을 때만큼이나 당황스러운 순간이었다.

경찰서 안으로 다급하게 뛰어 들어오는 젊은 부부. 여자는 이미 얼마나 울었는지 눈이 통통 부어 있었다. 머리가 다 헝클어진 채 짝짝이 신발을 신고 남자의 손에 이끌려 들어왔다. 그 모습을 보자 똑같은 모습의 아내가 떠올랐다. 헝클어진 머리가 하룻밤 만에 하얗게 세어버렸던 여자. 내 아내 김현숙은 지금 어디에 있는 것일까. 아내는 혼자서 무슨 일을 벌여놓은 것인가. 나는 혼자서 감당해야 하는 이 상황들이 믿어지지 않았다. 그러고 보면 아내는 지금까지 나에게 더 분노하고 있었던 것이 아닐까. 나에겐 의지할 만한, 혹은 상의할 만한 구석을 찾지 못해서 그렇게 혼자서 거칠게 투쟁했던 것일까. 깨지고 터지고 피투성이가 된 아내의 마지막 모습에서 나는 어쩌면 아내가 그들이 아닌 나에게 온몸으로 저항한 것이 아닐까 하는 생각이 들었다. 나에 대한 불만과 원망으로 말라갔던 것이 아닐까. 아버지가 그랬던 것처럼 내가 속으로만 울었던 것이 아내를 더욱 분노하게 했던 것일까. 오늘 아침 아내가 현관까지 따라 나와 구둣주걱을 건네줬던 게 떠올랐다. 나는 아내의 뜻밖의 행동에 마음이 살짝 설렜었다. 그건 착각이었을까.

그런데, 저 남자 어딘가 낯이 익었다. 그리고 흰 가운. 그 남자였다. 그런데 저들이 왜 여길? 설마? 나도 모르게 신음 소리가 새어 나왔다. 그 남자였다. 2년 전 내 아이를 죽인 남자. 아직 결론이 나지 않은 지루한 법정 싸움 중인 피고인 의사.

남자는 나를 지나쳐 경찰관에게 다가갔다. 경찰관과 몇 마디 나누던 남자가 나를 돌아봤다. 거대한 체구의 남자가 망설임 없이 뚜벅뚜벅 걸어왔다.

짝! 소리와 함께 왼쪽 뺨을 맞은 내가 휘청하며 책상을 짚었다. 발길질이 다시 나를 향하는 순간 경찰관이 그를 뒤에서 잡았다.

"선생님, 진정하시고요. 제 말 좀 들어보세요."

경찰관 둘이서 남자를 양쪽에서 붙잡았지만 남자의 힘에 오히려 밀리고 있었다. 경찰관 하나가 다시 남자와 나 사이를 가로막았다.

"사모님이 위급한 순간 아이 먼저 구하라고 말씀하셨답니다. 자칫 아이가 다칠 수도 있는 정말 위급한 상황이었고 사모님은 직후 사망하셨습니다."

처음부터 상황을 알고 있는 경찰관이 다급하게 설명했다. 남자가 멈칫했다.

아내는 도대체 무슨 생각이었던 걸까. 왜 그 아이를 데려왔을까. 아내는 정말 복수심에 그 아이를 유괴라도 하고 싶었던 것일까. 문득 오래전 그 의사 놈 차의 사이드미러를 부수고 돌아와 외치던 아내의 고함소리가 떠올랐다. "그 새끼 딸도 은수처럼 O형이었어." 갑자기 바뀐 차량 스티커와 이 사고는 우연이었을까? 아내가 갑자기 홀가분해 보였던 것도, 차를 세차해 두라고 했던 이유도 이제는 알 것 같다. 아내의 검은 염색 단발머리도 눈앞에 떠올랐다. 지나간 그런 일들이 후련하면서도 계속 찝찝했던 감정의 정체, 그 모든 게 갑자기 모두 이해가 됐다. 마치 아내의 속에 들어가 본 것처럼 아내의 생각들이 그대로 전달됐다. 아내는 스티커 한 장으로 두 아이의 운명이 같아야 한다고 생각한 걸까? 그런데 아내는 반대쪽에서 달려오던 차량과 충돌하던 순간 왜 핸들을 오른쪽으로 꺾은 것일까. 본능이었다면 핸들은 분명 왼쪽으로 꺾어야했다.

아내를 보러 가야겠다. 아내에게 물어봐야겠다.

너의 찰스

문을 열자, 집안 가득 고여 있던 익숙한 음식 냄새가 먼저 콧속을 자극했다. 현관 앞으로 걸어 나오는 어머니를 똑바로 바라볼 수조차 없었다. 아내가 아닌 어머니라서 섭섭한 마음이 잠시 스쳤다. 이 와중에 그런 생각이나 하는 나란 놈을 나조차 이해할 수가 없다. 어머니는 부축받아 집안에 들어서는 나를 보며 소리 없이 훌쩍였다. 나는 명석에게 눈짓으로 말했다. 명석은 나를 침대에 눕혀준 뒤 나갔고, 나는 뒤따라 들어오는 어머니와 눈이 마주쳤다. 순간, 얼른 눈을 감아버렸다. 어머니가 한숨 한 자락을 내려놓고 돌아서 나갔다. 잠시 뒤, 집안은 다시 고요함에 휩싸였다.

거실에 나가보니 햇볕이 남향의 나무 마루 한쪽을 따사롭게 비추고 있다. 누우면 바로 슬며시 잠들 수 있을 정도로 포근해 보였다. 굳게 닫힌 방문 옆에 찰스의 집이 우뚝 서 있다. 나는 찰스처럼 몸을 구부리고 무릎걸음으로 그 앞까

지 갔다. 입구는 눈에 보이는 것과 달리 성인 남성인 내 몸
도 무리 없이 통과할 만큼 넉넉했다. 그 안은 생각보다 아
늑하고, 다리를 뻗고 누울 수 있을 만큼 넓었다. 찰스의 담
요를 끌어당겨 덮었다. 내 이불보다 더 포근했다. 아내가 왜
그토록 정성을 들였는지 알 것만 같았다. 하지만 질투는 나
의 몫이 아니다. 아내는 그것을 단호하게 거부했다.

찰스가 돌아왔다.
찰스가 짖었다.
Woof Woof

잠 속으로 빠져드는 중인가, 이상하게 헛소리가 들렸다.
찰스가 짖는지 내가 낸 소리인지 이제는 정말 모르겠다. 언
젠가 아내가 했던 말이 떠올랐다.

"자기야, 우리 찰스가 외국어 영재인가봐. 완전 네이티브
스피커더라니까. 아까는 글쎄 Woof Woof 하고 짖더라."

아내는 그 단어가 개 짖는 소리의 영국식 표현이라고 말
했다. 나는 '그건 또 무슨 개소리야?'라고 반문하고 싶었지
만 꾹 참았다. 내 귀엔 그냥 '멍멍' 소리로 밖에 들리지 않았
다. 아내 말처럼 혈통있는 강아지 찰스, 그런데 아내의 말이
정말 이었을까. 드디어 내 귀에도 Woof Woof 소리가 들리
기 시작한 것이다.

아내는 돌아오지 않을 것이다. 사실 돌아오지 않는다는

말도 틀려먹었다. 아내는 돌아오지 말아야 한다. 나는 고백할 기회를 놓쳤고, 그래서 용서받을 기회도 놓쳐버렸다. 이제야 나는 차분하게 되짚어 볼 수 있게 되었다. 아내는 지금 나를 엿 먹이고 있는 거다. 아내의 얼굴을 마지막으로 본 지도 벌써 육 개월이 지났다.

* * *

　팔 남매의 다섯째로 태어난 나는 태생 자체가 불만이었다. 그것은 애초부터 불만족 유전자가 인지할 수도 없을 만큼 자연스럽게 체화된 것이었다. 나에게 형제들은 거추장스러운 장신구처럼 느껴질 때가 많았다. 그에 비해 아내는 다섯 살 터울의 오빠와 부모님까지 다 모여도 넷이 전부인 가정에서 자랐다. 그래서인지 대가족의 로망도, 시끄럽고 북적북적한 집안 분위기에 대한 동경도 있던 모양이었다. 일반적이지 않을 만큼 아주 많이. 결혼 전 내 아버지 팔순잔치에 직장동료들을 초대한 적이 있었다. 그때 참석한 아내는 며칠 후 답례로 마련한 술자리에서 불이 빨개진 모습으로 뜬금없는 고백을 늘어놓았다. 우르르 몰려나와 사진을 찍는 우리 가족의 수를 헤아려 봤는데, 너무 많아서 부러웠다는 게 그 고백의 요지였다. 술이 몇 순배나 돌아 제법 술기운이 오른 옆자리의 학생주임이 그 말을 듣고서는 이렇게 말했다.

"잘됐네, 그렇게 부러우면 김 선생이랑 박 선생이랑 결혼해라. 둘 다 결격사유 없지?"

다들 손뼉을 치더니 왁자지껄 맞선자리 같은 분위기가 만들어졌다. 덕분에 술자리가 파하고 아내를 택시로 바래다주게 되었다.

결혼은 얼떨결에 진행되었다. 주변의 기대를 저버릴 수 없었다고 할까. 그것은 미필적 고의 내지는 부당거래와 같은 것이었다. 한마디로 결혼은 미친 짓이었다. 아내와의 결혼, 아니 그 누구와도 그런 식의 결혼은 하는 게 아니었다. 적어도 나 같은 경우에는.

아내는 적어도 넷은 낳자고 했다. 결혼 전에는 그냥 단순히 대가족에 대한 동경이 있는 줄로만 알았다. 그런데 진짜 이유가 있었고, 그걸 결혼 후에 알게 되었다.

아내의 아버지는 서른일곱에 상처한 홀아비였다. 이른 결혼과 남아선호사상으로 1남 5녀나 되는 자식이 주렁주렁 있었고, 사별할 당시 막내아들이 겨우 두 살이었다고 한다. 그에 반해 초혼이었던 그녀의 어머니는 여섯 자식을 제 자식처럼 귀히 여겼지만, 남매를 낳자 전처의 여섯 자식들은 새어머니는 물론 남매 역시 철저히 냉대했다.

미운 오리 새끼 둘이 힘을 합쳐 보란 듯이 잘 지내보고 싶었지만 쉽지 않았다. 아내는 이복 언니들을 좋아했지만 매번 마음을 다쳐 상처가 많았다. 나머지 여섯이 똘똘 뭉쳐

한 덩어리처럼 잘 지내는 게 그렇게 부러웠다고 한다. 그리고 아내는 다짐했다. 자식을 많이 낳아서 남부럽지 않도록 재미나게 살 거라고. 그녀가 초등학교 입학 전에 공장 화재 사고로 아버지가 돌아가시자 육남매는 더욱 똘똘 뭉쳤고, 얼마 후 셋은 따로 독립했다. 직업 탄탄하겠다, 아름다운 외모에, 뭐 하나 꿀릴 것 없는 여자가 단지 대가족이 부러워 농담처럼 데이트를 시작하면서도 처음에는 그저 외롭게 자라서 그런가 보다 했다. 사연을 듣고 보니 그럴만 했다. 결혼 상대가 내가 아니었다면 얼마나 좋았을까.

착각은 따로 예기치 못한 큰 파장을 일으키기도 한다. 결혼하고 첫 달부터 배란일을 체크하는 아내가 피곤하게 느껴졌지만 표현하지 않았다. 그때 고백했어야 했다. 도대체 나는 무엇을 기대하고 입을 다문 것이었을까. 일 년쯤 지나자 배란일에 맞춰 달력에 표시된 빨간 하트에 숨이 턱턱 막힐 지경이었다.

나는 일부러 오지 전근을 희망했다. 가산점을 위한 선택이라고 했지만 아이에 대한 아내의 집착에서 좀 벗어나고 싶었다. 나는 그렇게 나의 비겁함을 아내의 책임으로 몰아가고 있었다.

아내가 상의도 없이 퇴직을 감행한 것도 오로지 임신을 위해서였다. 병원 검진 결과 다른 이상이 없으니, 스트레스가 원인이 될 수 있다는 소견에 마침 5학년 담임이었던 아내는 미련 없이 사표를 제출하고 와서 통보했다.

"요즘 애들은 사춘기가 일찍 오나 봐. 길들지 않은 들개 새끼들처럼 난폭하고 정신없어. 질색이야."

아내의 말에 뜨악했다. 천직이라던 교직조차 아이를 갖기 위해서 미련 없이 그만두는 결단력에 나 역시 단칼에 베어지는 느낌이었다. 반려견이라도 한 마리 키워보자고 넌지시 물어봤지만, 아내는 내 제안을 단칼에 거절했다.

"무슨 그런 소릴, 세상에 자식을 대신할 수 있는 것은 없어."

아내의 단호함은 콘크리트 벽처럼 견고했다. 그 안에 갇힌 아내는 벽이 부서지지 않는 한 절대 스스로 나오지 않을 것 같았다. 차츰 아이와 관련해서는 농담 한마디조차 질색하기 시작했다. 2년 동안 자연임신이 되지 않자 아내의 예민함이 극에 다다랐다. 초조하게 생각하지 말고 기다리자고 설득하던 장모님조차 불안한 내색이 역력했다. 장모님은 주변에 수소문해 산부인과 한 곳을 아내에게 알려주었다. 10년 동안 불임이던 부부도 거기선 단 한 번의 시술로 임신에 성공했다며 아내는 마치 자신도 바로 성공이라도 한 듯 기대했다. 아내가 그럴수록 나는 점점 아내에게서 되도록 멀리 달아나고 싶었다. 점점 멀어지다 먼지처럼 하찮게 의식조차 안 할 만큼, 존재감조차 없어져 버렸으면 좋겠다고 생각했다. 나는 아내를 여전히 사랑했지만 그럴수록 아내가 점점 버거워지기 시작했다.

도저히 더는 미룰 수 없다는 아내의 고집에 첫 인공수정 시술을 하기로 한 날이었다. 아내는 이날을 위해 생리 중임에도 불구하고 초음파 검사를 해서 난소의 상태를 확인하고 배란일까지 약도 처방받아 먹어왔다. 자신의 피하지방에 직접 주사를 놓는 일도 두려움 없이 했다. 아내의 뜻을 잘 알고 있었지만, 아무리 그래도 그런 집념과 용기를 내면서까지 임신을 원하는 아내를 감당할 수가 없었다.

　아내와 약속한 시간에 나는 접촉 사고를 처리하고 있었다. 계속해서 걸려 오는 전화도 받지 않았다. 가벼운 추돌사고였지만 나는 알리바이를 위해 일부러 보험 처리를 했다. 아내는 똑똑하고 눈치가 빠른 사람이다. 아내와 살면서 경계심을 풀어본 적이 없다. 그야말로 긴장의 연속이었다. 스스로 비겁한 새끼라는 말이 속에서 메아리치는 것처럼 온몸을 훑고 지나갔다. 앞 차의 운전자는 필요 이상 적극적으로 대처하는 나를 의심하는 눈치가 역력했다. 그의 눈에는 내가 보험사기꾼 정도로 비쳐졌겠지만, 더 정중하게 사과하는 것으로 그런 오해만큼은 모면하고 싶은 게 솔직한 심정이었다.

　"그럼 어떡해? 어떻게 하필 오늘 같은 날 그런 재수 없는 일이 생긴 거야."

　처음엔 아쉬워하던 아내가 통화가 길어지면서 끝내 울먹였다.

몇 달 후 두 번째 시술 날에는 지방 교육청으로 연수를 자청했다. 아내에겐 계획에 없던 급한 연수라고 둘러댔다. 그 뒤로도 몇 번 병원에 가는 날마다 피치 못할 일이 생겼다. 그 일들을 계획하느니 차라리 아내에게 고백할까도 생각했지만 도저히 입이 떨어지지 않았다. 아내는 크게 좌절했다. 그때마다 아내를 달래주느라 나 역시 진이 빠질 지경이었다. 아내가 점점 예민해져 가고 있다는 걸 느끼기는 했지만, 그때까지만 해도 견딜 수 있었다. 아이 없이도 얼마든지 행복하게 살 수 있다는 설득도 필요 없었다. 아내는 어떻게든 아이를 낳겠다는 의지를 꺾지 않았다.

그러다 아내의 모든 계획이 한꺼번에 무너지는 일이 일어났다.

제 날짜에 생리를 하지 않자 아내는 임신을 확신했다. 그에 맞춰 속이 메스껍다고 하더니 밥솥에서 나는 김에도 구역질을 하며 화장실로 달려갔다. 자꾸 졸음이 쏟아진다면서 초저녁부터 잠드는 일도 있었다. 아내 몸에서 일어나는 모든 현상이 실제로 임신초기 증세와 같았다. 나는 만에 하나 기적이 일어난 것인지 기대했다가 아내에게 다른 남자가 생긴 건 아닌지 의심할 지경이었다. 그때 아내는 결혼하고 처음으로 가장 행복한 여자처럼 한껏 들떠 있었다. 예정일이 지나고 임신테스트기의 한 줄을 비웃으며 병원에 갔던 아내는 잔뜩 실망해서 돌아왔다. 상상임신이었다. 얼마나 갈망했으면 내분비계가 변화를 일으켜 그런 공작을 일으켰을까. 내가 봤을 때 그건 공작이 분명했다. 그런 면에서 아내를 속이는 공작을 하는 나나 자신을 속이는 아내나 누구랄 것 없이 가해자이면서 동시에 피해자였다. 몇 달에 걸쳐 생리가 불규칙해지고 양이 줄어든다고 걱정했다. 다시 병원에 다녀온 아내는 결코 인정하고 싶지 않은 결과에 미친 듯 울었다. 원인불명의 폐경이었다. 오로지 아이 하나에 목숨이라도 내놓을 것 같았던, 임신이 지상 최대의 목표였던 여자가 받아들이기에는 힘겨운 결과였다. 그런 아내와 달리 나는 비로소 해방감을 느꼈다. 그런 기분을 아내에게 들키지 않으려고 가면을 쓴 것처럼 표정 관리를 해야 했다. 아내는 집안에 틀어박혀 세상과 단절된 생활을 하기 시작했다.

그런 아내를 집 밖으로 다시 나오게 한 건 유리였다. 그런 면에서 유리에게 참 고마운 점도 있다. 외국계 회사에 근무하던 처남의 해외 체류가 길어지자, 장모가 방문을 목적으로 가면서 유리를 아내에게 떠맡겼다. 장모의 생각은 집안에만 틀어박혀 있는 딸이 강아지를 계기로 외로움이라도 달랬으면 하는 마음이었을 거다.

길들지 않는 것은 질색이라고 늘 말해왔던 아내는 유리를 거들떠보지도 않았다. 돌봐주기는커녕 우리에게 유리를 맡긴 장모를 원망했다. 다른 사람에게 입양을 보내든지 동물보호 협회에 보내버리라는 말로 장모를 노엽게 했다.

"유리가 뭐야 유리가? 강아지라면 해피나, 쫑, 뭐 그런 이름이어야지 유리라니. 그것도 내 이름과 돌림자를 써서 유리란다. 기가 막혀서 정말."

아내의 이름은 유희다. 딸이 결혼하고 쓸쓸한 빈자리를 대신해 키우기 시작했으니 유리의 나이가 벌써 네 살이다. 그렇게 유리를 우습고 하찮게 보던 아내였다. 장모가 '유리야, 유리야.' 할 때도 아내는 '야, 쫑!' 그렇게 불러서 장모를 자극하고는 했었다. 단 한 달, 돌봐줄 사람이 없는 걸 알기에 결국 데려올 수밖에 없는 상황이었다. 암컷 강아지 유리는 때맞춰 밥 주고 간식 주는 아내를 잘 따랐다.

"유리가 나를 잘 따라 하는 것 같아."

유리는 아내가 하는 짓을 그대로 따라 했다. 아내가 커피를 마시면 저도 제 자동 급수기에 가서 물을 마시고, 아내가 소파에 누우면 가만히 곁에 눕고, 한숨 자고 일어나 화장실에 가면 저도 따라가 화장실 앞에 놓인 패드에 오줌을 쌌다. 마치 어린아이처럼 하루 종일 아내한테 기대고 따라다니며 애교를 부렸다. 무심결에 아내가 유리 머리를 한 번 쓰다듬었다. 그러고 나서 아내가 손! 했더니 아내의 손에 제 앞발을 올렸다. 그때부터 아내는 유리에게 관심을 가지기 시작했다. 나는 안도했다. 이제야 아내가 사람 꼴이 되어가겠구나, 기대했다. 그 일이 이렇게 큰 파장을 일으킬 거라고는 미처 생각하지 못했다.

한 달 뒤 장모가 돌아오고부터 아내의 외출이 잦아졌다. 예전에는 장모가 농담처럼 유리를 향해 '언니 보고 놀아달라고 해.'하면 아내는 질색을 했었다. '언니는 무슨. 내가 왜 개새끼 언니야. 소름 끼쳐.' 그러던 아내가 아무렇지 않게 '유리야 언니랑 산책 가자.' 하고 말할 때마다 나는 너무 놀라면서도 안도의 한숨을 내쉬었다. 오랫동안 집안에서만 갇힌 듯 있다가 밖에 나다니게 됐으니 그저 다행이라 생각했다. 그래봐야 목적지는 늘 친정이었지만 유리를 보면서 점점 활기를 찾아가는 것 같아 안심되었다. 이대로 완벽하게 살 수도 있겠다는 생각이 들었다.

얼마 후부터 아내의 행동반경이 넓어지기 시작했다. 장모와 함께 산책은 기본이고 미용실로, 애견 숍으로, 애견 카페로 돌아다녔다. 그러다 유리를 동반한 모녀 여행에서 그놈의 찰스를 만났다.

양평의 한 펜션에서 찰스 가족을 만난 아내는 단번에 그놈에게 꽂혀버렸다. 숏 다리 웰시코기. 찰스는 비슷하게 생긴 다섯 마리 중 가장 작고 비리비리한 무녀리였다. 활발하게 뛰어노는 다섯 마리 가운데 어쩐지 치이는 것 같은 그놈을 데려와 유리와 같이 놀게 했던 모양이다. 그쪽 견주가 먼저 분양을 제안했다고 했다.

"이 아이 아시죠? 영국 왕실에서 키우는 왕실견 웰시코

기. 혈통서도 확실하고, 부견은 물론 대대로 챔피언 출신이
거든요. 혹시 분양받으실 생각 있으세요? 강아지를 무척 사
랑하시는 것 같은데."

아내에게 그 말을 들었을 때 나는 속으로 콧방귀를 뀌었
다. '그래봐야 개새끼인데 혈통서라니. 그렇게 차별 대우해서
몸값이나 올리려는 수작이겠지.' 내 반응에 비해 아내의 믿
음은 견고한 장벽이었다. 혈통 관리가 철저하게 관리되는 견
종은 친자확인, 유전자 검사를 거쳐 혈통서를 발급하고 5대
까지 관리한다더니 며칠 후 정말로 그에 준하는 혈통서를
보내왔다. 그렇게 얼떨결에 찰스가 우리에게 왔다. 찰스라는
이름은 아내가 몇 날 며칠 고민해 지은 이름이다. 태생답게
가장 영국다운 이름을 고민하던 아내는 어느 날 영국 왕세
자 이름인 찰스로 낙점했다. 그때까지만 해도 나는 진심으로
찰스와 함께 잘해보고 싶었다. 찰스에게 아내의 사랑을 뺏겨
도 좀 나눠 갖는 것이라 생각하면 아무렇지 않았다.

찰스를 향한 아내의 집착이 도를 넘어 두려워지기 시작
한 건 막냇동생의 아이 돌잔치에 다녀오면서부터다. 선약이
있었던 나는 시간 맞춰 아내와 돌잔치 장소에서 만나기로
했었다. 지하 주차장에 차를 세우고 연회장으로 올라갔다.
그날따라 돌잔치 행사가 다섯 팀이나 있어 로비는 부산했
다. 엘리베이터 안의 안내판에서 동생의 이름을 확인한 나

는 5층에 내렸다. 복도 끝 크리스탈룸 앞에 사람들이 웅성거리는 것이 보였다. 왠지 모르게 본능적으로 가슴이 뛰기 시작했다. 거기서는 지금까지 한 번도 상상 못 한 광경이 연출되고 있었다.

"이 아이는 그냥 강아지가 아니고 내 아이라고요."

"아, 그건 사모님 사정이시고요. 여긴 음식점이라서 반려견 출입이 안 됩니다."

연회장 입구에서 스티커를 나눠주던 직원과 실랑이를 벌이던 사람은 아내였다. 들어가겠다는 아내와 가로막는 직원의 실랑이는 꽤 오래 이어진 듯 직원들 여럿이 아내를 에워싸고 있었다. 아내가 그토록 흥분한 모습을 보이는 건 폐경이라는 소식을 전해 들은 날 이후로 처음이었다. 그 소란 속에서 난처함에 어쩔 줄 몰라 하던 동생 부부가 나를 보고 달려왔다.

"오빠, 오빠가 언니 좀 어떻게 해봐요. 언니 이상해. 여기 개를 데리고 들어오면 안 되는 거잖아. 근데 저렇게 고집을 부리니 어떡해요."

아내와 눈이 마주쳤다. 아내의 눈 주변 화장이 볼썽사납게 번져있었다. 아내의 그런 모습을 오래전에 보았다. 폐경이라는 진단에 서럽게 울던 아내, 아내의 눈물은 마치 아이 문제에만 반응하도록 프로그램된 것 같았다.

"여보, 이 사람들이 우리 찰스를 못 들어가게 해. 당신이 어떻게 좀 해봐."

나는 아내에게서 찰스를 빼앗았다. 그리곤 뒤도 돌아보지 않고 비상구를 향해 달렸다. 당황한 아내가 내 뒤를 쫓아왔다. 비상계단으로 지하 2층까지 자그마치 7층을 단숨에 달려 내려왔다. 다리가 후들거렸지만 그보다 가슴이 걷잡을 수 없이 뛰었다. 숨이 가빠서가 아니라 그때 나는 처음으로 내 속에 살기라는 것이 있음을 알았다. 난 그 개새끼를 집어던지고 싶었다. 개새끼와 함께 아내까지도 죽여 버리고 싶어졌다. 찰스를 집어던지려고 머리 위로 쳐든 순간 아내가 내 팔을 잡았다. 그때 아내의 눈을 보지 말았어야 했다. 애절함과 간절함의 애타는 눈빛, 이글거리는 분노의 눈빛, 그리고 감히 너 따위가? 라고 말하는 것 같은 눈빛. 나는 아내의 가슴팍에 찰스를 던지듯 건네주고 혼자서 그곳을 빠져나왔다.

그 뒤로 아내는 내 집과의 인연을 아예 끊어버렸다. 부모님과도 잘 지냈고 내 형제들에게도 제법 싹싹하고 사이도 좋았던 아내였다.

"내가 애를 못 낳았다고 나를 무시한 처사야. 우리 찰스를 가족으로 생각한다면 그따위 장소를 예약하지 말았어야지."

설마, 홧김에 하는 소리인 줄 알았는데 아내는 나에게 동의를 구하고 있었다.

"당신 어머니도 그래. 젊은 사람이 뭘 모르면 어른이 돼서 미리 언질을 줬어야지. 날도 좋은데 야외에서 하면 좀 좋아?"

어머니에게 그런 행동을 기대한 아내의 주장보다 나를 더 어리둥절하게 만든 것은 '어머니'라는 단어 앞에 '당신'이 추가되었다는 것이었다. 아내는 지금까지 단 한 번도 내 어머니에게 '당신 어머니'라고 한 적이 없었다. 오히려 데면데면하고 귀찮아하는 나를 달래서 우리 집에 다니고, 내 식구들을 살뜰하게 챙겼었다.

내 집과의 관계뿐만이 아니었다. 아내의 인간관계는 갈수록 찰스를 매개로 맺어졌다 끊어지기를 반복했다. 친구들과 멀어졌고, 애견 카페에서 만난 사람들과는 두터워졌다. 그들과 반려견에 대한 모든 정보를 공유했다. 애견미용실부터 호텔, 펜션까지 아내는 찰스가 출입할 수 없는 곳은 어디도 상대하지 않기로 작정한 사람 같았다.

그러던 아내는 어느 날부터 인터넷에서 영국 왕실을 검색하기 시작했다. 엘리자베스 여왕과 반려견 웰시코기를 다룬 기사는 무수히 많았다. 아내는 왕궁에 설치된 강아지 전용 공간들을 보며 환호했고, 같은 종의 반려견을 키운다는 것에 대한 감동과 자부심을 느끼고는 했다. 아내의 그런 반응이 어딘가 어긋난 상태라는 걸 감지한 그 순간 바로잡았어야 했다. 자신이 마치 엘리자베스 여왕인 양 착각하고 찰스가 정말 찰스 왕세자인 것처럼 떠받들 때, 그때 말이다. 자녀를 향한 채워지지 않은 욕망이 어느새 찰스에게 투영되다 못해 완전하게 동일시되었다.

아내는 나에게서 점점 멀어져 갔다. 나는 소용이 다한 물건처럼 소외당하고 있었다. 아내는 더 이상 내 음식에 성의를 보이지 않았고 잠자리도 원하지 않았다. 안방에서 나와 함께 쓰던 침대에서 찰스와 함께 뒹굴고 잠을 잤다. 그 대신 내 몫으로 서재 방에 싱글침대를 들여 주었다.

놀라움은 날을 거듭할수록 증폭되었다. 어느 날 찰스를 위해 특별히 주문한 집이 배달된 것이다. 일반적인 강아지 집이 아니었다. 두 사람의 배달 사원이 몇 시간에 걸쳐 그것을 조립하는 동안 나는 커피를 두 번이나 내려 마시고 담배 세 개비를 피웠다. 사람이 들어가도 될 만큼 넉넉한 공간에 네 기둥은 천연 식물성 성분으로 도장 처리된 편백나무였다. 그것도 모자라 기둥과 침대 프레임은 최고급 스웨이드 원단으로 감쌌다. 집이 완성되자 찰스는 인조 밍크 매트리스 위에서 쿨 메모리폼 베개를 베고 잠을 잤다. 뻔뻔한 새끼라고 속으로 욕했다. 아내는 내 싱글침대를 당근에서 샀다는 사실도 숨기려 하지 않던 사람이었다. 심지어 프레임에는 중고임을 어필하듯 망할 놈에 도라에몽 스티커가 붙어 있었지만 제거할 성의조차 보이지 않았었다. 완성된 개집에 매우 흡족한 아내는 여러 장의 사진을 찍어 자신이 가입한 반려동물 맘카페에 올렸고, 부러움과 환호에 일약 스타라도 된 듯 우쭐해했다.

찰스가 입는 고급 의류와 용품들은 주로 영국에서 직구로 구입한 물건이었다. 패션에 문외한이었던 나는 그때 처음으로 버버리 원단이 어떤 것인지 알았다. 그 원단으로 버버리 모양의 외출복과 모자까지 만들어 갖춰 입혔다. 내 눈에는 여전히 평범한 숏 다리 개새끼에 불과했지만, 아내는 찰스가 당장 반려견 계의 아이돌 스타라도 된 듯 호들갑스러운 반응을 보였다.

그날 이후 아내는 찰스가 아무 개들과 놀게 허락하지 않았다. 혈통이 검증된 개들이랑만 이웃해 더 좋은 친구를 사귀게 했다. 먹는 것도 마찬가지였다. A급 소고기 중에서도 투 플러스 이상의 한우로 만든 음식을 먹였고, 물 하나까지 깐깐하게 따졌다. 과거 영국 왕실에서 마셨다는 하시아의 물을 독일에서 직구해 마시게 하는 건 예삿일이었다. 간식의 경우 처음에는 유기농 식재료로 만든 수제 간식을 주문해서 먹였는데, 언젠가부터는 그것도 미덥지 못하다며 직접 쿠킹 클래스에 등록해 다녔다. 아내가 그곳에 있는 동안 찰스는 온천 스파를 즐겼다. 아내는 쿠킹 클래스에서 배운 대로 찰스가 먹을 음식과 간식을 만들었다. 나를 위한, 사람이 먹을 음식을 만드는 아내를 마지막으로 본 게 언제였는지 기억조차 나지 않았다. 냉장고에는 인간을 위한 식재료

대신 개를 위한 식재료들이 들어차 있었다. 그것도 전부 최상등급의 신선한 유기농 재료만으로. 나는 더 이상 아내가 아이에게 집착하지 않는다는 사실에 만족하며, 그 행동들이 얼마나 이상하든 관여하지 않았다. 도둑이 제 발 저린 것처럼 행여라도 눈곱만큼의 여지도 들키고 싶지 않아 그저 조심하고 또 조심했다.

어느 주말 아침, 이른 시간부터 아내가 주방에서 분주히 움직이는 소리에 눈을 떴다. 고소한 냄새가 났다. 아내의 음식을 구경 못한 지 한참이었던 터라 자존심이고 뭐고 생각할 겨를도 없이 벌떡 일어나 부엌으로 갔다. 오븐에서는 쿠키가 고소한 냄새를 풍기며 구워지는 중이었다. 아내는 오븐의 종료 벨이 울릴 때까지 찰스의 털을 고르느라 나에게는 눈길조차 주지 않았다.

종료 벨 소리에 아내가 오븐 문을 열자 그 안에는 뼈다귀, 하트, 별 모양의 쿠키들이 먹음직스럽게 구워져 있었다. 잠시 뒤 아내는 그것을 하나씩 꺼내 대나무로 만든 바구니에 정성껏 담았다. 나도 하트 모양의 쿠키 하나를 집었다. 찰싹, 아내가 내 손등을 소리가 나도록 세게 내리쳤다.

"찰스 거야. 아빠가 돼서 아이 간식이나 탐내고, 그러고도 아빠 맞아?"

아빠? 아빠라고? 내 성을 이어받은 사내아이의 아빠가 아니라 기껏 수컷 웰시코기 개새끼의 아빠라고? 나도 그럼 개새끼라고? 할 말을 잃은 내가 뜨악하게 쳐다보는데도 아내는 한 치의 망설임도 없이 나를 노려보며 말했다.

"철 좀 들어라. 언제 사람 될래? 우리 찰스 보기 부끄럽지도 않니?"

아내가 그럴 때마다 나는 정말로 내가 찰스라는 개새끼의 아빠인가, 하는 생각마저 들었다. 아무리 사랑하는 반려견이라지만 어떻게 이렇게까지 인간과 동일시하는 건지 납득이 가지 않았다. 그뿐 아니라 아내는 나를 냉혈한 대하듯 했다. 그럴 때마다 내가 정말로 애정결핍이 있는지 의심했다가 부정하고를 반복했다. 고작 강아지 새끼 한 마리에 내 인격이 통째로 부정당하고 있었다. 그러나 한편으로는 아내가 나에게 독하게 할 때마다 내 죄가 씻기는 것 같아 오히려 후련하기도 했다. 아내의 언행에서 거짓은 강아지 털 한 올만큼도 없어보였다. 찰스는 반려견이 아니라 아내가 원하던 완전한 생명체가 틀림없었다.

"마미가 우리 찰스 선생님을 모셔왔지요."

낯선 남자의 방문에 어리둥절해진 날더러 들으라고 하는 말인지, 정말로 찰스와 대화를 하는 건지 헷갈렸다. 확실한 건 아내의 음성이 평소보다 훨씬 경쾌했다는 거다.

반려견 행동 전문가. 그러고 보니 그 남자는 아내가 매주 챙겨보는 반려견 관련 프로에 출연하는 꽤 유명한 전문가였다. 최우수 핸들러 수상 경력만으로도 놀라웠지만, 텔레비전으로만 봐온 그가 우리 집까지 방문했다는 사실은 도대체 믿을 수가 없었다. 나는 그야말로 넋이 나갔다. 그의 방문은 말하자면 과외의 일종이었는데, 훈련비용으로 그가 얼마를 받는지 나는 끝내 알 수가 없었다.

찰스 때문에 일어난 변화 가운데 가장 놀라웠던 건 이사를 했다는 거다. 나와 상의도 없이, 내 출퇴근 거리와도 상관없이 오로지 찰스를 위해 마당 있는 집으로 이사를 했다. 마당에 잔디가 깔린 집에서 아이를 키우는 건 아내의 꿈이었다.

도저히 참을 수 없는 지경에 다다랐을 때 내 몸에도 이상이 생기기 시작했다. 그리고 아내와 장모 사이에도 회복할 수 없는 일이 일어났다. 모든 일이 그렇게 한꺼번에 태풍처럼 휘몰아쳤다.

나는 어느 날부터 소화 불량에 시달렸지만 으레 직장인의 숙명이라 생각하며 크게 신경 쓰지 않았다. 피로가 쌓이는 것 역시 과로 탓이라 여겼는데, 몸에 부종이 생기기 시작하면서 마지못해 병원을 찾았다. 이미 신장의 많은 부분이 기능을 잃었다고 했다. 소식을 전해 들은 장모가 며칠 뒤 신장에 좋다는 약을 구해놨다고 연락해 왔다. 아내는 약을 가지러 찰스를 데리고 친정으로 향했다. 그리고 빈손으로 돌아왔다. 그곳에서 무슨 일이 있었는지, 그날부터 분주해지기 시작하더니 며칠 뒤 폭탄선언을 했다. 찰스를 데리고 영국으로 유학을 떠나겠다고.

"아무리 나도 개를 키운다지만, 애가 이상해진 거야."

자초지종을 묻는 내게 장모는 어쩔 줄 몰라 했다. 장모의 말에 따르면 모녀는 찰스와 유리를 집 앞 공원에서 산책시키고 있었다고 했다. 마침 일요일이었고 매주 한 차례씩 처남에게 안부 전화가 오는 날이었다. 벤치에 앉아 햇볕쪼이기를 하는데 처남에게 영상통화가 걸려 왔다. 처남의 다섯 식구가 차례차례 장모에게 얼굴을 보여주며 인사를 하는 통에 장모는 유리의 줄을 아내에게 맡긴 채 손주들에게 손을 흔들어 주었다. 태어난 지 육 개월 된 처남의 늦둥이가 휴대폰 화면에 비치자, 장모는 보고 싶은 마음에 눈물까지 글썽였다. 아내의 안색이 점점 어두워졌다. 잠시 뒤 통화가 끝나고서 아내가 물었다.

"엄마, 우리 찰스가 예뻐? 승윤이가 예뻐?"

장모는 아내의 질문에 선뜻 대답할 수 없었다. 아내의 변화에 가장 민감한 장모였다. 그렇지만 장모는 차마 찰스라고 대답할 수 없었다.

"찰스도 예쁘지. 근데 아무리 그래도 나는 우리 승윤이가 더 예쁘다."

"엄마, 어떻게 3년이나 본 우리 찰스보다 겨우 6개월, 그것도 영상으로만 본 승윤이가 더 예쁘다고 할 수 있어? 그게 할 소리야?"

아내는 이성을 잃을 지경이 되었다.

"야, 엄마니까 그나마 이런 말도 해 주는 거야. 넌 너무 심해."

아내는 장모를 노려보며 울부짖었다. 당황한 장모가 그때 절대 하지 말아야 할 말을 내뱉고 말았다.

"저것이 애를 안 낳아봐서. 쯧쯧."

얼떨결에 본인이 뱉어 놓고 화들짝 놀랐지만 이미 엎질러진 물이었다. 아내는 찰스를 데리고 돌아와 버렸다.

아내는 그날 이후 친정에도 발길을 끊어버렸다. 대신 그동안 꿈꾸어 오던 일을 실행하고자 결심했다. 아내가 결심한 이상 누구도 그걸 막을 수 없었다. 아내는 장모에게 분노하고 있었다.

"난 이제 누구도 믿을 수 없어."

아내가 힘주어 말한 그 '누구'에 내가 포함된다는 것은 놀랍지도 않았다. 난 이미 찰스의 털끝만큼도 중요하지 않은 인간이었다.

아내는 정말로 찰스를 데리고 떠났다. 아내가 점점 미쳐간다고 생각했다. 나는 찰스가 목숨만큼 중요한 존재라고 해도, 굳이 함께 유학까지 간다는 게 말이 되냐고 소리쳤다. 그러자 아내는 팸플릿 하나를 내 눈앞에 들이밀었다. '영국 귀족 반려견 학교' 영국 귀족에 방점을 찍어야 할지 귀족 반려견에 방점을 찍어야 할지 몰라 잠간 망설였다.

"미친 거 아니야? 요즘은 반려견도 귀족이 있고 평민이 있나?"

"당연하지. 우리 찰스는 족보가 있다고. 귀족이란 말씀이지. 거기에 맞는 교육을 시키겠다는 얘기고. 내 얘기가."

"진심으로 하는 얘기야? 어디서 이런 말도 안 되는 걸 주워 와서 나보고 지금 그걸 믿으라고? 떠나고 싶으면 당신이나 며칠 다녀와. 영영 떠나고 싶으면 이혼 도장 찍든지."

그날 아내는 더 이상 대꾸하지 않았다. 아내의 그런 반응과 침묵에는 너 따위가 뭘 알겠니 라는 무언의 질책과 무시가 담겨있는 것을 알았다. 아내는 점점 미쳐가고 있는 게 틀림없어 보였다. 아내는 정말 영국에만 다녀오면 찰스가 멍멍 짖지 않고 Woof Woof 하고 짖을 거라 확신했다. 그런 생각들이 언뜻언뜻 스칠 때마다 나도 아내처럼 미쳐가는 게 아닐까 의구심이 들기 시작했다. 그렇게 떠난 게 벌써 육 개월 전 일이다.

아내가 떠난 날 저녁, 나는 명석과 만났다. 명석에게만큼은 아내의 부재에 대해 사실대로 말해야 할 것 같아서였다.

지금까지 명석은 물론이고 가족들이나 지인들이 한 번씩 묻고는 했다.

"별문제 없나?"

그때마다 나는 '노 프라블럼'이라고 말했다.

그들이 말하는 문제에는 여러 가지 의미가 내포돼 있다는 것을 잘 알고 있었다. 아이 문제, 부부 문제, 아내와 찰스의 문제까지. 그들의 궁금증은 당사자인 내가 의식하는 것보다 관심의 폭이 깊고 넓었다. 그럼에도 대수롭지 않게 반응하자 질문은 점차 줄어들었다. 단지 직접적인 표현이 그랬다는 것이다. 그들은 점점 말 대신 눈짓으로 혹은 한숨으로 내 처지를 동정하기 시작했다. 하지만 우리는 별문제 없이 살았다. 아내가 떠나기 전까지는.

더 늦기 전에 입양이라도 해보라고 처음 권유한 것도 명석이었다. 그는 아직 포기하지 않은 듯 다시 입양 이야기를 꺼냈지만 눈 한번 흘겨주는 것으로 대답을 대신했다. 더 이상 할 말이 없어진 그가 담뱃갑을 들고 밖으로 나갔다. 아이 셋을 아내와 함께 캐나다로 유학 보내고 기러기로 8년째 살고 있는 그는 종종 새끼가 웬수다, 무자식이 상팔자다, 네가 부럽다, 하며 입버릇처럼 말했다. 그의 말이 진심이 아니라는 것 정도는 알았지만, 그나 나나 아이 문제로 해답 없는 대화를 나누는 일에 점점 권태로워지고 있었다. 그런데도 오늘따라 명석은 어쩐지 더 집요하게 나의 의지를 확인하고 싶어 했다.

"다시 생각해 봐야 하는 거 아닌가 싶다. 네 와이프가 찰스한테 빠져 있는 것도 따지고 보면 애 때문 아니냐고. 아이가 없으니까 그 대안으로 찰스에게."

"됐어. 이 자식아. 난 이대로도 좋아."

나는 그쯤에서 한 번 쐐기를 박으려면 아내가 찰스와 함께 영국으로 떠났다는 것을 고백해야겠다고 생각했다. 필요 이상으로 심각해진 분위기를 바꿔보고 싶어 농담처럼 먼저 기러기 아빠가 됐다고 말했다.

"애가 있어야 나처럼 기러기가 되는 거지. 넌 여태 기러기가 뭔지 뜻도 모르냐?"

어리둥절한 명석에게 아내가 찰스를 데리고 영국으로 유학을 떠났다고 말했다. 명석은 여전히 감이 잡히지 않는 것인지 어이가 없는 것인지 웃지도 않았고 잔뜩 화난 표정을 숨기지 않았다.

그간의 일들을 고백하자고 결심하자 의외로 담담해졌다.

"찰스가 자기 자식이라고 믿는 사람 아니냐."

"넌 자식아 이 상황에 지금 네 마누라 역성드는 거냐? 네 마누라는 남편이 투석받는 중증 환자라는 걸 알면서도 기어이 개새끼를 데리고 장기 여행을 갔다고?"

"여행이 아니고 유학이라니까."

"미친놈, 너는 그 염병할 개새끼 유학을 믿냐? 출입국 확인은 해보기나 했어? 내가 다시 확인시켜 줘? 너는 찰스 그 개새끼랑 네 마누라한테 팽 당한 거라고. 그때 우울증 걸리든 말든, 네 장모 개를 맡아주는 게 아니었어. 맨날 노 프라

블럼 어쩌고 하더니 지금 꼴이 이게 다 뭐냐? 차라리 이제라도 털어놔 이 자식아."

명석은 내가 그랬던 것처럼 체념한 듯했다. 술잔이 늘어날수록 명석의 분노도 점차 사위어 드는지 말없이 술잔만 비워갔다. 구겨져 던져버린 담뱃갑처럼 나도 함부로 내던져진 것 같다는 생각을 떨칠 수가 없다. 집요하게 드는 그 생각, 마치 그날 같았다.

명석의 제안을 받고 그의 삼촌이 운영하는 산부인과에 가던 날은 제대를 앞둔 마지막 휴가 첫날이었다.

"간단해. 넌 한방에 남은 2년 치 등록금을 벌 수 있는 거라고."

명석의 삼촌은 지방에서 꽤 유명한 불임 전문 병원을 운영하고 있었다. 처음 정자은행이 생겼을 때는 의대생 위주의 공여자가 적지 않았다. 하지만 삼촌이 병원과 함께 정자은행을 시작하는 시점부터 점점 기증을 꺼리는 사회 분위기로 경영의 어려움을 겪게 되었다. 불임 부부들은 늘어났고 삼촌은 비밀리에 명석의 친구들 정자를 돈으로 매수하게 되었다. 일류대의 공학도는 매수자들에게도 매력적인 조건이었다. 암실에서 그들이 제공한 용기에 정액을 받는 것으로 남은 등록금의 고통에서 해방될 수 있다는 것은 가난한 고학생에겐 앞뒤 재 볼 필요도 없는 일이었다. 검사 후

일주일 뒤 내가 받아 든 것은 2년 치 등록금이 아닌 〈비폐쇄성 무정자증〉이라는 결과였다. 나는 누군가에게 정자를 기증하는 공여자가 아닌 누군가의 정자를 공여 받아야만 그나마 반쪽짜리 아비 행세라도 할 수 있는 자였다.

아내는 이제 내가 감당하기 너무도 벅찬 대상이 되었다. 명석의 말처럼 나는 아내가 그토록 사랑하는 찰스의 털끝만도 못한 데다 소용이 다한 물건처럼 버려지고 말 것이다.

* * *

"그년 들어오기만 해 봐라. 그놈의 개새끼 잡아서 보신탕 만들어 너한테 먹일라니까."

아내가 영국으로 떠나고 동생의 신장을 이식 받게 되면서 그제야 아내의 부재를 알게 된 어머니는 기가 막혀 말을 잇지 못했다. 아내에게 어찌나 분노했는지, 말속에는 시퍼런 칼 한 자루가 허공을 휙휙 가르는 듯했다. 어머니는 그동안 내가 혈액투석을 받고 있었다는 사실 역시 몰랐다. 더구나 찰스를 들이고 나서 그동안 우리 부부가 정상적으로 살지 못했다는 것도 모두 들통나고 말았다. 어머니로선 개새끼에 미쳐 병자 아들 두고 떠난 며느리를 도저히 용서할 수 없는 일이었다. 그것도 개새끼 유학이라니 기가 막힐 노릇이었다. 어머니는 그런 아내와 지금까지 살면서 아무 일 없는 척했던 당신 아들에게 더 배신감을 느끼고 있었다.

수술을 앞두고 아내에게 알려야 할지 고민했다. 아내와는 주로 카톡으로 대화했고 6개월 동안 어쩌다 한 번 영상통화로 안부를 전해 왔다. 휴대폰 액정의 아내는 나와의 통화 중에도 여전히 찰스와 함께였다.

"저기 말이야. 막내가 신장을 이식해 주기로 했어."

"그래? 잘됐네."

'잘됐네? 그래, 분명 잘된 일인데 네 표정은 안도하는 게 아니라 뭐가 그렇게 못마땅해 그렇게 부어 터져 보이냐?' 나는 아마도 그렇게 생각하고 있었던 것 같다.

그때 액정 밖으로 찰스가 사라지고 사라진 방향으로 아내의 고개가 돌아갔다.

"잠깐만, 우리 찰스 똥 싸고 있어. 아니 끊어, 끊어. 다음에 통화해."

수술 일정을 얘기하려던 순간 통화는 종료되고 말았다. 뭐 이런 개똥 같은 경우가 다 있냐고 화내고 싶었지만 그 화를 받아줄 사람이 없었다.

잠에서 깼다. 언제 잠들었는지도 모르게 잠들었었는데 어느새 어두워지고 있었다. 인정하고 싶지 않지만 우습게도 오랜만의 꿀잠이었다. 찰스의 집에서 나왔다. 부엌으로 갔다. 어머니가 만들어 놓은 흰죽은 차갑게 식어있었다. 가스 불을 컸다. 타닥거리는 소리와 함께 잠시 뒤 푸른 불꽃이 가시면 류관처럼 피어올랐다. 그 순간 불꽃처럼 지난 일들이 떠올랐다. 어쩌면 아내는 이미 알고 있었던 것이 아니었을까.

지난여름, 아내는 아파트 앞 슈퍼에서 수박 한 통을 사 왔다. 몇 시간 후 냉장고에서 시원해진 수박을 반으로 갈랐을 때 아내는 불같이 화냈다.

"씨 없는 수박이잖아. 뭐 이런 것까지 날 우습게 봐. 씨 없는 수박이었으면 그렇다고 얘길 했어야지. 재수 없게."

아내는 그 수박을 한 쪽도 먹지 않았다. 씨를 발라낼 필요도 없고 맛에도 차이가 없으니 잘된 거 아닌가 생각하던 나와 달랐다. 아내가 필요 이상 화를 내고 오버한다고 생각했다. 찰스가 짖을 때마다 이웃에 미안한 마음이 들어 중성화 수술을 시켜야 하지 않겠냐는 말에도 아내는 버럭 화를 냈다. 영국 귀족 반려견 학교에서 그런 일은 있을 수 없다고 했다. 중성화해 생식기능이 없는 수컷은 아예 자격 미달이라고 힘주어 말했다. 그때 나를 보는 아내의 표정은 징그러운 벌레를 보는 것처럼 많이 일그러져 있었다. 너 따위가 감히 중성화를 들먹일 자격이 있냐는 투로 들렸다.

"씨 없는 것들, 씨 없는 것들, 씨 없는 것들."

아내가 찰스와 얘기하고 찰스의 마음을 읽듯이 나도 어느새 아내의 속마음을 읽고 있는 게 아닐까? 아내의 질책하는 목소리가 귓가에 퍼지는 것만 같았다. 아내는 알면서 왜 끝내 말하지 않았을까. 아내는 자존심이 강한 사람이었다. 자신의 실수를 용납하지 못하는 사람이어서 자신이 선택한 내가 가짜라는 것을 알고 미쳐갔던 걸까.

출입국 기록 조회는 할 필요가 없었다. 마지막 영상통화의 배경은 언젠가 함께 여행을 갔었던 제주도 해안가의 절벽 앞이었다. 아내는 내가 그곳을 알아볼 거라는 걸 알면서도 그대로 감추거나 숨기지 않았다. 자신을 속인 나에게 복수를 시작한 걸까?

도무지 입맛이 돌지 않았다. 약봉지 하나를 뜯어 빈속에 털어 넣었다. 금방 속이 쓰려왔다. 어머니가 끓여놓은 죽을 먹으려고 한 순갈 떠 넣었다가 뱉어버렸다. 도무지 맛이 없고 역겹기까지 했다. 나도 모르게 찰스의 간식 바구니에 손이 갔다. 다행히 아내가 남기고 간 쿠키 몇 개가 손에 잡혔다. 쿠키 하나를 베어 물었다. 먹을 만했다. 아니, 아주 내 입에 딱이었다. 찰스의 쿠키 한 주먹을 들고 방문 손잡이를 잡았다가 다시 놓았다. 돌아서 찰스의 집으로 기어들어갔다. 내 몸에 아주 꼭 맞는 집이다.

이제야 뭔가 아귀가 맞아가는 거 같다. 이 커다란 개집은 사실 찰스가 아닌 나를 위한 집이었다. 아내는 시나브로 나를 개새끼로 길들이고 있었던 거다. 그렇다면 아내는 아주 완벽하게 나를 길들인 셈이었다. 아내는 역시 똑똑하고 완벽한 조련사였다.

그날 밤 아내는 서귀포의 K호텔 야외 정원에서 파티를 열었다. 어느 때보다 화려하고 아름답게 꾸민 그녀는 누가 봐도 주인공이었다. 아내는 그렇게 자신의 SNS 게시물을 계속 업로드 하고 있었다. 갑자기 아내가 그립다. 나는 어느새 아내가 돌아와 나를 조련해주길 기다리고 있는지도 모르겠다.

작가의 말

　작가의 말을 쓰는 게 이렇게 힘든 일이었구나. 이런 순간을 오래 기다렸기에, 기회가 찾아온다면 누구보다 감동적이고 수려하게 해낼 줄 알았다. 소설을 쓰는 것보다 더 힘들게 썼다 지우기를 반복한다. 이건 예상하지 못한 일이었다.

　돌이켜 보면 소설에 대해 너무 몰랐으면서 소설을 쓰는 게 꿈이었다. 그런 내가 믿을 건 오직 성실하게 쓰는 것뿐이었다. 그러므로 이 책이 내 성실의 증명이 되기를 바란다.

　거짓말처럼 소설가가 되었고, 작품이 쌓여가는 데도 책을 내는 건 여전히 두려운 일이었다. 첫 소설집을 내기까지 오랜 시간이 걸린 것 역시 그 때문이었다. 첫 소설집이라고는 해도 개인적으로 세 번째 출간이다. 그럼에도 여전히 떨고 있다.

　솔직히 고백하자면 속도 좁고 겁도 많고 뒤끝도 있는 내가, 아닌 척 살아가는 건 한계가 있었다. 내향적인 내가 더 이상 외향적인 척 살지 않아도 되었던 건 소설의 힘이었다. 소설을 쓰면서 비로소 나를 찾았다고 말하고 싶다.

오랜 불면증으로 고생하지만, 어느 순간 그게 장점이 되기도 한다는 걸 깨달았다. 식구들이 모두 잠에 들면 고양이를 곁에 앉혀두고 책을 읽다가 아침을 맞아도 아쉬울 게 없었다.

「자염」으로 인연이 된 김홍신 선생님께 이 지면을 통해 감사 인사를 드리고 싶다. 책이 나오면 故정동수 선생님도 찾아뵈어야겠다. "타고난 이야기꾼이구나." 그 말씀이 아니었다면 용기 내지 못했을 것이다. 책이 나올 때마다 혼자서 아버지를 찾아갔다. 이제 엄마가 추가되었다. 직접 들을 수 없지만 잘했다고 칭찬해 줄 거라 믿는다.

자주 교류하지 않으나 마음으로 의지하고 있는 분들이 있다. 오래 망설이다 밝히지 않기로 했다. 그분들께는 책으로 대신 인사드리려고 한다. 한 번씩 내 글을 읽어주는 김성금, 백영미, 김산옥, 조후미 작가에게는 가까이에서 많은 힘을 얻었다고 밝히고 싶다.

소설을 쓰면서 많은 것을 포기할 수밖에 없었음에도 스스로 내린 선택이기에 전혀 아쉽지 않았다. 그에 반해 가까운 사람들에게 나로 인한 포기와 희생이 따른 것은 두고두고 미안한 일이고 갚아야 할 빚이다. 가족들이 이런 마음을 알아주기를 바란다.

"당신이 읽고 싶은 책이 있는데 아직 쓰인 게 없다면 당신이 직접 써야만 한다."

노벨문학상 최초의 흑인 여성 수상 작가, 토니 모리슨의 말을 액자로 만들어 부적처럼 자주 바라본다. 내가 읽고 싶어 쓴 글을 당신도 좋아했으면 더 바랄 것이 없겠다.

2025년 5월, 어이산실에서
김혜영

아보카도

초판인쇄 2025년 5월 30일
초판발행 2025년 5월 30일

지은이 김혜영
발행인 채종준

출판총괄 박능원
책임편집 조지원
디자인 홍재희
마케팅 문선영
전자책 정담자리
국제업무 채보라

브랜드 그늘
주소 경기도 파주시 회동길 230 (문발동)
투고문의 ksibook1@kstudy.com

발행처 한국학술정보(주)
출판신고 2003년 9월 25일 제406-2003-000012호
인쇄 북토리

ISBN 979-11-7318-332-4 03810

그늘은 한국학술정보(주)의 소설 출판 전문브랜드입니다.
더운 여름날 그늘 밑에서 편하게 읽을 수 있는 책이라는 의미를 담았습니다.
세상에 없던 스토리를 발굴하고, 우리가 닿지 못한 세계의 그림자를 찾아봅니다.
스토리 속 일상의 즐거움을 발견할 수 있도록 이야기의 쉼터가 되겠습니다.

@geuneul_book